ullstein

Das Buch

Melissa und Andrew lieben sich, doch ihre erotische Beziehung ist nach all den Jahren etwas eingeschlafen. Andrew schlägt vor, sie mit einem Partnertausch im Urlaub wieder aufzufrischen. Melissa willigt zögernd ein. Über eine Annonce lernen sie die attraktive Serena und den charismatischen Espen kennen. Serena und Espen haben schon öfter Partnertausch betrieben und erzählen freimütig von ihren sexuellen Abenteuern.

Dass Andrew sich bereitwillig von Serena verführen lässt, versetzt Melissa anfangs einen Stich. Doch als Espen ihr eröffnet, dass er gerne dominiert wird, erwacht in Melissa die Neugier: Voller Lust entdeckt sie die Herrin in sich.

Die Autorin

Kerstin Dirks, 1977 in Berlin geboren, hat eine Ausbildung zur Bürokauffrau absolviert und Sozialarbeit studiert. Sie schreibt seit mehreren Jahren erotische Romane, historische Liebesromane und Fantasy.

Von Kerstin Dirks sind in unserem Hause bereits erschienen:

Gib dich hin
Hotel der Lust
Leidenschaft in den Highlands
Spiel mit mir
Teuflische Lust

Kerstin Dirks

Wie du befiehlst

Erotischer Roman

Ullstein

Besuchen Sie uns im Internet:
www.ullstein-taschenbuch.de

MIX
Papier aus verantwortungsvollen Quellen
FSC® C006701

Originalausgabe im Ullstein Taschenbuch
1. Auflage Mai 2012
2. Auflage 2012

Umschlaggestaltung: ZERO Werbeagentur, München
Titelabbildung: Getty Images / © B2M Productions
Satz: LVD GmbH, Berlin
Gesetzt aus der Berkeley Oldstyle
Papier: Pamo Super von Arctic Paper Mochenwangen GmbH
Druck und Bindearbeiten: CPI – Ebner & Spiegel, Ulm
Printed in Germany
ISBN 978-3-548-28407-1

Sie würde sterben.

Panisch schlug sie um sich, kämpfte mit Armen und Beinen gegen die Wassermassen an, die von allen Seiten auf sie einströmten.

Doch sie konnte sich nicht aus dem festen Griff ihres Angreifers befreien. Erbarmungslos drückte er sie unter Wasser. Melissas Drang zu atmen wurde immer stärker. Ihre Lungen brannten. Verzweifelt öffnete sie den Mund, doch statt rettender Luft schmeckte sie nur das ekelhafte Chlorwasser, das ihr in die Kehle drang.

Irgendjemand musste ihr helfen!

Aber die anderen waren alle im Haus, die kleine Insel zu weit weg vom Festland.

Melissa wollte schreien, weinen. Mit letzter Kraft bäumte sie sich auf, und es gelang ihr tatsächlich, ein Stück weit nach oben zu kommen. Kühle Luft strich über ihren Haaransatz, der nun aus dem Wasser ragte. Nur noch ein winziges Stück, und ihre Nase und ihr Mund wären frei. Frei zum Atmen. Aber der Druck auf ihre Schultern nahm erneut zu, und ehe sie den erlösenden Atemzug überhaupt tun konnte, fand sie sich am gekachelten Grund wieder. Blaue Fliesen, graue Fugen. Sie sah über sich die von den Wellen verzerrte Maske, die nur den oberen Teil des Gesichts verbarg. Ein hämisches Grinsen spiegelte sich darunter. Sollte es das Letzte sein, was sie sah?

Ihre Beine zuckten unkontrolliert, strampelten hilflos gegen die Wassermassen an, die über ihr zusammenschlugen.

Sie würde sterben.

Es geschah.

Ihre Sinne schwanden. Bilder zogen an ihr vorbei. Der Film ihres Lebens.

Alles hatte ganz harmlos begonnen. Traumhaftes Mittelmeerwetter. Ein schönes Hotel mitten in Nizza. Gutes Essen. Und Andrew an ihrer Seite.

Mehr hätte sie nicht gebraucht, von dem einen oder anderen romantischen Abendspaziergang am Neptune Strand einmal abgesehen. Aber Andrew war nicht mit ihr hierhergekommen, um romantisch zu sein. Er hatte, wie er es nannte, ihre Beziehung, die schon seit der Schulzeit bestand, auf die nächste Stufe heben wollen.

Melissa hatte das zunächst falsch verstanden und schon von Verlobung und späterer Hochzeit geträumt. Schnell war aber klar geworden, dass Andrew etwas ganz anderes im Sinn hatte. Und noch bevor er den Flug überhaupt buchte, hatte er ihr die Annonce gezeigt, die er im Internet auf einer Partnerseite entdeckt hatte.

Ein Pärchen, beide Amerikaner, suchte nach einem anderen Pärchen zwecks Partnertausch. Melissa war aus allen Wolken gefallen, nie hätte sie vermutet, dass Andrew auf so etwas abfuhr, dass er gern einmal Sex mit einer anderen Frau ausprobieren wollte. Wahrscheinlich war sie naiv gewesen, dies zu glauben. Genauso naiv wie in dem Moment, in dem sie diesem verruchten Plan, wenn auch widerwillig, zugestimmt hatte.

»Denk doch mal drüber nach, wie aufregend das wäre. Einen anderen Körper zu erkunden. All die neuen Eindrücke, neuen Gerüche. Ich stelle mir das geil vor«, hatte Andrew gesagt. Und Melissa hatte ihn nicht enttäuschen wollen, obwohl ihr Andrews Körper und sein Geruch völlig genügten.

Und erst jetzt, da sie auf der weitläufigen Terrasse von Opéra Plage nahe der Innenstadt saßen und auf die Ankunft der beiden Amerikaner warteten, wurde ihr klar, wie ernst die Sache wirklich war.

Andrew legte seine kräftige Hand auf ihre und lächelte ihr aufmunternd zu. »Du wirst sie mögen«, versprach er. Er wusste wohl, was er sagte, denn er hatte mit den beiden bereits telefoniert und täglichen Mailkontakt gehalten. Wenn er von den beiden gesprochen hatte, war er immer so begeistert gewesen, dass er sie kurzzeitig mit seiner Euphorie angesteckt hatte. Nun war sie jedoch alles andere als euphorisch. Sie war nervös. Kaute ständig an ihren Nägeln und zwirbelte die Spitzen ihres Haars, das im warmen Licht der Mittelmeersonne so rot wie überreife Erdbeeren leuchtete.

»Willst du das wirklich durchziehen?«, fragte sie und nahm einen großen Schluck von ihrer eisgekühlten Cola.

»Aber ja. Natürlich.«

Andrew war ihr in diesem Augenblick merkwürdig fremd. Mehr als einmal hatte sie sich gefragt, ob sie ihm nicht mehr genug war, weil es ihn plötzlich nach einem anderen Frauenkörper verlangte, doch sie hatte sich nicht getraut, ihn danach zu fragen. Vielleicht weil sie die Antwort fürchtete.

Jetzt ist es ohnehin zu spät, sagte sie zu sich, sie konnten nicht mehr zurück, denn genau in diesem Moment kam ein Paar auf die Terrasse.

»Das sind sie«, sagte Andrew und drückte ihre Hand fester.

Der Mann war etwas kleiner als Andrew und naturgemäß weniger athletisch gebaut, denn Andrew betrieb seit seinem achtzehnten Lebensjahr Bodybuilding. Nichtsdestotrotz war der Amerikaner sehr ansehnlich. Er hatte breite Schultern, schmale Hüften und kräftige Oberschenkel. Da er nur eine Badehose trug, konnte Melissa auch einen Blick auf sein Sixpack werfen. Er schien ebenfalls zu trainieren, aber nicht so exzessiv wie Andrew. Die dunklen vollen Haare waren stufig geschnitten und reichten bis knapp oberhalb seiner Schultern. Seine Augen waren hinter aufsteckbaren verspiegelten Gläsern verborgen.

Die Frau war auch nicht gerade unansehnlich. Im Gegenteil. Sie hatte eine unverschämt schlanke Taille, eine nicht gerade kleine Oberweite und die berühmte Sanduhrfigur, die Männer bekanntermaßen bevorzugten. Sie steckte in einem äußerst knappen dunkelblauen Bikini. Ihre Frisur hingegen passte weniger in das männliche Beuteschema, denn ihre Haare waren raspelkurz und blondiert. Sie war fast genauso groß wie ihr Begleiter.

Melissa neigte dazu, sich schnell von anderen Frauen, besonders dann, wenn sie gut aussahen, bedroht zu fühlen. Eine Eigenart, die sie nicht an sich leiden mochte. Erstaunlicherweise war dies bei der Amerikanerin nicht der Fall. Vielleicht deshalb, weil sie wusste, dass Andrew auf weibliche Frauen stand, die er beschützen konnte, nicht auf Amazonen.

Andererseits, wie gut kannte sie Andrew wirklich? Den Vorschlag, sich mit einem anderen Pärchen zusammenzutun, hätte sie ihm jedenfalls nicht ohne weiteres zugetraut.

Andrew winkte dem Paar zu, und die beiden steuerten sofort in ihre Richtung, lächelten gleichzeitig, als hätten sie es einstudiert.

»Andrew und Melissa, nehme ich an?«

»Das ist richtig. Freut mich.«

Die beiden Männer reichten erst den Damen die Hand, dann sich. »Ich bin Espen, und das ist meine bessere Hälfte Serena.«

Melissa bemerkte, dass Serena, die fast einen Kopf größer war als sie, sie von oben bis unten musterte. Vielleicht checkte sie ebenso das »Bedrohungspotential« ab. Aber gleich darauf nahm sie ihre Sonnenbrille ab und steckte sich einen Bügel in den Mund, lutschte sinnlich daran, wie an einem männlichen Glied. Das fing ja gut an.

»Setzen Sie sich doch«, bat Andrew und deutete auf die beiden leeren Stühle.

»Wir sollten Du zueinander sagen«, schlug Espen vor und klappte seine Sonnengläser hoch. Darunter kamen eine gewöhnliche Brille und Augen verschiedener Farben zum Vorschein. Melissa stutzte. So etwas hatte sie noch nie gesehen. Eine Pupille schien dunkler als die andere, und Melissa konnte den Blick nicht von seinen Augen abwenden.

»Schließlich werden wir viel Zeit miteinander verbringen.« Espen blickte sie nun an, und Melissa erschauderte. Sie war peinlich berührt, da ihr erst jetzt klar wurde, dass sie ihn unerhört lange angestarrt hatte.

Eine Kellnerin nahm die Bestellungen auf. Melissa war dankbar für die kurze Unterbrechung, doch die Dame war viel zu schnell wieder weg.

»Das ist das erste Mal für uns beide«, erklärte Andrew, und sie hörte an seiner belegten Stimme, dass er ebenfalls nervös war.

»Nur keine Scheu, ihr könnt uns alles fragen.« Serena musste Raucherin sein. Jedenfalls hörte sie sich wie eine an. Tief. Rau. Dennoch sinnlich.

»Vielleicht können wir uns erst mal näher kennenlernen«, schlug Melissa vor, die mit dem Tausch wirklich keine Eile hatte. Erneut fühlte sie Espens Blick auf sich, doch sie erwiderte ihn nicht. Er machte sie nervös.

»Eine hervorragende Idee, Melissa. Allerdings haben Serena und ich ein paar Regeln, an die wir uns gern halten möchten.«

»Regeln? Was denn für Regeln?« Sie hörte zum ersten Mal von Regeln, doch vielleicht waren Regeln nicht das schlechteste in ihrer Situation.

»Serena und ich wissen aus Erfahrung, dass manche Dinge besser unerwähnt bleiben sollten.«

Erfahrung? Wie oft hatten sie sich denn schon mit anderen Pärchen getroffen? Hatten sie hier etwa Profis vor sich?

Melissa musste über ihre eigenen Gedanken schmunzeln und bemühte sich, Espen weiter zuzuhören.

»Wir reden nur ungern über zu persönliche Dinge wie Berufe, Wohnorte und so weiter.«

Was blieb dann noch übrig? Die beiden waren ziemlich schräg, befand Melissa und lachte leise.

»Und worüber dürfen wir denn sprechen?« Die Frage hatte sie sich nicht verkneifen können.

»Über alles andere, zum Beispiel unsere sexuellen Vorlieben.«

Natürlich. Worüber auch sonst. Wieder ein intensiver Blick von Espen.

»Und wozu sind diese Regeln nötig? Ich habe kein Problem damit, meine Identität preiszugeben, ich habe nichts zu verbergen. Andrew Murphy, siebenundzwanzig, Versicherungskaufmann, London«, stellte Andrew sich vor. Ganz wahr war diese Aussage allerdings nicht, doch das konnten Espen und Serena nicht wissen. Andrew verschwieg, dass er ein Ex-Cop war, der in seinem Job alle erdenklichen menschlichen Abgründe gesehen und ihn daraufhin an den Nagel gehängt hatte. Melissa konnte das nur zu gut verstehen, und er hatte recht, das gehörte hier wirklich nicht her.

»Ihr könnt das handhaben, wie ihr wollt«, erwiderte Serena mit sinnlich gekräuselten Lippen. »Aber wir möchten es bei Serena und Espen belassen. Bitte habt Verständnis dafür.«

»Jetzt macht ihr uns aber umso neugieriger«, sprach Andrew aus, was auch Melissa dachte.

Betretenes Schweigen. Melissa hatte den Eindruck, dass sich nun niemand am Tisch mehr so wirklich wohl fühlte. Diese Geheimnistuerei schreckte mehr ab, als dass sie in irgendeiner Weise förderlich war. Melissa hatte Hoffnung, dass Andrew Abstand von dieser obskuren Idee des Partnertausches nahm. Wer stieg auch schon gern in die Kiste mit jemandem, der nichts über sich preisgeben wollte?

In dem Moment kam die Kellnerin und brachte die Getränke. Espen bezahlte für alle, beugte sich dann vor und fixierte sie mit seinem Gänsehautblick. Nein, es waren keine unterschiedlichen Augenfarben, seine Iriden hatten lediglich verschiedene Größen, stellte sie fest. Aber das irritierte sie nur noch mehr. Während die eine Iris fast vollständig geöffnet war, war die andere nur ein winziger Punkt.

»Das war ein schlechter Start, ich will mich dafür entschuldigen. Vertrauen ist die Basis unserer neuen Freundschaft. Wir haben ebenfalls nichts zu verbergen. Doch in der Vergangenheit trafen wir uns mit Paaren, von denen einer oder beide hohe Posten bekleideten und die erpressbar geworden wären, hätten sie uns mehr gesagt. Die Gesellschaft ist oft noch sehr prüde, wenn es um Sex geht. Und meine und Serenas Leidenschaft wird oft noch als etwas ... Unanständiges ... ja sogar Perverses ... angesehen.« Er lächelte seine Begleiterin an, die ihm einen Luftkuss zuhauchte.

»Uns ist es wichtig, dass niemand zu Schaden kommt. Weder wir noch ihr. Diese Regeln sollen ein Schutz sein.«

»Ich verzichte auf den Schutz«, wiederholte Andrew, und Melissa wartete gespannt auf die nächste Reaktion der Amerikaner. Insgeheim hoffte sie, dass sich diese Sache ganz von allein erledigte, doch zu ihrer Überraschung kam es anders. Die beiden nickten sich kurz zu.

»Espen Hannigan, fünfunddreißig, Unternehmer, New

York. Serena Adams, einunddreißig, Leiterin einer Modelagentur.«

Sie waren nicht verheiratet, schloss Melissa überrascht aus den unterschiedlichen Nachnamen. Und wenn sie jetzt genauer darauf achtete, trugen sie auch keine Eheringe. Waren die beiden am Ende genau solche Ehemuffel wie Andrew?

Melissa merkte erst jetzt, dass alle Blicke auf sie gerichtet waren. »Oh … ich … bin Melissa Voight. Siebenundzwanzig.« Ihr fiel es überraschend schwer, diese Informationen über sich preiszugeben. »EDV-Lehrerin.« Obwohl sie sonst eigentlich ein offener Typ war. Doch da Espen und Serena zuvor so ein Aufhebens um ihre Identitäten gemacht hatten, fühlte sie sich nun, nachdem sie sich vorgestellt hatte, seltsam nackt. »London.«

»Und ihr habt schon Erfahrung, sagt ihr?«, hakte Andrew noch einmal nach.

»Ja. Serena und ich lieben die Abwechslung, das Abenteuer, so wie ihr auch, nehme ich an. Aber, wie ich schon sagte, Vertrauen ist die Basis. Wenn wir merken, dass die Chemie stimmt, ist von unserer Seite alles möglich.« Sein durchdringender Blick wanderte wieder zu ihr, und Melissa fühlte einen Kloß im Hals.

»Und was … habt ihr da so erlebt … wenn ich fragen darf?« Wollte Andrew tatsächlich Details hören?

»Alles.«

Ein fast schon dämonisches Lächeln erschien auf Serenas Lippen. »Du bist neugierig, das gefällt mir, Andrew. Die Neugier ist es, die uns neue Welten entdecken lässt. Die uns verändert. Evolution.«

»Treffend formuliert«, stimmte Andrew ihr zu, dabei hatte Melissa ihn nie wirklich als neugierig wahrgenommen. Der typische Forscherdrang, den oft schon kleine Jungen zeigten, fehlte ihm sonst. Aber vielleicht lag es auch nur daran, dass ihre Beziehung, die ja nun schon immerhin elf Jahre dauerte, irgendwann dem Alltag anheimgefallen war. Melissa merkte, dass sie sich gar nicht so recht an ihre ersten Male erinnern konnte. Sie wusste nur, dass es im Gegensatz zu heute sehr aufregend gewesen war.

»Ich erinnere mich gut an ein junges Mädchen, das wir auch über das Internet kennengelernt hatten. Sie sah dir sogar ein wenig ähnlich, Melissa. Ihre Haare glänzten rot in der Sonne, und sie hatte eine sehr helle Haut und hübsche Sommersprossen. Ein experimentierfreudiges kleines Ding, das seine Grenzen austesten wollte. Und das hat sie getan, nicht wahr, Liebling?«

»O ja. Aus ihr wurde, ohne jede Übertreibung, ein anderer Mensch. Das zeigt doch, dass wir erst dann wirklich zu uns selbst finden, wenn wir uns nicht vor uns selbst verstecken.«

Was für ein pseudo-intellektuelles Geschwafel.

»Das … das klingt heiß«, sagte Andrew und rutschte nervös auf seinem Stuhl hin und her, während Melissa hoffte, dass Espen und Serena nicht noch mehr ins Detail gingen. Sie wollte gar nicht wissen, was ihre vorherigen Liebschaften für Vorlieben hatten. Für sie stand auch jetzt schon fest, dass sie nicht zusammenpassten. Die Amerikaner waren ihr eindeutig zu offenherzig, was Sex anging.

»Laure hat uns immer gern zugesehen. Eine echte Voyeurin. Sie lag auf der Sonnenliege, wir schwammen im Pool.

Und als Espen und ich aus dem Wasser kamen, brachte sie uns Champagner an den Beckenrand, dann massierte sie mir den Nacken, hauchte Küsse auf meine Ohrläppchen.«

»Sie hat eine andere Frau geküsst?« Melissa spürte, wie es in ihren Wangen prickelte. Doch sie war nicht sicher, ob es aus Scham war oder weil ihr die Geschichte tatsächlich doch irgendwie gefiel.

»Ja, warum. Hast du ein Problem damit, Süße?« Serena leckte sich über die Lippen. »Das kann sehr aufregend sein.«

»Klingt auch so«, meinte Andrew und hing förmlich an Serenas Lippen, doch es war Espen, der nun fortfuhr. »Sie verschwand zwischen Serenas Schenkeln.«

»O ja, das war geil.«

»Und ich stellte mich hinter sie. Sie mochte keine Unterwäsche und auch keinen Bikini. Wenn sie sich am Pool sonnte, war sie immer nackt. Und wie ihr euch vorstellen könnt, war sie auch sehr feucht.«

Das war jetzt nicht wahr, oder? Die erzählten hier tatsächlich alles, was sie mit dieser Laure getrieben hatten. Für Melissa war das, vor allem für das erste Kennenlern-Treffen, deutlich zu viel.

»Ich ... ich muss noch mal ins Hotel«, sagte sie eilig und packte ihre Sachen zusammen. Worauf hatte sie sich hier nur eingelassen? Sex war offenbar das einzige Thema, über das diese Leute reden wollten. Nicht, dass sie prüde wäre. Auch sie wünschte sich ein sexuell erfülltes Leben. Aber sie gehörte nicht zu den Menschen, die in einer Sekunde zur nächsten von null auf hundert gehen konnten.

»Aber Schatz, das geht doch auch später noch«, meinte Andrew. Er packte sie am Handgelenk und zog sie auf ihren

Stuhl zurück. Sie warf ihm einen, wie sie hoffte, unauffälligen, aber äußerst giftigen Blick zu.

»Für Melissa ist das alles noch ganz neu und … unanständig. Geben wir ihr Zeit, sich erst einmal an uns zu gewöhnen«, schlug Serena vor und lächelte sie verständnisvoll an. Sie brauchte sich an nichts zu gewöhnen. Für sie stand jetzt schon fest, diese Partnertauschgeschichte war nichts für sie. Das wurde ihr nun, da sie beisammensaßen und über ihre Erlebnisse redeten, nur umso klarer. Es war nicht so, dass ihr Serena und Espen unsympathisch gewesen wären. Sie waren freundlich, höflich, zuvorkommend, geduldig, aber ihre Hobbys schreckten sie einfach ab, und es klang danach, als hätten sie sich durch sämtliche Betten der Ostküste gevögelt. Außerdem, und das war der entscheidende Grund, hatten sie etwas an sich, was sie nur schwer einordnen konnte. Etwas, das sie in Alarmbereitschaft versetzte.

Sie hatte sich schon vorher nur schwer vorstellen können, Andrew mit einer anderen Frau zu teilen. Aber sie war dazu bereit gewesen, ihm seinen Traum zu erfüllen. Doch zu dem Zeitpunkt, als sie eingewilligt hatte, hatte sie noch geglaubt, sie ließen das Ganze langsam angehen, lernten sich erst mal entspannt kennen mit der Option, jederzeit auch wieder zurückzukönnen. Ja, vielleicht war sie ein wenig verklemmt, aber die beiden waren das Gegenteil! Ordinär. Sie fühlte sich nicht wirklich wohl, schon gar nicht entspannt.

»Ich möchte jetzt trotzdem lieber gehen.«

Andrew sah sie verärgert an, aber erneut stand Serena auf ihrer Seite. »Dafür haben wir Verständnis. Ihr könnt das alles ja noch mal untereinander besprechen, ob das wirklich der richtige Weg für euch ist.«

»Ja … das machen … wir«, stammelte Andrew. Sie hatte den Eindruck, er wäre es nun, der überfordert war.

Melissa erhob sich, verabschiedete sich und eilte zum Hotel zurück. An der Drehtür angekommen, holte Andrew sie schließlich ein.

»Was sollte das denn?«, fuhr er sie in der Lobby an.

»Sorry, wenn ich eben noch ein bisschen Anstand im Leib habe.«

»Du wusstest doch, worauf wir uns einlassen, und du warst einverstanden.«

»Ich hatte es mir anders vorgestellt. Ich kann das nicht, Andrew.«

Er ließ die Schultern hängen, folgte ihr zum Lift.

»Und was heißt das jetzt? Willst du ihnen absagen?«

Die Tür glitt mit einem Pling auf, und sie betraten den leeren Fahrstuhl, ein älteres Modell und für ihren Geschmack viel zu eng. Melissa drückte auf den Knopf für die fünfte Etage, und der Lift setzte sich ruckelnd in Bewegung.

»Ja … nein, ich … weiß auch nicht.« Sie wollte ihn nicht enttäuschen. Und er hatte ja recht. Etwas Abwechslung konnte ihre Beziehung wirklich vertragen. Nur ob das der richtige Weg war?

»Sie haben nichts über sich erzählt.«

»Doch. Sie heißen Espen Hannigan und …«

»Das meine ich doch nicht. Sie haben viel geredet und doch nichts gesagt. Abgesehen von ihren sexuellen Eskapaden. Die sind mit der Tür ins Haus gefallen, und das bei Tempo einhundert.«

»Für sie war eben klar, worum es geht.«

»Für dich offenbar auch.«

»Natürlich!«

Sie seufzte. Lag es also doch an ihr? Was hatte sie denn konkret erwartet? Die Blümchenversion? Eigentlich ja. Sie hatte geglaubt, man würde zu viert etwas Nettes unternehmen, ausgehen, essen, sich nach und nach kennenlernen, und wenn man sich dann sympathisch wäre, hätte man … über weitere Schritte nachgedacht. Doch während Melissa gerade mal den Start verlassen hatte, waren alle anderen schon über die Ziellinie geprescht.

Die Tür schob sich auf, und sie gingen den Flur hinunter, Andrew hatte Schwierigkeiten, mit ihr Schritt zu halten. An ihrer Zimmertür angekommen, suchte sie in ihrer Bauchtasche nach ihrer Schlüsselkarte, doch weil sie die nicht rechtzeitig fand, öffnete Andrew mit seiner Karte die Tür.

Angenehm kühle Luft wehte ihnen entgegen, als sie das Zimmer betraten. Es war klein, aber sauber und gemütlich, dominiert von einem großen Doppelbett, auf das sich Melissa sofort fallen ließ.

»Findest du die beiden nicht merkwürdig?«

»Merkwürdig?«

»Ja … sie sind … irgendwie unheimlich.«

»Jetzt spinnst du aber. Ich finde sie nett. Was haben sie dir denn getan?«

»Nichts! Und ja, sie sind nett. Aber mein Gefühl sagt mir, dass wir … ihnen nicht trauen sollten.«

Andrew schüttelte verständnislos den Kopf. »Was könnten sie deiner Ansicht nach denn vorhaben?«

»Ist dir nicht aufgefallen, mit wie vielen anderen Paaren sie schon … intim geworden sind? Findest du das normal?«

»Sie haben doch gar keine Zahl genannt und nur ein Mädchen erwähnt.« Er zuckte mit den Schultern, aber sie hatte herausgehört, dass es schon einige Liebhaber gewesen waren. Hatte Andrew am Ende etwa vor, es ihnen gleichzutun? Sollte das gar keine einmalige Sache sein? Melissa schauderte, und sie zog sich die Bettdecke über ihre nackten Füße.

»Ich finde es jedenfalls nicht unnormal«, sagte er.

»Können wir nicht unter uns bleiben?« Sie rollte sich zur Seite und versuchte ganz bewusst, ihn ein wenig anzumachen, indem sie die Bikiniträger über ihre Schultern gleiten ließ, um ihr Oberteil dann ganz langsam von hinten zu öffnen. Ihr entblößter Busen verfehlte seine Wirkung nicht.

Andrews Augen wurden größer.

»Ich meine, wir haben doch uns«, hauchte sie verführerisch.

»Das haben wir.« Er legte sich zu ihr, kraulte sie hinter dem Ohr und beugte sich zu ihren Brüsten herunter. Sanft umschlossen seine weichen Lippen ihren Nippel, zogen sacht an ihm, zwickten hinein.

Melissa drehte sich auf den Rücken und sah ihm in seine dunkelbraunen Hundeaugen. Sie waren es, in die sie sich damals verliebt hatte und bei deren Anblick ihr auch heute noch warm ums Herz wurde. Andrew Murphy, der in ihrer Jugend nie von ihrer Seite gewichen war, der ihr Liebesbriefe und Gedichte geschrieben hatte. Sie vermisste den alten Andrew und die gute alte Zeit, in der sie noch ein echtes Team gewesen waren. Aber sein damaliger Job hatte ihn verändert, und dann hatte er seinen Dienst quittiert, neu angefangen. Heute, so kam es ihr manchmal vor, waren sie eher Gegner als Teamplayer. Andrew bezog Opposition, wann immer es ging. So auch in dem Fall Espen und Serena. Aber jetzt schien er sich zu beruhigen.

Seine Finger glitten unter die Bündchen ihres Bikinihöschens und zogen es langsam herunter, bis sie seinen heißen Atem an ihrer Scham spürte. Bereitwillig öffnete sie die Beine, und er leckte sie. Zärtlich. Hingebungsvoll.

So wie es jetzt war, war es schön. Daran sollte sich nichts ändern. Sie wollte ihn für sich, anstatt ihn mit einer Serena zu teilen. Und dieser Espen mit seinen unterschiedlichen Augen, der jagte ihr nur einen Schauer über den Rücken.

In diesem Moment war sie überzeugter denn je, dass sie es schaffen würden, ihre Beziehung wiederzubeleben, dass Leidenschaft und Liebe zurückkehrten, wenn sie sich beide bemühten.

Sein Zeigefinger drang ihn sie. Fordernd. Es erregte sie so sehr, dass sie glaubte zu kommen. Aber dann zog er ihn wieder heraus, weckte ihren Appetit nach mehr.

»Oh …« Sie stöhnte. Verhalten. Ein weiterer Kritikpunkt in ihrer Beziehung.

Andrew fand, dass sie zu leise im Bett war. Er wollte sie stöhnen und schreien hören, weil das in seinen Augen Leidenschaft zeigte. Und sie versuchte, ihm das zu geben, was er brauchte, indem sie das Stöhnen anschwellen ließ.

Es funktionierte. Sie spürte, wie sein Körper heißer wurde, wie er glühte und sich diese Hitze auf sie übertrug. In seine Augen trat jenes Glänzen, das von Lüsternheit zeugte.

Plötzlich packte er ihre Handgelenke und drückte sie über ihrem Kopf zusammen, dabei verschmolz er mit ihr, und sie spürte, wie sein Glied größer wurde, in ihr pulsierte. Es ging so schnell, sie hatte gar nicht gemerkt, dass er sich die Badehose ausgezogen hatte.

»O ja …« Er stöhnte. »O ja, du Miststück.« Das Stöhnen wurde lauter. Animalischer. »Du Miststück«, rief er wieder und wieder. Melissa erschrak.

Er hatte sie noch nie Miststück genannt, und sie fühlte sich auch wie kein solches. Sie hob den Kopf, um seinen Mund zu erreichen und die Worte, die sie nicht hören wollte, mit einem Kuss zu ersticken. Andrew schob ihr gierig seine Zunge in den Hals, bis Melissa leise würgen musste. Dann stieß er in sie. Gnadenlos. Ihr Unterleib wurde durchgeschüttelt, ihre Brüste hüpften auf und nieder. »Du Miststück. O ja. Du Miststück.«

Andrew kam es, und Melissa täuschte einen Orgasmus vor. Das konnte sie gut, obwohl sie es nie zuvor getan hatte. Andrew gefiel es, wie sie zuckte und vibrierte. Sie sah es in seinem Blick und daran, dass sich der Glanz in seinen Augen verstärkte.

»Danke, Baby, das war heiß«, sagte er und küsste sie auf die Stirn. Dann ging er ins Bad, und wenige Augenblicke später hörte sie das Rauschen der Dusche.

Früher hatte er sich nach dem Sex zu ihr gelegt, mit ihr gekuschelt, sie gestreichelt. Aber jetzt war es nur ein Rein, Raus, und fertig.

Das störte sie. Aber sie hatte es ihm nie gesagt. Sie erhob sich, ging ins Bad und schob die Kabinentür auf, stellte sich zu ihm unter das heiße Wasser.

»Hallo, Baby«, sagte er überrascht, und seine Stimme klang wunderbar zärtlich. Er freute sich, dass sie ihm gefolgt war. Und das motivierte sie.

»Willst du mich einseifen?«, fragte sie und reichte ihm die Duschlotion, von der er sich sogleich etwas in beide Hände tat und in ihre Brüste massierte.

»Du bist schon ein kleines Miststück«, flüsterte er ihr ins Ohr. Das war wie kaltes Wasser, das man über den Kopf ausgeschüttet bekam.

Es mochte Frauen geben, die darauf standen, als Miststück, Schlampe oder Hure bezeichnet zu werden. Sie jedenfalls gehörte nicht dazu.

»Lass das«, sagte sie freundlich und schob ihn ein Stück weit zurück, um sich nun selbst einzuseifen.

»Was hast du denn?«

»Nichts …«

»Ich kenne dich, Mel. Was stört dich?« Schon stand er wieder hinter ihr, zupfte mit den Lippen an ihren Ohrläppchen, während das Wasser weiter auf sie niederprasselte.

»Ich … mag es nicht, wenn du mich … so nennst.«

Sie drehte sich zu ihm um und rieb nun seine muskulöse Brust ein. Er hatte einige Wochen nicht mehr trainiert, das sah ihrer Ansicht nach deutlich besser aus als zu Wettkampfzeiten. Am besten hatte er ihr jedoch gefallen, als sie sich kennengelernt hatten. Vor seiner Bodybuildingphase.

»Wie nennst?«

»Mist … stück.« Sie mochte es ja nicht einmal selbst aussprechen.

Andrew seufzte leise. Als hätte sie es geahnt. »Was ist denn gegen ein bisschen Dirtytalk einzuwenden?«

»Nichts … ich meine, es geht nicht um Dirtytalk, sondern um das Wort an sich. Das … verletzt mich.«

Er verdrehte die Augen. Dann kam er jedoch näher und

nahm sie in die Arme. »Tut mir leid, ich dachte, es würde dich auch anmachen. Du hast so geil gestöhnt, daher hab ich es wohl übertrieben.«

»Sag mir doch etwas anderes Schmutziges«, schlug sie vor, um zu beweisen, dass sie Neuem durchaus aufgeschlossen gegenüberstand.

»Wie wäre es, wenn *du* mir etwas Schmutziges sagst?« Sie spürte etwas Hartes, das gegen ihre Scham drückte, und als sie runtersah, bemerkte sie, dass sein Glied sich aufgerichtet hatte.

»Du weißt doch ... so etwas kann ich nicht ...« Er streichelte ihre Wange, küsste sie sanft, aber kurz. »Nein, davon weiß ich nichts, Melissa.«

»Ach ... Andrew ... wie wär's mit ... fick mich?«

»Ein guter Anfang.« Er wirbelte sie herum, und plötzlich hing sie mit dem Oberkörper horizontal in der Luft.

»Kannst du das auch wiederholen?«

»Fick mich?«

Er grinste, und ehe sie sich versah, hatte er sie erneut geentert. Von hinten. Mit einem Stoß schob er sein Becken vor, das Wasser rieselte über ihren Kopf, tropfte von ihren Haarspitzen. Noch einmal wurde sie herumgeworfen. Es törnte sie an. Mit sanftem Druck presste er sie nun gegen die gekachelte Wand. Und dann fing er an, sie zu rammeln. Ja, das war der richtige Begriff, denn so schnell, wie er in sie drang, vermochten es nur die Karnickel. Doch für Melissa war es trotz des kurzen Aufkeimens von erotischen Gefühlen nur ein weiteres Rein, Raus, und fertig.

»Du bist heute wirklich scharf, Baby«, sagte er und lächelte, nachdem er ein weiteres Mal gekommen war. Auch dieses

Mal war Melissa leer ausgegangen. Ein entferntes kurzes Aufflammen, ja, vielleicht. Aber kein Orgasmus, wie sie ihn früher mit Andrew erlebt hatte.

Andrew verließ die Dusche, ließ sie unbefriedigt zurück, wie auch zuvor. Merkte er denn nicht, wie viel Mühe sie sich gab? Dass sie für ihn über ihren Schatten sprang. Bereit war, Neues auszuprobieren, damit es zwischen ihnen wieder wie früher wurde.

Offenbar nicht.

Enttäuscht stellte sie die Dusche ab, trat aus der Kabine und hüllte sich in ein großes Frotteehandtuch.

Als sie am Abend den Tropico Club in der Innenstadt von Nizza betraten, wurde Melissa schnell klar, dass Andrew sich seine Partnertauschidee längst noch nicht aus dem Kopf geschlagen hatte. Während sie über die in gleißendes Licht getauchte Tanzfläche zu den Sitzgelegenheiten nahe der tropisch geschmückten Bar liefen, erkannte sie Espen und Serena schon aus der Ferne. Die beiden hatten zwei Plätze für sie an ihrem Tisch freigehalten. Welch ein Zufall!

»Tolle Stimmung hier«, meinte Andrew und reichte erst Serena und dann Espen die Hand. Melissa tat es ihm widerwillig gleich. Sofort fiel ihr auf, wie knapp Serena bekleidet war. Ein schwarzes Bikinioberteil und eine Hotpants, die wohl eher als Gürtel durchging.

Espen war da ihrer Ansicht nach stilsicherer. Er trug ein

weißes Hemd, das halb aufgeknöpft war, und Jeans. In dem schummerigen Licht fielen seine unterschiedlichen Augen gar nicht wirklich auf.

»Hallo, Melissa«, begrüßte er sie freundlich und lächelte sie an. »Freut mich, dass du unserer Einladung gefolgt bist.«

»Einladung?« Andrew hatte nichts von einer Einladung gesagt. Sie warf ihm einen vorwurfsvollen Blick zu, aber er hatte nur Augen für Serena.

Das versprach ja ein toller Abend zu werden.

»Was darf ich Ihnen bringen?«, fragte ein attraktiver Kellner, Typ Latin Lover.

»Ich … ich muss erst mal … die Karte studieren.« Sie griff danach und versteckte sich dahinter.

Sie schmollte, weil Andrew hinter ihrem Rücken erneut Kontakt zu den Amerikanern gesucht hatte, auch noch auf ihre Einladung eingegangen war, ohne ihr davon zu erzählen. Er hatte sie förmlich hergelockt, wie ein Häschen in die Falle.

»Lass uns doch heute Abend mal in den Tropico Club gehen«, hatte er gesagt, als wäre es eine spontane Idee von ihm gewesen.

»Möchtest du etwas Alkoholisches?«, fragte Espen und lugte über ihre Karte hinweg zu ihr herunter.

Alkohol war heute Abend sicherlich keine gute Idee. Sie schüttelte den Kopf.

»Dann empfehle ich dir einen Virgin Colada. Für mich bitte auch einen«, sagte er an den Kellner gewandt, nachdem Melissa durch ein Nicken ihre Zustimmung gegeben hatte.

Sie fühlte sich noch immer nicht sonderlich behaglich, zumal sich Andrew voll und ganz auf Serena konzentrierte. Sie allein ließ. Mit diesem Espen. Zu allem Überfluss schienen sich Andrew und Serena auch noch großartig zu verstehen, was Serenas »Bedrohungspotential« steigerte. Zwischen Espen und ihr hingegen herrschte betretenes Schweigen, und das war ihr unangenehm. Melissa blickte sich in der Bar um, nur um irgendetwas zu tun zu haben. Sie bemerkte all die fröhlichen Pärchen, von denen viele wie frisch verliebt wirkten. Wie viele von denen mochten mit dem Gedanken spielen, ihren Partner zu tauschen? Vermutlich keiner.

Plötzlich schob Andrew seinen Stuhl zurück, stand auf und half Serena dabei, sich zu erheben. Irritiert beobachtete Melissa das Schauspiel.

»Wo gehst du denn hin, Liebling?«, erkundigte sie sich. Andrew beugte sich von hinten über sie und küsste sie auf die Wange. »Wir machen nur einen Spaziergang. Wenn ihr nichts dagegen habt?«, beantwortete Serena ihre Frage mit einem scheinheiligen Lächeln.

O doch! Das hatte sie. Sie wollte gerade etwas sagen, als Espen ihr das Wort abschnitt.

»Ganz und gar nicht, viel Vergnügen«, erwiderte er wie selbstverständlich.

»Danke, Schatz.«

Melissa war damit nicht einverstanden, aber Andrew war längst nicht mehr in Reichweite.

»Es ist doch nur ein Spaziergang«, beruhigte Espen sie. Er hatte wohl gemerkt, wie nervös sie geworden war. Spaziergang … Hoffentlich stimmte das!

Serena tänzelte an ihrem Tisch vorbei hinter Andrew her und ließ dabei ordentlich die Hüften schwingen. Sofort richteten sich die Blicke der Männer auf sie. Espen machte es scheinbar nicht das Geringste aus, dass Serena alle Blicke auf sich zog. Umgekehrt wüsste sie nicht, ob sie damit so leicht umgehen konnte, wäre es Andrew, der von so vielen Frauen angeschmachtet würde. Sie hatte ja schon ein Problem damit, dass er sich mit Serena verzog und sie mit Espen allein zurückließ.

Und schon waren die beiden verschwunden. Toll! Sie konnte ihre Enttäuschung kaum verbergen und überlegte, ob sie den Abend einfach beendete, aber das wäre Espen gegenüber nicht unbedingt fair.

Spaziergang, hallte es in ihren Ohren nach. Sie hatte kein gutes Gefühl.

Espen lehnte sich derweil zurück, nahm sein Getränk entgegen, während ihres auf einem Untersetzer auf dem Tisch landete, und erzählte von irgendwelchen Dingen, die sie gar nicht wirklich interessierten. Sie war mit ihren Gedanken immer noch bei Andrew, fragte sich, was er und Serena jetzt wohl taten.

»Hey, Melissa. Wo bist du denn mit deinen Gedanken?«

Er tippte ihre Hand an, und Melissa erschrak. Ein freundliches Lächeln erschien auf seinen vollen Lippen. Ihr fiel jetzt zum ersten Mal auf, dass Espen feminine Lippen hatte. Eigenartig, aber auch merkwürdig anziehend. Sie schüttelte den Kopf.

»Wie bitte?«

»Ich merke, dass du dich mit mir nicht wohl fühlst«, sagte er verständnisvoll.

»Nein, das stimmt nicht.« Und das war die Wahrheit. Sie fühlte sich nicht seinetwegen unwohl, sondern weil ihr die Situation nicht gefiel.

»So was kommt öfter vor, als du vielleicht glaubst. Wenn sich Partner uneinig sind und der eine nur deshalb mitmacht, um den anderen nicht zu enttäuschen.«

Sie seufzte. Wohl wahr. Und da Andrew immer noch Feuer und Flamme für diese fixe Idee zu sein schien, sah sie auch keine Möglichkeit, aus der Sache rauszukommen, ohne noch größeren Schaden in ihrer Beziehung, die ihr wichtig war, anzurichten. Was also sollte sie tun?

»Setz dich nicht unter Druck«, riet Espen ihr, und er hatte recht. Es brachte nichts, sich ständig zu sorgen. »Es soll Spaß machen, eine Bereicherung für uns sein. Bei einer Partnerin, die mich spüren ließe, dass sie nur aus Gefälligkeit mit mir schläft, wäre es auch für mich vergeudete Zeit.«

Sie hatte zum ersten Mal, seit sie Espen getroffen hatte, das Gefühl, hinter seine kühle Fassade blicken und den Menschen sehen zu können. Dieser Umstand machte ihn unerwartet interessant. Überhaupt schien er sie viel besser zu verstehen, als sie anfänglich gedacht hätte.

»Klingt beinahe, als käme da eine romantische Ader durch. Gefühle müssen also im Spiel sein, damit du es genießen kannst?«

»So ist es. Mehr als das. Es muss …« Er rieb die Daumen- und Zeigefinger aneinander, während er nach dem richtigen Wort suchte. »… Leidenschaft sein.«

So hatte es Melissa bisher nicht betrachtet. Und es kam ihr auch jetzt nicht ganz schlüssig vor.

»Wie soll Leidenschaft entstehen, wenn man den anderen kaum kennt, ihn nicht liebt?«

»Liebe ist das I-Tüpfelchen. Aber der Funke, der die Leidenschaft entzündet, ist das Begehren.«

Sie schmunzelte. »Begehren. Verstehe. Na ja, dafür müsste man wohl erst mal begehrenswert sein, um Begehren zu wecken.«

»Denkst du etwa, dass du das nicht könntest?« Er hatte so ziemlich ihre Gedanken erraten, aber das wollte Melissa nicht zugeben.

»Du bist eine attraktive Frau«, sagte er sanft und beugte sich dabei vor, stützte die Ellbogen auf den Tisch und blickte ihr direkt in die Augen. Jetzt konnte sie wieder die unterschiedlichen Iriden erkennen. Das rechte Auge wirkte viel heller.

»Und ich finde dich begehrenswert.«

Die Worte verfehlten ihre Wirkung nicht. Sie klangen nicht nur ehrlich, sie waren es auch. Melissa spürte es, ebenso wie das Glühen ihrer Wangen. Und sein Blick, der in der Tat begehrlich war, tat sein Übriges, verwandelte das Glühen in ein Brennen. Auf solche Weise war sie lange nicht mehr angesehen worden. Sie nahm rasch einen Schluck von ihrem Getränk und fächelte sich frische Luft zu. Der Abend schien ja doch noch ganz interessant zu werden.

»Du willst mich offenbar verführen. Es war gut, keinen Alkohol zu bestellen.«

»Wenn ich es drauf anlegte, würde es auch ohne Rauschmittel funktionieren.«

Sie nickte beeindruckt. »Selbstbewusst bist du ja, das muss man dir lassen.«

»Vor allem bin ich erfahren.«

Er lachte, aber dann verwandelte sich sein leidenschaftlicher Blick zurück, wurde wieder kühl und in gewisser Weise auch berechnend. Melissa war dieser Blick aber viel lieber als der sehnsüchtige von eben. Der hatte es vermocht, sie tatsächlich zu berühren und … zu verunsichern.

»Mir ist so vieles immer noch nicht klar, aber ich würde es gern verstehen.«

Er hob eine Braue.

»Wenn du Serena liebst, davon gehe ich jetzt einfach mal aus, warum willst du dann mit anderen Frauen schlafen?«

»Serena und ich führen eine offene Beziehung. Seit einigen Jahren. Wir haben erkannt, dass unsere Beziehung aufregender und leidenschaftlicher geworden ist, seit wir auch zu anderen Männern und Frauen sexuelle Kontakte haben. Es ist ein Spiel. Die Regeln sind klar. Wir wissen beide, worauf wir uns einlassen.«

Melissa verstand es noch immer nicht wirklich.

»Für mich wäre das nichts.«

»Also ist es so, wie ich es mir dachte.«

Sie seufzte. »Ja, wahrscheinlich. Ich wollte Andrew nicht enttäuschen.«

»Weiß er das?«

»Ja, nein, vielleicht. Ist eigentlich auch egal.« Sie blickte zu dem leeren Stuhl neben sich. Inzwischen waren Serena und Andrew schon über eine Stunde weg.

»Wollen wir mal nach den beiden sehen?«, schlug Espen vor, und erneut schien es, als wisse er ganz genau, was in ihr vorging.

Sie nickte kaum merklich und erhob sich, während Espen einen Geldschein auf den Tisch legte und ein leeres Glas daraufstellte, damit er nicht wegwehte.

Die schallende Musik aus dem Tropico war noch einige hundert Meter weiter draußen zu hören, vermischte sich mit dem Rauschen des Meeres. Melissa zog ihre Schuhe aus und lief mit den nackten Füßen am Strand entlang. Espen tat es ihr gleich. Die Nachtluft war angenehm warm, nicht zu trocken, nicht zu feucht.

»Ich habe keine Ahnung, wo die beiden hingegangen sein könnten«, sagte Melissa und ging bis zu den Knien ins Wasser.

»Lass uns noch etwas weiter runtergehen.« Er deutete den Neptune Strand entlang. Melissa nickte und folgte ihm.

»Trefft ihr euch eigentlich immer in Nizza mit euren neuen Partnern?«

»Oft.«

Eine hohe Welle überraschte Melissa und riss sie auf die Knie. Sie schrie erschrocken auf, klitschnass, wie sie nun war, und Espen eilte zu ihr, um ihr aufzuhelfen.

»Was war das denn?« Sie lachte.

»Eine Monsterwelle«, scherzte er. »Zur rechten Zeit, am rechten Ort.«

»Wie bitte?«

»Sie hat dich in meine Arme getrieben.«

Erst jetzt fiel es ihr auf. Er hatte tatsächlich die Arme um sie gelegt, und ihre Hände lagen auf seinen Schultern. Der Abstand zwischen ihren Körpern war kaum mehr als ein Hauch. So nah war sie sonst keinem Mann außer Andrew gekommen. Es fühlte sich merkwürdig an.

Aufregend. Sinnlich. Aber auch falsch. Verdammt falsch sogar. Und als Melissa auch noch dieses eigenartige Prickeln zwischen ihren Schenkeln bemerkte, riss sie sich von ihm los, ging auf Abstand.

Irritiert starrte sie auf den Boden, als suchte sie im Sand

nach irgendetwas, das sie verloren hatte, während sie sich die feuchten Strähnen aus dem Gesicht strich.

Und als sie scheu zu Espen aufblickte, sah sie ein verruchtes und vor allem wissendes Lächeln in seinem Gesicht.

Sie war ein offenes Buch für ihn. Er wusste, dass es ihr gefallen hatte. Wie hätte es das auch nicht? Er war ein attraktiver Mann. Geheimnisvoll. Und ja, sie war fasziniert von ihm, seiner Einstellung, seiner Art zu leben, obwohl sie sie zugleich verabscheute. Das machte keinen Sinn. Doch es war, wie es war. Sie fragte sich, ob er sie tatsächlich begehrenswert fand? Allein die Vorstellung, dass dem so wäre, ließ das Prickeln in ihrem Inneren nur noch stärker werden.

Wo hatte Andrew sie nur reingeritten!

Sie blickte an Espen vorbei den Strand hinunter, da sie seinem Blick ausweichen wollte, und entdeckte im Sand ein junges Paar. Mann und Frau, die sich liebten. So unbekümmert, so frei würde sie nie sein. Sie hatte viel zu viele Hemmungen. Vor anderen und vor sich selbst. Neugierig ging sie ein paar Schritte auf das Pärchen zu. Sie wusste nicht, wieso, es zog sie einfach magisch dorthin. Vielleicht hoffte sie zu verstehen, was es war, was sie so unbefangen sein ließ.

Dann traf es sie wie ein Schlag. Kurze blonde Haare leuchteten im Licht des Mondes auf. Serena. Und ihr Begleiter hatte ein sehr breites Kreuz, war muskelbepackt, ein Bodybuilder.

»Mein Gott«, hauchte sie fassungslos, obwohl sie es doch längst geahnt hatte.

Spaziergang? Von wegen!

Andrew hatte nichts anbrennen lassen, die erstbeste Chance genutzt, obwohl er doch genau wusste, dass sie noch gar nicht wirklich bereit zu alldem war, dass sie ihn im Grunde ihres Herzens nicht hatte teilen wollen.

Ihre Augen brannten heiß, doch sie erlaubte es sich nicht zu weinen.

»Was ist denn los?«, fragte Espen, als hätte dieser nicht ganz genau gewusst, was hier gespielt wurde.

»Du hast mich absichtlich hierhergeführt«, fuhr sie ihn an.

»Was?« Sie wollte an ihm vorbei, doch er hielt sie am Arm fest. Vergeblich versuchte sie, sich loszureißen.

»Ich wusste davon nichts. Ich hatte genauso wenig Ahnung wie du.«

»Ein abgekartetes Spiel ist das. Sonst gar nichts. Ihr habt wohl geglaubt, wenn ihr Andrew rumkriegt, schafft ihr das auch bei mir.« Aber da hatten sich die Amerikaner geschnitten.

Espen ließ sie los, und Melissa rannte den Strand hinunter. Sie wollte so schnell wie möglich zurück ins Hotel. Koffer packen.

Espen sah Melissa nach. Sie war viel schöner, als sie glaubte. Ein ganz anderer Typ als Serena. Weiblicher. Zarter. Sie gefiel ihm. Und die Tatsache, dass sie sich noch zierte, machte sie nur umso interessanter. Jetzt musste sie erst einmal runterkommen. Sich von dem Schrecken erholen. Wenn er sicher wäre, sie würde ihn und die Idee eines Partnertausches gänzlich ablehnen, er hätte sie in Ruhe gelassen. Aber er hatte etwas anderes in ihren Augen gesehen. Etwas, das erweckt werden wollte.

Ja, Melissa würde noch Anlauf brauchen, aber dann wäre sie bereit, sich auf das Spiel einzulassen. Und es würde ein aufregendes und vor allem sehr leidenschaftliches Spiel werden. Leidenschaft, die Leiden schafft. Er schmunzelte, dann warf er einen Blick zu Serena und Andrew.

Er hatte tatsächlich nicht gewusst, dass sich die beiden hier miteinander vergnügten, auch wenn es im Grunde abzusehen gewesen war. Aber dieser Umstand arbeitete für ihn. Und ehe Melissa sich versah, würde sie es Andrew gleichtun.

Er setzte sich in den Sand und beobachtete das Treiben des Paars. Serena hatte ihn längst bemerkt, denn sie hatte sehr feine Antennen. In diesem Moment setzte sie sich auf Andrew, der am Boden lag und von Serena eingeritten wurde, gleich einem wilden Hengst, der seine Reiter allzu leicht abwarf.

Serena aber, das wusste Espen, würde im Sattel bleiben. Anzüglich wippten ihre Brüste auf und ab, im selben Rhythmus, in dem sich ihr Unterleib dem von Andrew entgegenschwang.

Früher hatte ihn dieser Anblick nicht so kaltgelassen. Im Gegenteil. Serena in den Armen eines anderen zu sehen hatte ihn fast wahnsinnig gemacht. Bis er irgendwann erkannt hatte, dass sie trotz aller Abenteuerlust immer wieder zu ihm zurückkehrte, genauso wie er zu ihr.

Serena legte sich auf Andrew, ihr üppiger Busen rieb über seine muskulöse Brust, und ihre Finger verhakten sich ineinander. Sie drückte sie ihm über dem Kopf zusammen, hielt ihn so gefesselt. Eine riesige Welle schwappte über die beiden hinweg, und als das Meer sie wieder freigab, küssten sie sich.

Espen spürte diesen Kuss auf seinen Lippen, schmeckte

dessen Süße. Und zugleich fragte er sich, wie sich wohl Melissas Lippen auf den seinen anfühlten. Sie hatte einen eigenen, sehr sinnlichen Duft, den er vorhin wahrgenommen hatte, während ihrer unfreiwilligen Umarmung. Wenn sie nur annähernd so schmeckte, wie sie duftete, so würde dies ein fantastischer Urlaub werden.

Serenas Oberkörper schwang sich wieder nach hinten, sie schüttelte wild den Kopf und stöhnte so laut, dass sie sogar gegen das Rauschen des Meeres ankam. Das verräterische Zucken, das durch ihren ganzen Körper wanderte, verriet, sie hatte gerade einen Orgasmus. In ihr Stöhnen mischte sich der laute Atem von Andrew.

Espen freute sich für die beiden. Es war sicherlich ein schönes erstes Mal für sie. Jetzt aber war es an der Zeit, sich zurückzuziehen, in seinem Zimmer auf Serena zu warten und zu wiederholen, was er gerade gesehen hatte.

»Was ist denn hier los?«

»Ich habe euch gesehen.« Melissa verschloss ihren Koffer und setzte sich mit verschränkten Armen auf das Bett. Es war bereits nach Mitternacht. Aber sie war keineswegs müde. Nein, nicht im mindesten.

Andrew starrte ungläubig auf ihr Gepäck. »Du willst abreisen?« Er sah durchgeschwitzt aus. Geradezu nass. Und er roch nach Meer.

»Ja. Morgen früh.«

»Warum?« Andrew schien die Welt nicht mehr zu verstehen. Das ärgerte sie jedoch noch mehr. War er wirklich so ein Klotz, dass er sich nicht zusammenreimen konnte, warum sie Nizza verlassen wollte?

»Ich habe euch gesehen«, wiederholte sie verärgert.

»Serena und mich?«

»Ja, wen denn sonst? Micky Maus und Donald Duck?«

Andrew lachte leise. »Na und«, sagte er lediglich.

Das trieb sie fast zur Weißglut.

»Das war der Grund für unsere Reise. Erinnerst du dich? Wir hatten das doch alles abgesprochen.«

»Du hast es entschieden.« Außerdem hatte er vorhin in der Bar nur von einem Spaziergang gesprochen! Das war eine glatte Lüge gewesen!

»Ja, aber du hattest keine Einwände.«

»Weil … ich … überfordert war«, rief sie hilflos. Sie wünschte, sie hätte dieser dummen Idee niemals zugestimmt.

»Du überforderst mich«, sagte er kalt und zog sich das T-Shirt über den Kopf, warf es achtlos in eine Ecke. Dann verschwand er im Bad, ließ sie einfach zurück, wie er es so oft tat.

Melissa kamen schon wieder die Tränen. Sie wusste nicht, was sie machen sollte. Nebenan erklang das Rauschen der Dusche, aber vor ihrem geistigen Auge tauchte das Bild von Serena und Andrew auf. Wie sie sich liebten. Es tat verdammt weh. Sie blickte zu ihrem Koffer. Sollte sie wirklich abhauen, wie es ihr erster Impuls gewesen war? Wie würde es dann weitergehen? Und wie ging es weiter, wenn sie es nicht tat? Würde Andrew weitermachen wie bisher? Konnte sie das aushalten?

Sie suchte nach einem Taschentuch, fand es unter ihrem Kopfkissen und schneuzte sich. Andrew zeigte kein Verständnis für sie. Sie hatte das Gefühl, er würde gar nicht nachvollziehen, wie es in ihr aussah, wie sich ihr Herz in diesem Moment anfühlte. Er sah nur die Vorwürfe und Beschuldigungen, anstatt zu verstehen, dass sie ihn nur nicht verlieren wollte, weil sie es nicht ertrug, allein zu sein.

Dennoch oder gerade deswegen musste sie handeln. Die Dusche wurde abgedreht. Und gleich darauf hörte sie Schritte. Andrew kam wieder herein. Die blonden Haare zurückgestrichen, tropfnass, nur ein Handtuch um die Hüften.

Er setzte sich neben sie, kraulte ihr den Nacken, wie sie es sonst sehr mochte, aber jetzt wusste sie nicht, wie sie darauf reagieren sollte. Das Wohlgefühl stellte sich nicht ein.

»Warum hast du denn nichts gesagt?«, fragte er schließlich nach einer halben Ewigkeit. Seine Stimme klang angenehm sanft.

»Ich hatte es angedeutet«, rechtfertigte sie sich kleinlaut. »Und ich hatte dir gesagt, dass mir Espen und Serena unheimlich sind.« Er hörte ihr einfach nicht mehr zu, das war das Problem.

»Ich möchte nicht, dass du gehst«, sagte er ernst. Und mit einem Mal hatte sie das Gefühl, er würde ihr doch zuhören. Jetzt. In diesem Augenblick. Er wirkte ausgeglichen. Vielleicht weil seine Lust nach dem Neuen, dem anderen, heute Nacht befriedigt worden war und er keine weiteren Gelüste in diese Richtung hatte. Oder weil er sogar gemerkt hatte, dass es zu Hause immer noch am besten schmeckte.

»Okay«, meinte er nach einem weiteren langen Schweigen. »Wenn du das nicht willst, sagen wir es den beiden.«

Melissa traute ihren Ohren nicht. »Ist das dein Ernst?« Sie konnte es nicht glauben. So leicht gab er nach?

»Mir war nicht klar, dass es dich derart stört. Ich glaubte, wir wären uns einig, und du würdest nur noch etwas Zeit brauchen.«

Wahrscheinlich hatte sie ihm tatsächlich diesen Eindruck vermittelt. Und als Espen so charmant zu ihr gewesen war, da hatte sie für kurze Zeit sogar überlegt, sich ebenfalls in das Abenteuer zu stürzen.

»Es ist mir auch erst wirklich klargeworden, als ich euch am Strand sah«, gab sie zu.

»Ich wollte dir nicht weh tun, das musst du mir glauben«, beeilte er sich zu versichern. Und sie wusste, dass er die Wahrheit sagte. »Unsere Beziehung ist mir wichtig. Ich möchte sie nicht aufs Spiel setzen.« Er griff nach ihrer Hand, drückte sie. Melissa war gerührt. »Du hast recht, Mel, lass uns das alles vergessen.«

Sie seufzte erleichtert, glücklich darüber, dass er es so sah, und trotzdem tat es immer noch weh, dass er mit einer anderen geschlafen hatte.

Andrew stellte ihre Koffer in den Schrank zurück und legte sich auf das Bett, nahm sie sanft bei den Schultern und drehte sie zu sich. »Du bist alles, was ich will.«

Zärtlich strich er ihr eine Strähne aus dem Gesicht. Hoffentlich merkte er nicht, dass sie geweint hatte. Ihre Augen fühlten sich noch immer feucht an. Aber entweder sah er das nicht, oder er kam aus anderen Gründen nicht darauf zu sprechen.

»Wir sagen ihnen, dass wir es uns anders überlegt haben. Nur lass uns bitte nicht nach Hause fahren. Uns bleiben noch zwei Wochen bei diesem herrlichen Wetter hier. Wir haben doch so lange keinen gemeinsamen Urlaub mehr gemacht, und ich möchte die Zeit mit dir noch ein bisschen länger genießen.«

Melissa nickte. Alles schien sich zum Guten zu wenden. Sie war unendlich erleichtert. Und plötzlich spürte sie auch wieder dieses sehnsüchtige Prickeln zwischen ihren Beinen. Nach ihm.

Andrew rollte sich auf sie, küsste ihren Mund, ihren Hals, saugte zärtlich an ihrer Kehle. Seine Lippen arbeiteten sich Zentimeter für Zentimeter über ihr Dekolleté, und er schob ihr Top hoch. Angenehm kühle Luft strich über ihre nun nackten Brüste, und ihre Nippel stellten sich auf, reckten sich ihm entgegen.

Andrew nahm ihre Brustwarzen nacheinander in den Mund. Es fühlte sich wunderbar an, aber auch … mechanisch. So wie jedes Mal, wenn er es tat. Sie spürte, dass er sich Mühe gab, doch es war nicht wie früher, als ihre Beziehung in der Blüte gestanden hatte.

Damals war es für ihn ein Abenteuer gewesen, ihren Körper zu erkunden, und sie hatte sich dabei begehrt gefühlt. So begehrt wie heute, als sie in Espens Augen gesehen hatte. Melissa erschrak über ihre Gedanken. Was machte ausgerechnet Espen in diesem Augenblick in ihrem Kopf? Aber Espens Blick war so aufregend gewesen, dass sie ihn nicht vergessen konnte. In diesem Blick hatte alles gelegen, was sie brauchte, was sie sich wünschte. Warum nur schien Andrew nicht in der Lage zu sein, ihr das zu geben?

Er war konzentriert auf seine Aufgabe, liebkoste mit seiner Zunge ihren Busen. Es war schön, ja, auch erregend, aber es fehlte etwas … etwas, das früher da gewesen war.

Melissa schloss die Augen, versuchte, sich ganz auf Andrew zu konzentrieren. Die Gefühle zurückzuholen. Sich auf das Hier und Jetzt einzulassen. Aber das war nicht möglich. Immer wieder tauchten Espens eigenartige Augen in ihrem Kopf auf, funkelten sie an. Begehren. Ja, er begehrte sie. Das hatte er gesagt. Tat Andrew das auch?

Ihre Beziehung war ihm wichtig, aber alles, was er tat, schien wie eine Pflicht. Nach all den Jahren war das Begehren auf beiden Seiten abgeflacht, auf seiner jedoch noch mehr als auf ihrer.

Andrews Zunge umkreiste ihren Bauchnabel. Es kitzelte, und sie mochte das eigentlich gar nicht. Er hätte es wissen müssen, da er dieses Spiel oft provoziert hatte, doch es schien, als hätte er nie die Lehre daraus gezogen, dass dieses Kitzeln sie eher abtörnte. Sich gegenseitig zuhören. Das hatten sie verlernt.

Andrew achtete nicht auf die Zeichen ihres Körpers. Seine Zunge glitt weiter, berührte den Saum ihres Höschens, das er ihr herunterzog, um mit dem Mund zwischen ihren Schamlippen zu versinken. Ein heißer Kuss. Ihre Erregung kehrte zurück, und willig öffnete sie die Beine, während Andrew sie leckte.

Es dauerte nicht lange, da hatte seine Zunge ihre Perle gefunden, die allmählich aus ihrem Versteck hervorkam. Sie war groß, und wenn Melissa erregt war, schwoll sie sogar noch mehr an. Andrew hatte sie immer liebevoll sein »Bonbon« genannt. Aber das tat er jetzt nicht mehr. Seine heißen Lippen schlossen sich sacht um ihren Kitzler, zupften an ihm.

Wie es sich wohl anfühlte, von Espen geleckt zu werden?

Melissa riss erschrocken die Augen auf, zuckte am ganzen Körper zusammen über diesen schrecklichen Gedanken!

»Hab ich dir weh getan?«, fragte Andrew nicht minder erschrocken.

»Nein … nein, alles gut … entschuldige.« Sie sank zurück auf ihr Kissen, befühlte ihre Stirn, die glühte, als hätte sie Fieber.

Verdammt! Warum schlich sich Espen schon wieder in ihre Gedanken? Das war doch nicht normal. Sie wollte nichts von dem Kerl! Er war attraktiv, interessant, ja, zugegeben, aber mehr als das war da nicht. Sie liebte doch Andrew. Das tat sie noch immer, oder nicht?

Andrew, der sie mit seiner eigenen Art von Hingabe zum Höhepunkt leckte. Ein süßer, kleiner Orgasmus.

Andrew legte sich neben sie, augenscheinlich zufrieden mit seinem Werk. Ihre Lust glänzte in seinem Gesicht. Er küsste sie zärtlich. Aber Melissa hatte Hemmungen, den Kuss zu erwidern. Was war nur los mit ihr?

Hotelzimmer waren nicht sein Ding, zu klein, zu einengend. Er zog die Weiträumigkeit seiner Villa vor. Aber es war nur logisch, dass sie sich in dasselbe Hotel eingebucht hatten wie Melissa und Andrew, schließlich wollten sie in deren Nähe sein. Und da Geld für ihn ohnehin keine Rolle spielte, war ihm diese Abwechslung recht.

»Und, was hältst du von den beiden?«, fragte Serena, die

nackt aus der Dusche kam. Wie so oft trug sie nicht einmal ein Handtuch um die Hüften, da sie nicht so leicht fror wie andere Frauen. Sinnlich liefen ihr glänzende Tropfen über die gebräunte Haut.

»Nettes Paar«, sagte er.

»Find ich auch. *Er* ist ein Schnuckelchen. Einen Bodybuilder hatten wir noch nie.«

Espen setzte sich hinter Serena, um ihr den Nacken zu massieren, dabei fiel sein Blick auf ihr Tattoo am Halsansatz. Eine schwarze Triskele, ein Symbol für Bottom, Top und Switch. Und ein Symbol für ihren Lebensstil. Er liebte diese Tätowierung, sie erinnerte ihn an Serenas leidenschaftlichen Charakter und ihre tabulosen Experimente. Eine Frau wie Serena gab es nur einmal auf der Welt.

»*Sie* ist eine Granate«, fuhr Serena fort und überraschte ihn.

»Granate?«

Serena drehte den Kopf und blickte ihn mit ihren giftgrünen Augen an. »Ja, sie erinnert mich sehr an Laure.«

Die Ähnlichkeit war nicht zu leugnen. Sie war ihm schon aufgefallen, als Andrew ihnen vor einigen Wochen Fotos gemailt hatte. Diese Fotos waren der Grund, warum sie sich unter all den Bewerbern, und es waren einige gewesen, das Pärchen aus London ausgesucht hatten.

Dennoch überraschte ihn Serenas Wortwahl. Er selbst fand Melissa hinreißend, doch sie war noch viel zu verklemmt, um sie als Granate zu bezeichnen. Laure hingegen war von Anfang an viel offener gewesen, hatte alles mitgemacht, war neugierig, hatte nach immer neuen Herausforderungen gesucht.

»Hast du die Münze geworfen?«

Er nickte und zeigte ihr die Oberfläche. Ein komplett schwarzes Taiji-Symbol strahlte ihr entgegen, während die helle Seite verdeckt blieb. Normalerweise flossen zwei Farben in das Yin-und-Yang-Symbol. Dies war jedoch eine besondere Münze. Und so hatte jede Seite ihre eigene Farbe.

»Mmh, ich hatte auf dieses Ergebnis gehofft«, flüsterte sie und kniete sich vor ihn hin, öffnete seine Hose.

»Melissa ist ein Dornröschen«, fuhr sie fort und befreite sein Glied, das beim Anblick von Serenas durchtrainiertem Körper längst hart geworden war.

»Glaub mir, wenn wir mit ihr fertig sind, wird sie nicht nur wie Laure aussehen.« Serena zwinkerte ihm zu und nahm seinen Schwanz tief in den Mund. Keine Frau beherrschte Deepthroating so wie sie. Er konnte sehen, wie ihre Kehle leicht hervortrat, während sie ihn wieder und wieder aufnahm, ihre Lippen sich vollständig über ihn stülpten und das in einer Geschwindigkeit, die selbst ihn schwindeln ließ.

Ihre Zunge glitt über die Unterseite seines Schafts, übte genau an den richtigen Stellen Druck aus, doch bevor es ihm kam, nahm sie ihn aus dem Mund und richtete seinen Penis auf ihre üppigen Brüste.

Sein Sperma verteilte sich gleichmäßig auf ihnen, tropfte wie zu dünne Sahne über ihre Hügel.

Dann nahm sie die Münze und warf sie. Eine Weile tanzte sie auf dem Boden, als könne sie sich nicht entscheiden, zu welcher Seite sie kippte, aber dann fiel sie, und Yin war oben. Espen wusste, was das bedeutete.

Serena erhob sich mit einem triumphierenden Lächeln, packte seinen Schopf und drückte sein Gesicht auf ihren Busen. Es ging schnell. Sie war eine geborene Herrin.

Espen spürte ihren Herzschlag, während er seine Lust von ihrem Körper leckte. Hingebungsvoll. Alles nahm er auf, schluckte es herunter, bis ihr wunderschöner Busen wieder sauber war.

Sie strahlte Zufriedenheit aus. »Danke, Liebling«, hauchte sie und küsste ihn. Aber sie hatte noch nicht genug. Problemlos warf sie sich mit ihm aufs Bett, schmiegte sich an ihn und setzte sich dann auf seinen erigierten Schwanz, der vollständig in ihr verschwand. Serena stöhnte, warf den Kopf in den Nacken und fing an, ihn zu reiten, dabei hüpften ihre Brüste im Takt auf und ab, und das Bett knarrte und quietschte unter den heftigen Stößen.

»Hast du dir überlegt, wie wir weiter vorgehen?«, fragte sie und blickte auf ihn herunter.

»Wie abgesprochen. Ich kümmere mich um die Kleine.«

»Sie gefällt dir. Hab ich recht?«

Ja, das tat sie. Sehr sogar. Sie war anders als die Mädchen, die sie sonst hatten. Natürlicher.

»Dann werde ich dem Bodybuilder weiter schöne Augen machen. Ich denke, er hat bereits angebissen.«

»Das hat er ganz sicher.« Espen sah noch einmal das Bild am Strand vor sich. Andrew im Sand, über ihm Serena, die ihn einritt, so wie sie ihm nun die Sporen gab. »Wer könnte dir schon widerstehen?«

»Du Charmeur.« Sie lachte. Aber schon bewegte sie sich schneller und immer schneller auf ihm, drückte ihn mit ihrem Gewicht tiefer und tiefer in die Kissen.

»Mit Melissa wird es schwieriger«, sagte er und unterdrückte ein Keuchen. Sein Blut war längst in Wallung geraten.

»Doch nicht für dich.«

»Es ist eine Herausforderung.« Aber genau das machte es so reizvoll. Er hatte viele willige Frauen erlebt, doch Frauen, die sich zierten, waren in seiner Welt eine Seltenheit. Sie zu erobern, ihren Willen zu brechen, damit sie das tat, was er wollte, das war der Kick, nach dem er so lange gesucht hatte.

»Ich habe schon eine Idee«, kündigte er an, und Serena ließ sich auf ihn sinken, erhob sich wieder, bis sein Schwanz fast aus ihr glitt, um ihn dann wieder aufzunehmen.

Er malte sich alles aus, stellte sich vor, wie sich Melissa ihm öffnete, wie er sie Schritt für Schritt eroberte und wie sie sich schließlich ihrem eigenen Verlangen ergab. »Morgen wird Dornröschen erweckt.«

»Morgen schon? Optimist.«

»Realist.«

Und als wäre dies ihr Stichwort gewesen, bäumte sich Serena laut stöhnend auf. Ihre Finger krallten sich in seine Kehle, und für einen Moment raubte sie ihm gänzlich den Atem. Doch das machte ihn unwahrscheinlich an. Der kurze Augenblick ohne Luft ließ seinen eigenen Orgasmus derart anschwellen, dass er glaubte, in Serena zu explodieren. Ihre Körper spielten verrückt, alles entlud sich mit einem Schlag. Er fühlte die Kontraktionen in ihrem Inneren, spürte, wie sie heißer wurde, ihn mit ihrer Hitze fast verglühte. Dann endlich gab sie ihn frei, und er atmete auf. Befriedigt.

»Wir sagen es ihnen gemeinsam«, entschied Melissa am nächsten Morgen, als sie sich auf den Weg zum Büfett machen wollten. Ein warmer Tag war angekündigt, und sie trug ein luftiges Sommerkleid, einen Strohhut und eine Sonnenbrille mit blauen Gläsern.

»Das wäre nur fair«, sagte Andrew, der Hemd und Shorts anhatte. Heute sah Andrew besonders sportlich aus, und Melissa war nicht entgangen, dass viele Frauen ihm verführerische Blicke zuwarfen. Wen wunderte das. Die meisten Männer hier trugen Bierbäuche vor sich her. Andrew war da ein köstlicher Anblick, an dem sich so manche Dame gar nicht sattsehen konnte. Ihr ging es ja kaum anders. Besonders in seinem jetzigen Zustand gefiel er ihr sehr, da er einige Wochen nicht trainiert hatte und die Muskeln nicht mehr übertrieben aussahen.

Andrew fuhr sich über sein markantes Kinn und seufzte. »Ich muss mich doch noch mal rasieren, fürchte ich.«

»Ach, das sieht doch keiner. Ein paar Stoppeln sind sexy.«

»Das sagst du nur, solange ich dich nicht küsse. Geh doch einfach schon mal vor. Ich komme gleich nach.« Er ging den Flur bis zu ihrem Zimmer zurück, in das er verschwand, während Melissa seufzend auf ihren Pfennigabsätzen durch den Gang zum Lift tänzelte.

Das Hotel war wirklich super, bot einen guten Service, und die Zimmer waren gepflegt, aber dieser Fahrstuhl war eine Zumutung. Ganz gewiss war er nicht auf dem neuesten Stand der Technik, und als er sich in Bewegung setzte, ruckelte er verdächtig. Melissa hielt den Atem an, es würde ihr jetzt noch fehlen, wenn sie stecken blieb.

Aber das tat es nicht. Im dritten Stock hielt der Fahrstuhl

an, und die Tür öffnete sich mit einem Pling. Melissa merkte zuerst gar nicht, dass sie noch nicht im Erdgeschoss war, und wollte schon aussteigen, als Espen plötzlich hereinkam und ihr den Weg versperrte. Er lächelte überrascht. »Guten Morgen, na, was für ein netter Zufall.«

Ob das wirklich nur ein Zufall war?

Sie wich in eine Ecke zurück, um so wenig Kontakt wie möglich zu ihm aufzubauen, denn nachdem er während des Sexes mit Andrew immer wieder in ihren Gedanken aufgetaucht war, hielt sie es eindeutig für besser, sich von ihm fernzuhalten.

Der Fahrstuhl setzte sich wieder in Bewegung. Jedoch nur kurz. Ein unangenehmer Ruck, der durch ihren Körper ging und sie fast umriss, bremste den Lift, und dann bewegte sich gar nichts mehr.

Erschrocken hielt sie den Atem an. Nein, sie bewegten sich tatsächlich nicht mehr.

»Das ist jetzt nicht wahr«, rief sie. Sie hatte es ja geahnt. So ein Schrottding!

Sie war gefangen, auf engstem Raum. Und ausgerechnet mit Espen Hannigan.

Melissa suchte die Tasten nach einem Lautsprecher ab, doch es fand sich keiner. Entweder war er entfernt worden, oder er hatte nie existiert, weil das Modell aus der ersten Hälfte des vorigen Jahrhunderts stammte.

»Hast du dein Handy dabei?«, fragte sie, nachdem sie ihres nicht in ihrer Tasche gefunden hatte. Espen schüttelte nur den Kopf. Na, wunderbar! Wie wurde die Hotelleitung denn jetzt auf sie aufmerksam? Melissa spürte, wie ihr sämtliche Farbe aus dem Gesicht wich. Es war heiß hier drin. Verdammt heiß. Und stickig. Sie konnte kaum atmen, sank auf den Boden, weil ihr Kreislauf versagte.

»O nein, du hast doch nicht etwa Platzangst?«

Nicht wirklich. Zumindest bisher nicht. Doch im Augenblick machte es ganz den Anschein. Ihr Körper gehorchte ihr nicht mehr. Sie fing an zu zittern. Ihr Herz raste. Panik! Und diese Hitze – nicht zum Aushalten.

Kurz huschte ein Schatten über ihre Augen, und sie fürchtete schon, dass ihr die Sinne schwanden. Dann hockte sich Espen zu ihr, streichelte beruhigend ihre Wange. »Keine Angst, wir sind hier ganz schnell wieder raus.«

Ja, wie denn?

»Wie lange … haben wir noch Luft?« Es fühlte sich an, als wäre sie bereits jetzt vollständig aufgebraucht, aber Espen deutete zu ein paar Luftlöchern unterhalb der Decke. »Genug«, versicherte er.

Das beruhigte sie in der Tat. Die Enge hatte ihr das Gefühl vermittelt, ersticken zu müssen. Tatsächlich waren sie aber von der Luftzufuhr gar nicht abgeschnitten.

Ihre Blicke trafen sich. Er lächelte sie sanft an. Aufmunternd. »Genügend Luft«, versprach er noch einmal.

Sie nickte und lachte leise – vor Erleichterung. Aber auch über diese absurde Situation, in der sie gefangen war. Zitternd fuhr sie sich über die Stirn. So hatte sie sich den Beginn des Tages bestimmt nicht vorgestellt. Wenigstens war sie nicht allein.

Ja, jetzt war sie sogar dankbar, dass er bei ihr war, dass sie den Druck nicht allein aushalten musste.

Espen setzte sich in die andere Ecke des Fahrstuhls, nahm seine Brille ab und fing an, sie zu putzen. Vielleicht war er auch nervös, musste irgendetwas tun, um sich abzulenken. Ohne die Brille sah er um vieles attraktiver aus. Er erinnerte sie an einen Schauspieler, dessen Namen ihr auf der Zunge lag, der ihr aber partout nicht einfallen wollte. Fest stand nur, dass er des Öfteren Bösewichte spielte. Sie schluckte. Wie konnte ein Typ, der wie ein Bösewicht aussah, eigentlich sexy sein? Das machte doch gar keinen Sinn.

Sie zog die Beine eng an sich, überlegte krampfhaft, was sie nun tun konnten.

»Es wird bald jemand merken, dass der Fahrstuhl nicht mehr kommt, wenn man auf den Knopf drückt«, sagte er. Seine Stimme klang sehr sanft und gefühlvoll. Aber zugleich hatte er diese eigenartigen Augen, in denen sie erneut Begehren sah. Ein Schauer jagte ihr über den Rücken.

»Noch bevor das Büfett dichtmacht, sind wir wieder draußen.«

Sie nickte nur. Sein sinnlicher Blick machte sie ganz kirre. Sie wollte nur zu gern in Andrews Augen Begehren sehen, aber diese blieben matt. Und ein eigentlich fremder Mann sah sie auf eine Weise an, wie es sonst nur ein Liebhaber tun sollte. Das brachte sie gänzlich durcheinander, ließ sie sogar ihre unangenehme Situation für einen Augenblick vergessen.

Vielleicht sollte sie ihm sagen, was Andrew und sie beschlossen hatten, damit er aufhörte, sie so anzustarren, sie mit seinem Blick auszuziehen. Vor allem würde es mehr Distanz zwischen ihnen schaffen, denn diese begann – zumindest auf ihrer Seite –, gefährlich zu bröckeln. Andrew und sie wollten einen Neuanfang wagen. Es wäre mehr als widersinnig, wenn sie sich auf diese Spielchen einließ.

Sie suchte nach den rechten Worten, als der Fahrstuhl plötzlich erneut ruckelte. Melissa schrie und sprang auf, schon stand Espen vor ihr und hielt sie fest. Sie zitterte am ganzen Körper. Der Ruck hatte sie binnen einer Sekunde in die Wirklichkeit zurückkatapultiert.

»Fahren wir wieder?«

»Ich fürchte nein.«

»Stürz … en wir ab?« Sie konnte die Tränen jetzt nicht mehr zurückhalten.

Er schüttelte den Kopf. »Vielleicht hat sich der Lift verkeilt.« Der Fahrstuhl schien jetzt auch irgendwie schief zu stehen.

Sie presste ihren Kopf an seine Schulter. Gott, sie wollte noch nicht sterben! Sie war siebenundzwanzig. Das Leben lag noch vor ihr.

»Sch, ganz ruhig.« Er strich ihr übers Haar. Es beruhigte sie, wie auch seine Gegenwart. Ja, sie war wirklich froh, dass er bei ihr war. Allein in diesem engen Käfig, und sie wäre durchgedreht. Sie klammerte sich fest an ihn.

»Wir sollten um Hilfe rufen. Vielleicht hört uns jemand?«, schlug er vor. Sie sah zu ihm auf. Wieder dieser Blick. Dieser leidenschaftliche Blick. Und diese Sehnsucht. Sein männlicher Geruch drang ihr in die Nase, und sie glaubte nun, nicht nur zu wissen, wie er roch, sondern auch, wie seine Lippen schmecken würden.

Espen öffnete den Mund, als wollte er zu dem angekündigten Hilferuf ausholen, stattdessen starrte er sie aber nur an. Noch ein Schauer, ein dritter und vierter, die wellenartig über ihren Körper hinwegrauschten. Diese Situation konnte brenzlig werden. Sehr brenzlig sogar.

Sie wollte ausweichen, aber wohin? Die Liftwände zeigten ihr schnell ihre Grenzen auf. Sie wollte vor dieser intimen Nähe fliehen, die ihr gerade noch Sicherheit gegeben hatte, aber er schob seine Hand unter ihr Kinn und hob ihren Kopf an, so dass sich ihre Blicke wieder trafen. Sie schluckte. So etwas hatte sie noch nie erlebt. Was war das nur, das sie so dringlich an ihn fesselte?

»Wolltest du nicht …«, stammelte sie aufgelöst, »um Hilfe … rufen?«

Er legte ihr den Zeigefinger auf die Lippen, und Melissa schwieg. Sie ahnte, was er vorhatte, sie hätte sich wehren, ein Machtwort sprechen können, aber das wollte sie nicht. Nicht wirklich.

Er beugte sich über sie, und seine Lippen berührten die ihren. Sie verschmolzen ineinander, als wären sie einzig zu diesem Zwecke da. Wie zwei Puzzleteile, die perfekt ineinanderpassten, einander ergänzten. Mann und Frau. Ja, in seinen Armen fühlte sie sich wieder wie eine Frau. Dabei war es ihr gar nicht bewusst gewesen, dass sie irgendwann aufgehört hatte, sich weiblich zu fühlen. Andrew hatte so vieles zerstört.

Seine Hand fuhr in ihr Haar, hielt ihren Hinterkopf fest, so dass sie ihm nicht ausweichen konnte, und sein sinnlicher Kuss ließ sie nun nur noch stärker beben. Fordernd drang seine Zunge in ihren Mund, kämpfte ihre eigene zurück und füllte sie aus. Sie schmeckte ihn. Welch herrliches, männliches Aroma!

Bis eben hatte Melissa sich diesem Überfall völlig passiv ergeben, doch nun erwachte etwas in ihr, das sie nicht länger kontrollieren konnte. Er hatte es in ihr erweckt. Ihre Hände strichen über sein Hemd, verschwanden darunter, kraulten seine männliche Brust. Sie fühlte sich wunderbar warm an und hart wie Stahl. Ja, auch er trainierte, nur übertrieb er es nicht.

Espen warf den Kopf in den Nacken, und ihre Lippen glitten über seinen Hals. Plötzlich packte er sie, drückte sie mit aller Kraft gegen die Fahrstuhlwand, so dass der Lift gefährlich polterte, und schmiegte seinen Körper eng an sie. Sie spürte, dass etwas in seiner Hose zuckte, durch den Stoff an ihrer Scham rieb. Und erneut küssten sie sich innig.

Wir sollten das nicht tun, wollte Melissa sagen, doch die Forderung erschien ihr selbst lächerlich. Dies war mit Abstand das Beste, was sie je getan hatte! Und sie wollte nicht, dass es endete. Sie wollte weitergehen. Bis zum Ziel.

Ausgerechnet jetzt setzte sich der Fahrstuhl wieder in Bewegung. Aber Espen dachte offenbar immer noch nicht daran, von ihr abzulassen. Er rieb sich an ihr, erlaubte ihr, ihn zu spüren. Seine Wärme. Seine Nähe. Seine Lust. Erst als die Tür aufging, ließ er sie los, ordnete seine Haare und sein Hemd.

Sie war zu durcheinander, um es ihm gleichzutun. »Na, noch mal Glück gehabt«, sagte der Haustechniker, der sie mit seiner Werkzeugtasche im Erdgeschoss empfing. Espen zupfte seine Krawatte zurecht. Melissa hatte das Gefühl, die umstehenden Leute würden sie alle anstarren. Doch es störte sie nicht. Nicht im Geringsten. Gemeinsam betraten sie den Speiseraum. Zwischen ihren Schenkeln glühte es.

Sie brauchte dringend etwas zu trinken. Am Büfett sah sie Andrew, der sich gerade etwas Rührei auftat. Als er Espen und sie erblickte, hob er eine Braue und kam dann eilig auf sie zu.

»Da bist du ja endlich«, sagte er besorgt.

»Der Fahrstuhl ist stecken geblieben«, erklärte sie, doch das hörte sich in ihren Ohren wie eine plumpe Ausrede an. Sie hatte ohnehin das Gefühl, jeder würde ihr ansehen, dass sie in diesem Augenblick geil war.

»Da drüben ist unser Tisch.« Andrew deutete zu einem Zweiertisch nahe am Fenster.

»Warum setzt ihr euch nicht zu uns?«, fragte Espen, der bereits Serena ausgemacht hatte. Sie hatte einen Tisch für vier Personen reserviert.

Andrew schüttelte den Kopf, wollte gerade etwas sagen. Und Melissa wusste genau, was, daher fiel sie ihm ins Wort: »Warum nicht? Ist doch eine gute Idee, oder, Schatz?«

»Was? Äh …« Sie zwinkerte ihm zu, hoffte, dass er verstand. »Ja … sicher«, sagte Andrew endlich, und Melissa war froh, dass er schnell geschaltet hatte.

»Fein. Dann sehen wir uns ja gleich wieder.« Espen ging zu seinem Tisch und nahm im Vorbeilaufen einen Kaffee mit.

Andrew zog Melissa zur Seite. »Was wird das jetzt für ein Hin und Her? Wir hatten doch etwas ganz anderes besprochen.«

Sie blickte zu Espen, der sich gerade setzte, und schmeckte noch einmal seinen heißen Kuss auf ihren Lippen. Sie wollte mehr. Viel mehr. Was wohl noch möglich wäre, in diesen zwei Wochen?

»Ich habe noch mal über alles nachgedacht, Andrew.«

»Aha! Jetzt bin ich aber gespannt.«

»Lass uns die Sache durchziehen.«

»Aber du ... warst doch dagegen, gestern Abend noch ...«

»Ich weiß. Ich war ... verstockt. Tut mir leid.«

Er schien es ihr nicht ganz abzunehmen, vielleicht sogar zu wittern, dass etwas vorgefallen war. Schließlich war sie über eine halbe Stunde fort gewesen. Und wenn er schlau war, zählte er eins und eins zusammen, denn Espen war bei ihr gewesen.

»Woher kommt denn der plötzliche Sinneswandel?«

Sie zuckte hilflos mit den Schultern. »Wieso sagst du nicht einfach ja? Oder hast du das Interesse an Serena verloren?«

Er lächelte verschmitzt. »Nein, hab ich nicht«, gab er zu. Und in seine Augen trat jener verklärte Ausdruck, den sie eben noch bei Espen gesehen hatte. Es irritierte sie und machte sie zugleich entschlossener.

»Dann lass es uns wagen. Lass uns herausfinden, wo unsere Grenzen liegen.«

»Die dreißig Minuten im Fahrstuhl haben offenbar einen anderen Menschen aus dir gemacht«, stellte er fest.

Sie schluckte. Ahnte er es doch? Es fühlte sich an, als hätte sie ihn betrogen, schließlich hatte sie Espen zu einem Zeitpunkt geküsst, zu dem sie sich längst geeinigt hatten, ihn und Serena nicht wiederzusehen.

Aber Andrew gab ihr keinen Hinweis, ob und wenn ja, was er ahnte. Er schien mit der Entwicklung sogar zufrieden. »Na schön, ziehen wir es durch«, sagte er und brachte seine Sachen zum Vierertisch.

Melissa atmete auf und wandte sich dem Büfett zu. Der appetitliche Duft von gebratenem Speck und Rühreiern stieg ihr in die Nase.

Hoffentlich tat sie das Richtige. Sie hatte ein Händchen dafür, sich selbst in Schlamassel zu bringen. Zumindest fühlte es sich richtig an.

Melissa war beeindruckt, wie gut sich Espen in Nizza auskannte. Die französische Hafenstadt schien fast wie ein zweites Zuhause für ihn zu sein. Er konnte über jedes Gebäude etwas Historisches sagen, und Melissa hing förmlich an seinen Lippen. Doch es waren nicht nur seine Worte, die sie gefangen nahmen, es war auch die Erinnerung an ihr Erlebnis im Fahrstuhl. Wie hatte er es nur geschafft, ihr Misstrauen gänzlich zu zerschlagen? Es sogar ins Gegenteil zu verkehren. Sie merkte schnell, es war sein Blick, der sie süchtig machte. Sein Blick, der ihr Anerkennung schenkte, ihr das Gefühl gab, jemandem etwas zu bedeuten. Und sie versuchte, diesen Blick immer wieder zu erhaschen. Aber das war gar nicht so leicht, denn auch Andrew und Serena erhielten seine Aufmerksamkeit.

Kurz nach dem Frühstück hatten sich die Paare entschlossen, einen Ausflug in die Altstadt zu machen, um den Cours Saleya, einem großen Antiquitäten- und Flohmarkt, aufzusuchen. Trotz der frühen Stunde war schon einiges los. Händler priesen ihre Waren an, die sie auf ihren dicht an dicht gereihten Ständen präsentierten. Blumen, Obst, Gemüse, Kunstwerke, Kleider, Kitsch. Für Melissa war es ein Paradies, und sie erstand einige hübsche Objekte für die Glasvitrine im Wohnzimmer.

Danach ging es weiter in die Einkaufspassage. Süße kleine Geschäfte in ebenso süßen kleinen Häusern, welche die Straße zu beiden Seiten bis zum Horizont säumten. Wunderschön. Aber bisher kein Blick von Espen, der es in ihrem Inneren kribbeln ließ.

»Komm her, Melissa, schau dir den hier mal an.« Serena stand vor einem Bekleidungsgeschäft. Genauer gesagt dem Außenstand für Bikinis. Melissa betrachtete die bunten Stofffetzen auf dem Tisch. Schrill. Klassisch. Für jeden Geschmack war etwas dabei.

»Der hier ist der Hingucker«, meinte Serena und deutete auf ein besonders knappes Teil.

Hellblau. Frech geschnitten. Ein Mikrobikini. Melissa kannte diese Art von Bikini bisher nur aus Zeitschriften.

»Der würde heiß an dir aussehen.« Serena nahm den Bügel von der Stange und hängte den Bikini vor Melissas Körper, um sich eine Vorstellung zu machen. »Sehr sexy.«

Melissa lachte. »Ich glaube nicht, dass der was für mich wäre.«

»Nein? Ich finde, du solltest ihn unbedingt kaufen.«

Wahrscheinlich würde sie damit alle Blicke auf sich ziehen. Auch den von Espen. Der Gedanke jagte ihr einen elektrisierenden Schauer über den Rücken. Mit dem Mikrobikini wäre sie so gut wie nackt. Doch seltsamerweise empfand sie diese Vorstellung alles andere als anstößig. Sie wünschte sogar, Espen würde sie nackt sehen. Sie schaute auf das Preisschild und erstarrte. 350 Euro! Für so wenig Stoff.

»Zu teuer«, sagte sie enttäuscht, und ihre Fantasie zerplatzte wie eine schillernde Seifenblase. Melissa wollte lieber schnell weitergehen, aber Serena hielt sie am Arm zurück.

»Probier ihn mal an. Wenn er mir an dir gefällt, schenk ich ihn dir.«

»Was?« Das konnte sie nicht annehmen.

Serena lachte. »Jetzt mach schon, bevor ich es mir anders überlege.«

Sie gab den Männern ein Handzeichen, und beide Frauen verschwanden in dem kleinen Laden, der gerade mal eine Umkleidekabine hatte. Melissa konnte nicht glauben, was sie hier tat. Mechanisch, beinahe wie fremdgesteuert, zog sie den Vorhang hinter sich zu und schlüpfte aus ihren Sachen. Dann streifte sie den Mikrobikini über ihre Unterwäsche, doch diese ließ nicht zu, dass sie sich ein genaues Bild von dem Bikini machen konnte. Das weiße Top und das sportliche Höschen verhinderten es geschickt. Vorsichtig schob sie ihr Oberteil an den richtigen Stellen leicht zur Seite, um die Haut darunter hervorblitzen zu lassen, dennoch reichte ihre Fantasie nicht aus, um sich vorzustellen, wie der Bikini ohne Unterwäsche an ihr aussah.

»Und? Gefällt er dir?«, erkundigte sich Serena durch den schweren Stoff des Vorhangs hindurch.

»Ich bin unschlüssig. Was sagst du?«

Serena schob sich seitlich am Vorhang vorbei und stellte sich hinter Melissa, die zum ersten Mal spürte, wie groß Serena tatsächlich war. Jetzt trug sie auch noch hohe Absätze und überragte sie um mehr als einen Kopf. Ihr heißer Atem kitzelte Melissas Nacken.

»Sieht doch keck aus«, stellte die große Blonde fest und zupfte an den fast durchsichtigen Verschlüssen des Bikinis.

»Findest du?« Melissa schob erneut das Top leicht zur Seite, und plötzlich lagen Serenas Hände auf ihren Brüsten, um ihr dabei zu helfen, die Fläche, die ihre Haut bedeckte, zu minimieren.

Melissa hielt den Atem an, zwar konnte sie jetzt sehen, wie der Mikrobikini ungefähr auf nackter Haut aussah, aber Serenas Berührungen fühlten sich wie ein Streicheln an. Ein stetes Reiben. Sie wusste nicht, wie sie darauf reagieren sollte. Ob sie es sich vielleicht sogar nur einbildete? Doch in ihr war plötzlich diese Blockade, die »Halt, bis hier hin und nicht weiter« rief. Aber von leichtem Widerstand ließ sich Serena nicht aufhalten. Sie hielt Melissas Brüste mit beiden Händen fest.

»Auf jeden Fall. Er ist wie für dich geschaffen.« Serenas Lippen waren nun ganz dicht an ihrem Ohr.

»Ja, danke, jetzt erkenne ich es auch«, erwiderte Melissa hastig, in der Hoffnung, Serena würde nun von ihr ablassen, stattdessen wanderten deren manikürte Hände über ihre Schultern und massierten sie sanft.

»Nicht so schüchtern. Ich finde, du siehst einfach großartig darin aus.«

Ihre Blicke trafen sich im Spiegel, und Melissa sah, wie sich Serena über ihre feuerroten Lippen leckte.

»Schön … ich … zieh mich dann schnell wieder an.«

»Ich kaufe ihn dir.«

»Nein, nein. Das ist wirklich nicht nötig.«

»Gefällt er dir denn nicht?«

»Doch, schon.« Sie würde heiß darin aussehen. Und sie wollte Espen darin gefallen, nicht jedoch Serena.

»Ich halte meine Versprechen, reich ihn mir durch, wenn du fertig bist, Süße.« Endlich ließ Serena von ihr ab und stolzierte aus der Kabine. Melissa hingegen spürte, wie ihr der Schweiß von der Stirn tropfte.

War das gerade eben wirklich passiert? Hatte Serena sie angemacht? So war das aber nicht vereinbart gewesen. Nun ja, genau genommen gab es an sich keine Vereinbarung. Alles, was Spaß machte, sei erlaubt. Aber das nicht nur Espen, sondern auch Serena an ihr Interesse zeigen könnte, hatte sie nicht erwartet. Das machte sie ganz wuschig. Würde Serena für dieses großzügige Geschenk eine Gegenleistung einfordern? Hoffentlich nicht!

Ein wenig durcheinander stieg sie aus dem Bikinihöschen, legte alles ordentlich zusammen und streifte wieder ihr Sommerkleid über. Nein, sie würde das Geschenk besser nicht annehmen. Dann ging sie auf Nummer sicher.

Zaghaft reichte sie den Mikrobikini aus der Kabine und bat Serena, ihn einfach zurückzuhängen. Doch als Melissa die Kabine verließ, stand die große Blonde bereits an der Kasse, um ihr gleich darauf mit einem strahlenden Lächeln das edle Tütchen zu überreichen.

»Den ziehst du an, wenn wir schwimmen gehen, versprochen? Ich will dich darin sehen.« Sie zwinkerte ihr zu.

Melissa nickte wie betäubt. Erst als Serena längst den Laden verlassen hatte, fing sie an, wieder ihre Beine zu spüren. Misstrauisch lugte sie in das Tütchen hinein. Darin lag tatsächlich ihr Mikrobikini. Serena hatte sich einfach über sie hinweggesetzt. Na schön, wenn Serena unbedingt Geld ausgeben wollte, bitte schön. Zu einer Gegenleistung wäre sie dennoch nicht bereit. Das konnte sich Madame gleich abschminken.

Im Verlauf des Tages verhielt sich Serena jedoch wieder ganz normal. Nichts deutete darauf hin, dass sie ein irgendwie geartetes Interesse an Melissa hegte. Bedauerlicherweise traf dies auch auf Espen zu. Die von Melissa sehnsüchtig erwarteten Blicke blieben aus. Sie verstand das alles nicht. Hatte ihm das im Fahrstuhl so wenig bedeutet?

Gegen Abend kehrten sie zum Hotel zurück.

»Wir müssen uns bei dir für die fantastische Stadtführung bedanken. Ich glaube, selbst ein Fremdenführer hätte es nicht besser gekonnt«, sagte Andrew, als sie in der Lobby ihre Schlüsselkarten an der Rezeption abholten.

»Keine Ursache. Serena und ich sind oft in Nizza. Daher kennen wir auch die interessantesten Flecken, auch solche, die nicht im Touristenführer stehen.« Espen legte seinen Arm um die Blondine, und Melissa spürte eine leise Eifersucht in sich aufsteigen. Lieber wäre es ihr gewesen, er hätte ihn um sie gelegt. Wie albern. Natürlich war Serena seine Nummer eins. Es war töricht, auf etwas anderes zu hoffen. Dennoch sehnte sie sich nach seinem begehrlichen Blick. Wenn er sie doch zumindest noch einmal auf diese Weise anschauen würde ... Doch gerade weil er es nicht tat, wurde ihr eigenes Begehren immer größer.

»Was fangen wir jetzt mit dem angebrochenen Abend an?«, fragte Serena und blickte in die Runde.

»Ich bin für alles offen«, sagte Andrew.

»Machen wir einen Ausflug auf der Elba«, schlug Espen vor.

»Der Elba?«, fragte Melissa verwundert.

»Das ist unsere Motoryacht«, erklärte Serena.

»Moment, nur damit ich es verstehe, ihr habt eine Yacht hier in Nizza?« Andrew warf ihr einen erstaunten Blick zu, den Melissa nicht minder überrascht erwiderte.

»Ja. Wir haben sie vor zwei Jahren gesehen und uns in sie

verliebt, nicht wahr, Liebling?« Serena küsste Espen. Erneut flammte dieses Unbehagen in Melissa auf, und sie wandte den Blick demonstrativ ab. Er spielte nur mit ihr. Mit allen hier.

»Das klingt doch gut! Ja, machen wir das.« Andrews Begeisterung war nicht zu überhören.

»Fein, dann treffen wir uns in einer halben Stunde in der Lobby«, schlug Espen vor.

»Zieht euch etwas Schickes an. Ich will dich in deinem neuen Bikini sehen.« Serena zwinkerte ihr zu, aber Melissa schaute schnell zur Seite.

»Was geht dir jetzt schon wieder gegen den Strich?«, wollte Andrew wissen, als sie ihr Zimmer betraten.

»Gar nichts. Wie kommst du darauf, dass mir etwas gegen den Strich geht?«

»Ich sehe es an deinem Blick. Was ist es diesmal?«

»Gar nichts. Ich bin einfach nur müde. Vielleicht bleibe ich hier.« Sie hatte keine Lust, das Geturtele zwischen Espen und Serena mit anzusehen. Vor allem aber wollte sie Serena aus dem Weg gehen. Nur für den Fall …

»Ich denke, das wäre ein Fehler. Du wirst einiges verpassen.« Er zog sich eine Badehose an und streifte seine Jeans darüber. »Wann bekommt man schon mal die Gelegenheit, mit einer Yacht aufs Mittelmeer hinauszufahren? Aber wie du willst, wenn's dir nicht gutgeht …«

Es ärgerte sie, dass er nicht wie sonst versuchte, sie zu überreden. Außerdem war sie ja selbst neugierig auf die Elba. Sie war nur durcheinander, weil sie sich ihrer Gefühle für Espen und auch für Andrew nicht mehr sicher war. Es störte sie, Serena in Espens Armen zu sehen. Mehr als es das tat, wenn sie sich an Andrew heranmachte. Dabei hätte es doch genau umgekehrt sein müssen. Außerdem fühlte sie sich von Espen ignoriert. Das ärgerte sie fast am meisten.

»Du solltest dich entscheiden, du hast noch zehn Minuten«, meinte Andrew und tippte auf seine Armbanduhr. »Ich bin schon mal unten.« Mit einem leisen Klack schlug er die Tür hinter sich zu.

Melissa blickte zu der edlen Geschenktüte, in der ihr Mikrobikini lag. Normalerweise würde sie so etwas Knappes gar nicht tragen. Aber, das musste sie zugeben, es hatte wirklich heiß an ihr ausgesehen. So heiß, dass sie sogar glaubte, Espens Aufmerksamkeit damit wieder zurückzugewinnen. Doch das würde sie nur herausfinden, wenn sie sich einen Ruck gab.

Entschlossen verschwand sie im Bad, streifte den Mikrobikini über und betrachtete sich im mannshohen Spiegel. Sie war überrascht, wirkten die blauen Stoffstreifen, denn mehr als Streifen waren es nicht, doch tatsächlich noch appetitlicher an ihr, als es bei der Anprobe der Fall gewesen war. Melissa drehte sich, um auch ihren Po zu mustern. Süß sah er aus. Klein, aber knackig. Mit ihrem Look, da war sie sich sicher, würde sie alle überraschen. Bis auf Serena natürlich, aber der würde sie einfach aus dem Weg gehen, sich mehr auf Espen konzentrieren. Sie wollte unbedingt, dass er sie wieder so ansah wie im Fahrstuhl.

Zufrieden schlüpfte sie in ihr Sommerkleid, zog ihre Pfennigabsatzsandaletten an und eilte in die Lobby, wo Andrew, Serena und Espen bereits auf sie warteten.

»Schön, dass du mitkommst«, sagte Espen erfreut und lächelte zärtlich. »Ich wäre enttäuscht gewesen, wenn wir ohne dich rausgefahren wären.« Seine Worte ließen ihr Herz flattern, und da waren sie wieder, diese wundervollen Blicke, die ihr eine Gänsehaut an allen möglichen und unmöglichen Stellen ihres Körpers verursachten. Dabei hatte er doch noch gar nicht unter ihr Kleid geblickt. Sein Wandel überraschte sie. Gehörte er zu den Männern, die eine Frau erobern wollten? Für die es einen besonderen Reiz hatte, wenn sie sich entzog oder zu entziehen drohte?

Sie fuhren in Espens Jeep zum Hafen, wo die Elba lag. Es war eine schöne Yacht, die, wie Melissa schätzte, um die fünfzehn Meter lang war. Sicherlich ein kleines Vermögen, das dort im Wasser vor ihnen schwamm. Was machten die beiden noch mal beruflich? Melissa erinnerte sich dunkel, dass Serena etwas mit Models zu tun hatte. Ja, sie leitete eine eigene Agentur. Ganz gewiss war das ein erträgliches Geschäft, sofern die Agentur gut lief. Und Espen war Geschäftsmann. Doch er hatte nicht verraten, in welcher Branche er tätig war.

Die kleine Yacht erlaubte nun zumindest eine grobe Schätzung, was ihre Gehälter anbelangte.

Nein, Espen und Serena waren keine Normalos wie sie, die ihren Alltagsjobs nachgingen, mit deren Verdienst sie gerade so über die Runden kamen. Sie spielten in einer anderen Liga. Melissa hätte es sich bereits denken können, als Serena ihr so ein großzügiges Geschenk machte. Welcher normale Mensch leistete sich schon den Spaß eines 350 Euro teuren Mikrobikinis, der ja im Grunde aus Nichts bestand und nur einen bekannten Designernamen aufwies. Dass Espen und Serena was auf der hohen Kante hatten, wurde ihr seltsamerweise aber erst jetzt wirklich bewusst. Die beiden konnten sich mit ihrem Geld alles kaufen. Wahrscheinlich sogar Liebe.

»Kommt rauf«, bat Espen und reichte Melissa die Hand, um ihr an Bord zu helfen. Als alle an Deck waren, verschwand er im Steuerraum, um dem Kapitän – einem armen Kerl, den er offenbar aus dem Bett geholt hatte – Anweisungen zu geben. Kurz darauf setzte sich die Elba in Bewegung. Melissa blickte über die Reling, beobachtete, wie sich die Wellen an der Außenhaut der Yacht brachen, wie sie höher und höher schlugen, sich weiße Schaumkronen bildeten. Der Horizont leuchtete orangefarben. Aber Melissa sah auch die dunklen Wolken, die am Himmel aufzogen. Das Wetter machte ihnen doch hoffentlich keinen Strich durch die Rechnung.

»Möchtet ihr etwas trinken?«, fragte Serena, die kurz unter Deck verschwunden war und nun ein Tablett mit vier Gläsern und einer Flasche Champagner vor sich her trug.

»Gern.« Sie reichte Andrew ein Glas. Melissa nahm auch eins, doch sie stießen erst an, als Espen sich wieder zu ihnen gesellte.

»Wohin fahren wir denn eigentlich?«, wollte Melissa wissen.

»Das ist eine Überraschung«, verkündete er, und sein Lächeln ging ihr durch und durch.

»Ich mag Überraschungen«, sagte Melissa. Zumindest dann, wenn es keine bösen waren.

»Das habe ich mir gedacht.«

»Vielleicht habe ich ja auch eine für dich«, sagte sie verheißungsvoll, aber darauf bedacht, dass Andrew es nicht unbedingt mitbekam. Der war ohnehin abgelenkt.

»Möchtest du dir mal unsere Kabinen ansehen?«, fragte Serena und nahm Andrews Hand, ohne seine Antwort abzuwarten.

»Warum nicht?«

Beide verschwanden unter Deck, während es sich Espen und Melissa auf den Liegestühlen am Bug gemütlich machten. Leider war es nicht halb so warm, wie sie es sich erhofft hatte, und sie zögerte, ob sie ihr Kleid ausziehen und ihm ihren Bikini präsentieren sollte.

»Ich mag Überraschungen auch«, sagte Espen, um das Gespräch wieder aufzugreifen.

Doch die kühle Meeresbrise brachte Melissa nun davon ab, ihren sexy Look zu zeigen. »Später, versprochen.«

Espen schien der Wind im Gegensatz zu ihr nichts auszumachen. Aber das war kaum verwunderlich. Allgemein war bekannt, dass Frauen schneller froren, und Melissa war eine ausgesprochene Frostbeule.

»Das Wetter sieht gar nicht gut aus«, bemerkte sie, denn die dunklen Wolken verdeckten nun den Himmel vollständig, als beabsichtigten sie, das letzte bisschen Licht zu verschlucken.

»Keine Sorge, wir sind bald da.«

»Bald da? Wo?«

»Die Überraschung.«

Die Yacht war groß genug, um gut und gern vier Personen unterzubringen. Zwar waren die Kabinen eng, aber zwei Betten passten jeweils hinein. Außerdem gab es eine weiträumige Sitzgelegenheit, die sich an eine Bar anschloss, und sogar eine Küche.

Serena stolzierte vor Andrew her, wackelte anzüglich mit den Hüften und setzte sich schließlich auf die Couch. Sie schlug ihre endlos langen Beine übereinander und musterte ihn von oben bis unten. Er war derartige Blicke gewöhnt. Sein Körper zog oft Aufmerksamkeit auf sich. Doch wenn Serena ihn so ansah, wurde er auffällig schnell nervös.

»Und du nimmst an Wettkämpfen teil?«

Er lächelte verlegen. Normalerweise berichtete er immer voller Stolz von seinen sportlichen Aktivitäten. Doch Serena gegenüber wollte er nicht wie ein Angeber wirken. Also nickte Andrew nur.

»Setz dich doch zu mir.« Sie klopfte mit der Hand auf den Platz neben sich. Ihm fiel auf, wie groß ihre Hände waren. Fast so groß wie Männerhände. Aber dennoch feingliedrig und mit langen lackierten Fingernägeln, die feurig glänzten. Sie erinnerte ihn an eine junge Brigitte Nielsen.

Andrew nahm neben ihr Platz, und sie lehnte sich an ihn, streichelte seine Schulter. Ein Gefühl von Vertrautheit durchfloss ihn.

»Erzähl mir mehr von diesen Wettkämpfen.« Ihr Zeigefinger kraulte sein Kinn. Dann glitt ihre Hand über seine Brust, ertastete seine Muskeln, die sich unter seinem Shirt abzeichneten.

Andrew schluckte, plötzlich wurde ihm ganz heiß. Was machte diese Frau nur mit ihm?

Er kannte dieses Gefühl vom Wettkampf, wenn das Adrenalin durch seine Adern schoss, die Muskeln erhitzte.

»Hast du schon einmal einen Pokal gewonnen?«, fragte Serena. Ihre Lippen zupften sanft an seinem Ohrläppchen.

»Ja. 2008«, sagte er knapp, denn er spürte, dass ihm jeden Moment die Stimme versagen würde. »Zweiter Platz«, fügte er noch rasch hinzu.

»Beeindruckend. Genauso wie das hier.« Sie befühlte seinen Bizeps, der selbst im nicht angespannten Zustand hart war.

»Ist es nicht … unangebracht … hier … ich meine, die beiden anderen … an Deck …«

»Wenn es schnell geht, werden sie uns schon nicht vermissen.«

Serena glitt auf den Boden, setzte sich zwischen seine Schenkel, und ehe er überhaupt protestieren konnte, hatte sie schon den Reißverschluss seiner Hose geöffnet.

»Ein Quickie kann doch nicht schaden«, erklärte sie und zwinkerte ihm zu.

Andrew sah das ganz genau so, zog rasch seine Hose herunter und holte sein längst steifes Glied aus seiner Badehose, die er statt Unterwäsche trug. Sein Schwanz vibrierte in seinen Händen.

Serena beugte sich über ihn, hauchte ein Küsschen auf seine Eichel, die sich gierig in ihren Mund schob. Zur Antwort drang ein leises Glucksen aus ihrer Kehle. Vielleicht war er zu forsch vorgegangen.

»Tut … mir leid«, sagte er heiser, aber Serena ignorierte seine Worte, genauso wie das kleine Missgeschick. Stattdessen glitten ihre heißen Lippen an ihm hoch und runter, pressten sich fest um seinen Schaft, während sich ihre langen Krallen in seine Oberschenkel gruben. Der süße Schmerz steigerte seine Lust nur noch mehr.

Andrew dachte an Melissa, hoffte, dass sie jetzt nicht herunterkam und ihn so sah. Aber dann war auch das egal, denn Serenas Lippen beförderten die schönsten Lustgefühle in ihm hervor, und er wollte nur noch kommen.

Das Kribbeln weitete sich von seiner Schwanzspitze bis in seine Hoden aus, die sich zusammenzogen. Serena schien das zu bemerken, denn ihre Hand legte sich auf seinen Sack, drückte ihn leicht, als wollte sie ihm zu verstehen geben, dass sie es war, die hier die Kontrolle ausübte. Und Andrew genoss das. Er überließ es ihr, den Zeitpunkt zu bestimmen, und war erstaunt, als sie ihre Lippen in dem Moment, in dem seine Lust aus ihm schoss, erst recht um ihn legte, so dass sie jeden Tropfen auffing und sogar schluckte. So etwas hatte Melissa bisher noch nie gemacht. Es war geil, das zu sehen. Eine Frau, die seinen Samen aufnahm. Ein Schauer jagte ihm über den Rücken, und er schüttelte sich vor wohliger Erregung.

Serena lächelte zufrieden, das Feuer in ihrem Blick war noch nicht ganz erloschen.

»Wow« war alles, was er hervorbrachte.

»Das hat sich doch gelohnt, oder?«

Er nickte nur. Immer noch ganz benommen. Sie half ihm, sich wieder anzuziehen. Gerade im rechten Moment, denn schon hörten sie das Knarren der Treppe, die unter Deck führte, und kurz darauf betraten Espen und Melissa den Wohnbereich der Yacht. Sie waren beide durchnässt. Wasserperlen tropften aus ihren Haaren, und jetzt hörte er auch das rhythmische Klopfen an Deck. Der Regen hatte eingesetzt.

Melissa warf nur einen kurzen Blick zu Andrew und Serena, die sich immer wieder die Lippen leckte, als hätte sie gerade etwas äußerst Köstliches gegessen. Dann folgte sie Espen zum Bad, der ihr ein Handtuch reichte, mit dem sie ihr nasses Haar abrubbelte.

»Ich hoffe, das Unwetter wird nicht zu stark«, sagte sie besorgt. Die Vorstellung, nicht rechtzeitig an Land zu kommen, behagte ihr ganz und gar nicht. Hier war eindeutig zu viel Wasser um sie herum.

»Keine Angst. Wir sind im Trockenen. Ist doch gemütlich.«

Plötzlich stand er so dicht vor ihr, dass sie seinen Atem auf ihren Lippen spürte. »Du siehst süß aus, wenn du nass bist«, flüsterte er.

Melissa schluckte. Nicht nur, weil er ihr unerwartet nah kam, sondern weil Andrew nur wenige Meter von ihr entfernt auf der Couch saß. Er brauchte nur aufzustehen und den Kopf leicht zur Seite zu neigen, und er würde alles sehen.

Espen fixierte sie mit seinen sonderbaren Augen. Sie war versucht, ihn zu fragen, was es mit den unterschiedlichen Iriden auf sich hatte, ließ es aber dann lieber.

Sie spürte, wie die Kälte aus ihrem Körper kroch und sich stattdessen Hitze in ihr ausbreitete. Wohltuende, erregende

Hitze. Ihr schwindelte. Warum nur hatte er solch eine intensive Wirkung auf sie? Das war doch nicht normal. Sie lehnte sich an den Türrahmen und fuhr sich hektisch mit beiden Händen über die glühenden Wangen.

»Keine Angst. Wir erreichen die Insel in zehn Minuten. Dort finden wir Unterschlupf.« Zärtlich streichelte er ihr Kinn, fuhr die Form ihrer Lippen mit seinem Finger nach.

»Welche Insel?« Fuhren sie nicht nach Nizza zurück?

»Das ... ist meine Überraschung. Wir haben sie Venus Clams genannt.«

Jetzt war sie noch verwirrter.

»Euch gehört eine Insel?«

Er nickte gedankenversunken, beugte sich zu ihr herunter und küsste sie auf den Hals. Melissa war zu erstarrt, ihn abzuwehren. Sie wollte das auch gar nicht. Obwohl Andrew in der Nähe war. Ihr Körper reagierte mit eindeutigen Signalen, als versuchte er, ihr klarzumachen, was sie ohnehin längst wusste. Dass sie diesen Mann wollte. Am liebsten sofort.

Ein herrliches sinnliches Prickeln breitete sich in ihr aus, überzog ihre Haut. Und es war, als würden heiße und kalte Schauer gleichzeitig über sie hinwegrieseln.

»Die Insel wird dir gefallen. Sie ist unsere kleine Spielwiese, unser Schlaraffenland«, versicherte er.

Es klang toll. Abenteuerlich.

»Dort möchte ich mit dir spielen«, raunte er, doch sein Blick, der sonst so voller Begehren war, verdunkelte sich plötzlich, als er das Wort »spielen« aussprach, und für einen Augenblick war er ihr unheimlich. Abgründe. In diesen Augen sah sie ganz eindeutig tiefe, dunkle Abgründe. Doch wohin führten sie? Melissa zitterte. Vor Kälte.

»Möchtest du auch Champagner, Liebling?«, rief Serena aus dem Wohnbereich.

»Sehr gern, Darling. Ich komme.«

Melissa blieb im Bad stehen, unsicher, was sie von alldem halten sollte. Eine eigene Insel, auf der niemand sonst wohnte, wo Andrew und sie mit Espen und Serena völlig allein waren. Das konnte in der Tat sehr aufregend werden. Zugleich war es aber auch ein wenig bedrohlich. Doch ein Zurück gab es ohnehin nicht. Der Regen zwang sie anzulegen, und genau das tat Espens Steuermann wenige Augenblicke später.

»Willkommen auf unserem kleinen Island«, sagte er, während der Mann im Regenmantel, dessen Gesicht sie nicht sehen konnte, den Anker auswarf.

Die Insel war überschaubar. In ihrer Mitte erkannte Melissa ein mehrstöckiges weißes Gebäude im Stil der Südstaaten-Plantagen.

»Was ist das hier?«, fragte Andrew.

»Unser Reich«, entgegnete Serena und hakte sich bei ihm unter, führte ihn über die kleine Zugangstreppe zu dem Steg und von dort über den Sandweg zur Villa hinauf.

»Wow«, entfuhr es Andrew, der ihr bereitwillig folgte.

»Komm, sonst holst du dir hier draußen noch eine Erkältung«, sagte Espen und legte den Arm um Melissa. Es fühlte sich gut an. Trügerisch gut.

Als Melissa die Villa betrat, beschritt sie zugleich auch eine andere Welt. Dies war das Heim von Menschen, die sich um Geld keine Sorgen zu machen brauchten, die das einfache Leben sicherlich nur aus dem Fernsehen kannten. Dies war

Luxus pur. Sauber. Hell. Geschmackvoll. Teure Bilder an den Wänden. Ein goldener Kronleuchter. Marmorsäulen. Eine lange Treppe mit einem roten Teppich und edlem Geländer.

»Fühlt euch ganz wie zu Hause«, forderte Serena sie auf und verschwand irgendwo in einem der zahlreichen Flure.

»Ihr wollt euch sicher erst mal frisch machen. Kommt, ich zeige euch, wo das Bad ist.« Espen geleitete sie zu einem Badezimmer im unteren Stock, es gäbe aber drei weitere, wie er erklärte. Dieses war mit einem Wannenbad ausgestattet, das man aufgrund seiner Größe auch gut und gern als Pool hätte bezeichnen können.

»Frische Bademäntel hängen in dem Schrank. Wenn ihr fertig seid, kommt ins Wohnzimmer. Aber lasst euch Zeit, entspannt euch, niemand wird euch drängen«, erklärte Espen und verschwand ebenso.

Andrew zog sich sogleich aus, stellte das Wasser an.

»Willst du erfrieren? Leg endlich deine Sachen ab«, sagte er und lachte. Melissa, die sich an all dem Luxus nicht sattsehen konnte, löste die Träger ihres Kleides, und es glitt an ihrem schlanken Körper zu Boden. Als Andrew ihren Mikrobikini sah, pfiff er anerkennend. »Heißes Teil, wo hast du das denn her?«

»Von Serena. Sie hat es mir gekauft.«

»Ist nicht wahr!« Er grinste breit. »Sieht so aus, als hätten wir das große Los gezogen, was?« Er gab Badesalz in die Wanne, bis es schäumte, und stieg dann hinein.

»Ja, irgendwie schon.« Melissa zog ihren Bikini aus und tauchte ihren Fuß vorsichtig ins Wasser. Es war angenehm warm. Sie konnte nicht widerstehen. Vorsichtig stieg sie ein. Dennoch, all dieser Luxus war irgendwie auch erdrückend.

Andrew tauchte unter, kam gleich darauf wieder hoch und lachte gelöst. »Nicht so steif, Melissa. Lass auch mal los, genieße«, sagte er und bespritzte sie mit Wasser. Er hatte ja recht.

»Ich frage mich nur, wer Espen und Serena wirklich sind.«

Irgendwie hatten die beiden es geschafft, ihre Regeln doch einzuhalten. Er war Geschäftsmann, doch für wen oder was er arbeitete, war nicht bekannt. Über sie wusste man nur vage, dass sie eine Modelagentur hatte.

»Das sind einfach zwei nette Leute, die ein bisschen Kohle haben und sich mit uns vergnügen wollen. Ich finde das ist wie ein Sechser im Lotto.«

»Ja, vielleicht.« Sie erinnerte sich an Espens dunklen Blick. Er war sexy gewesen. Aber auch unheimlich. Irgendetwas hatte er vor. Irgendetwas plante er. Er wollte mit ihr »spielen«. Meinte er das wörtlich, also sexuelle Spiele, oder steckte noch mehr dahinter?

Sie überlegte, es Andrew zu sagen, ihn nach seinem Rat zu fragen, aber wahrscheinlich würde er ihre Bedenken nicht ernst nehmen. Sie konnte das ja selbst nicht wirklich. Zumal sie nichts vorzuweisen hatte außer diesem Bauchgefühl.

»Na, siehst du. Alles bestens.« Er spritzte sie erneut nass, stürzte sich auf sie und drückte sie unter Wasser. Melissa erschrak derart, dass sie vergaß, vorher Luft zu holen. Wild strampelte sie mit den Beinen, und als Andrew sie wieder hochließ, spritzte sie zurück, warf sich auf ihn und lachte.

Das Wohnzimmer hatte geschätzte hundert Quadratmeter und ein Panoramafenster mit einem weiten Blick auf das Meer. Das Unwetter tobte noch immer, schüttelte Palmen und trieb hohe Wellen an den hellen Strand der Insel.

Die weißen Bademäntel waren warm und flauschig. Nicht nur Andrew und sie trugen sie, auch Espen und Serena, die zudem einen Handtuchturban um den Kopf geschlungen hatte, waren darin eingehüllt. Weiße Uniformen. Darunter waren sie alle nackt.

Das Feuer im Kamin knisterte und verbreitete angenehme Wärme.

»Möchtet ihr etwas trinken? Wir haben Champagner da«, sagte Serena und ging zur Bar.

»Für mich nichts, danke.« Melissa wollte lieber nüchtern bleiben. Andrew nahm jedoch ein Glas, und Serena brachte es ihm, setzte sich auf die Lehne der Couch. Melissa sah, wie ihre Hand unter seinem Bademantel verschwand. Einfach so, als wäre Melissa gar nicht anwesend.

Ein wohliges Stöhnen drang aus Andrews Kehle, und er hatte plötzlich nur noch Augen für Serena, schien völlig vergessen zu haben, dass sie noch immer neben ihm saß. Ein merkwürdiges Gefühl. Noch merkwürdiger war, dass es ihr so verdammt wenig ausmachte.

»Möchtest du das Haus sehen?«, fragte Espen. Sie war froh über seinen Vorschlag, denn sie wollte sich der eigenartigen Situation entziehen.

»Ja, gern.« Er half ihr aufzustehen und bot ihr seinen Arm an, aber Melissa schüttelte nur lächelnd den Kopf. Zu diesem Zeitpunkt hatte sie seinen gefährlichen Blick auf der Yacht längst aus ihrem Gedächtnis verbannt und war wieder gefangen von seiner Ausstrahlung. Charisma. Er wirkte so selbstsicher und sexy, egal, was er tat. Und dass ihm eine eigene Villa auf seiner eigenen Insel gehörte, das machte ihn nicht gerade uninteressanter.

Die Villa hatte insgesamt vier Badezimmer, erstaunlicherweise lediglich zwei Schlafzimmer, von denen eins als Gästezimmer fungierte, das andere wurde ihr nicht gezeigt, außerdem zwei Küchen, einen Wohnbereich, einen überdachten Pool, einen Außenpool, den sie nur durch das Fenster sah, und einen Lustkeller, wie Espen es nannte. Dass ein solcher in diesem Haus existierte, überraschte Melissa nicht sonderlich. Eher wäre sie erstaunt gewesen, hätte es kein solch dunkles Geheimnis in Espens und Serenas Reich gegeben.

Und da hallten seine Worte wieder in ihren Ohren nach. »Ich will mit dir spielen.« Wie hatte er das nur gemeint, und warum törnte sie das plötzlich an?

»Es ist schön hier«, sagte sie, um sich selbst etwas abzulenken. Seine Nähe brachte sie durcheinander. Sie fühlte sich abgestoßen und hingezogen zugleich. Ein Lächeln huschte über seine Lippen, und seine Augen schienen förmlich zu leuchten. »Freut mich, dass es dir gefällt«, sagte er sanft.

Melissas Blick hing an seinen sinnlichen Lippen. So schöne Lippen hatte sie noch nie bei einem Mann gesehen. Andrews Züge waren eher herb, was durch das Training kam. Auch Espen sah männlich aus, doch zugleich schön, im wahrsten Sinne des Wortes.

Nein, sie musste sich korrigieren. Er stieß sie weit weniger ab, als er sie anzog.

»Ein Zimmer habe ich dir noch nicht gezeigt.« Er nahm

plötzlich ihre Hand. Die Berührung erregte sie. Ein fester Griff. Stärke. Sie stellte sich vor, er würde seine Hand anderweitig einsetzen.

Wo kamen auf einmal solche Gedanken her? Ihr wurde plötzlich heiß. Und nicht nur ihre Wangen glühten, auch ihre Scham.

Melissa folgte ihm bereitwillig die Treppe hinauf durch den schmalen Gang, bis sie vor einer Tür am Ende des Flurs stehen blieben.

»Was ist dahinter?«, fragte sie neugierig.

»Mein Schlafzimmer.« Also gab es doch mehr als nur zwei Schlafzimmer. Aber wieso betonte er, dass es sein Schlafzimmer sei? Schliefen Serena und Espen etwa getrennt? Sie blickte in dieser verworrenen Beziehung noch nicht ganz durch.

Langsam drückte er die Klinke herunter und schob die Tür auf. Melissa war nicht sicher, was sie erwartete. Vielleicht etwas Exzentrisches, doch das Zimmer war eher rustikal bis normal, also nicht besonders auffällig eingerichtet. Keine Totenköpfe oder Sektenzeichen an den Wänden. Vielleicht konnte man es sogar am ehesten als konservativ bezeichnen.

»Nett.«

Sie ging ein paar Schritte in den Raum hinein, musterte sein Bett. Es sah ordentlich aus, als hätte er lange nicht darin gelegen. Und da fiel ihr ein, dass Serena und Espen im Hotel übernachtet hatten, obwohl sie doch die grandiose Möglichkeit besaßen, in ihrer eigenen Traumvilla zu nächtigen, die um einiges komfortabler war.

»Wieso habt ihr euch ein Zimmer im Fornage genommen?« Das war noch dazu nicht unbedingt ein Luxushotel.

Aber es war das Hotel, in das sich auch Andrew und Melissa eingebucht hatten. Sie hatten es im Internet entdeckt und zahlreiche gute Kritiken zum Service und Büfett gefunden, was ihre Entscheidung für das Hotel erleichtert hatte.

Plötzlich drehte er sie herum. Melissa erschrak ein wenig, doch sein Ungestüm erregte sie sehr.

»Wir wollten noch nicht gleich zu Beginn all unsere Trümpfe ziehen. Hätte ja sein können, dass wir uns nicht miteinander vertragen.«

Wieder diese Geheimnistuerei.

Seine Hände schoben sich unter ihren Bademantel, streiften ihn über ihre Schultern. Und wie ein Streicheln über ihren Körper glitt der Mantel an ihr herab und blieb zu ihren Füßen liegen. Sie brauchte ihn auch nicht mehr, um sich zu wärmen. Ihr war heiß. Sie glühte. Ganz besonders zwischen ihren Schenkeln.

»Außerdem«, fuhr er fort, »wollte ich in deiner Nähe sein.«

Sie lachte, überrascht, aber auch verwirrt. »Du kanntest mich doch noch gar nicht.«

»Ich kannte dein Foto.«

Espen musterte sie von oben bis unten, lief einmal um sie herum wie ein Raubtier, das seine Beute sehr genau beobachtete. Das Herz schlug Melissa bis zum Hals.

Adrenalin rauschte in Schüben durch ihre Adern, wühlte sie auf und lähmte sie zugleich.

»Aber Fotos allein genügen nicht. Ich will jetzt alles von dir wissen«, flüsterte er ihr ins Ohr, als er wieder vor ihr stand. Seine starken Hände konnten so unglaublich sanft sein. Zärtlich streichelte er ihre Schultern, und ein süßer Schauer jagte ihr über den Rücken.

Sie blickte zu ihm auf, bereit, ihm jede Antwort zu geben.

»Hast du schon einmal mit einem Mann geschlafen, der nicht Andrew war?«

Sie schüttelte den Kopf. Andrew war immer der Einzige gewesen. Bis heute.

Ein Lächeln umspielte Espens Lippen. Fast so, als hätte er genau mit dieser Antwort gerechnet.

Sacht schob er sie zu seinem Bett, drückte sanft auf ihre Schultern, bis sie auf der Matratze saß. Dann kniete er sich zwischen ihre Beine, streichelte ihre linke Wade, massierte ihren Fuß. Melissa seufzte wohlig. Doch sie war sich noch nicht sicher, ob sie das alles überhaupt wollte. Ob sie wirklich bereit war.

»Wie habt ihr euch kennengelernt?«

»In der Schule. Er kam aus einer anderen Stadt. War neu in der Klasse. Er gefiel mir sofort.«

»Und wie war dein erstes Mal mit ihm?«

Normalerweise hätte sie diese intime Frage nicht beantwortet oder zumindest Bauchschmerzen dabei verspürt, doch vor Espen hatte sie seltsamerweise keine Scheu. Es erregte sie sogar ein wenig, von ihm auf solch sinnliche Weise verhört zu werden.

»Normal. Denke ich.« Sie schmunzelte. Tatsächlich konnte sie sich gar nicht so recht erinnern. War das nicht merkwürdig?

»Dies ist unser erstes Mal«, erklärte er und streichelte ihren Fuß mit solcher Hingabe, wie sie es nie zuvor von Andrew erfahren hatte.

Ihr erstes Mal. Klang so, als gäbe es ab jetzt kein Zurück mehr. Aber zurück wollte sie auch gar nicht. Sie lächelte. Vor wenigen Tagen noch hätte sie niemals geglaubt, dass sie so weit gehen würde. Und jetzt fühlte es sich richtig an.

»Unser erstes Mal soll mehr sein als ›normal‹.«

Espen hauchte ihr einen Kuss auf die Fußsohle. Sie lachte.

»Gefällt dir das?«, fragte er heiser.

»Es kitzelt«, gab sie zu.

»Wie fühlt sich das an?« Nun leckte er über ihre Fußsohle, von der Ferse bis zu ihren Zehen. Dann sah er sie wieder an, mit begehrlich leuchtenden Augen, auf eine Antwort wartend. Melissa aber spürte, wie sie sich verkrampfte.

»Meinst du das ernst?«, fragte sie unsicher.

Er stellte ihren Fuß ab, doch anstatt ihr zu antworten, hauchte er nun Küsse auf ihren Fußrücken, steckte seine Zunge in die Zwischenräume ihrer Zehen. Sie war unfähig, etwas zu sagen oder das Spiel zu unterbinden. Sie war nicht einmal sicher, ob es ihr gefiel oder nicht. Sie war einfach nur durcheinander, denn es war nicht das, was sie erwartet hatte. Espen lag zu ihren Füßen. Ein großer, starker Mann. Attraktiv. Jemand, der alles haben konnte. Der mit ihr hätte machen können, was er wollte. Dieser Mann zog es vor, sich vor sie auf den Boden zu legen und an ihren Zehen zu lutschen. Das war verstörend. Nur warum prickelte es dann auch in ihrem Schoß?

Sag etwas, du musst ihn fragen, was das soll, worauf das hinausläuft, meldete sich die leise Stimme in ihrem Kopf, die sie schon oft vor einer Dummheit bewahrt hatte. Aber dieses Mal wollte Melissa nicht auf sie hören. Sie wollte nicht alles schon vorher wissen, kein Spielverderber sein! Sie wollte es erleben. Sehen, wohin es führte. Fühlen, wie weit er ging.

Vorsichtig hob sie ihr Bein, schlug das eine über das andere, so dass Espen gezwungen war, den Kopf zu heben, wenn er weiter ihre Sohle lecken wollte. Und das tat er. Sie beobachtete ihn genau, sah, wie er seinen Kopf leicht drehte, um besser an ihre Ferse zu kommen. Seine Hände streichelten ihre Wade. Die Augen hatte er geschlossen, nur hin und wieder öffnete er sie leicht, um ihre Reaktion zu sehen.

Und dann blickte er zwischen ihre Beine. Melissa war feucht. Sie spürte es. Und wahrscheinlich konnte man es auch sehen.

Ein zufriedenes Lächeln schlich sich in sein Gesicht. Dann nahm er plötzlich ihren Fuß und drückte ihn zwischen seine Beine. Kräftig. Sie zuckte zurück, denn sie wollte ihm ja nicht weh tun, doch ganz offensichtlich, wollte er, dass sie genau das tat.

»Keine Angst«, sagte er sanft und drückte ihren Fuß auf seine empfindsame Stelle. Sie spürte, wie hart er war, wie er unter ihrer Sohle zuckte, vibrierte.

Dann beugte er sich vor, versank mit seinen Lippen in ihrer Scham und leckte sie. Melissa konnte es nicht glauben. Nicht glauben, wie verdammt geil sie das machte! Sie ließ sich nach hinten gleiten und schloss die Augen.

Er erhöhte den Druck ihres Fußes auf seine Weichteile, und jedes Mal, wenn er das tat, schien sein Schwanz noch etwas wilder zu zucken.

Seine Zunge hingegen verwöhnte sie zärtlich, voller Hingabe. Mit Leichtigkeit hatte er ihre schöne große Perle gefunden, die nun unter seinem sanften Schlecken anschwoll.

Dann wieder mehr Druck, fast schon ein Tritt. Melissa zuckte jedes Mal mit ihm zusammen. Sie fragte sich, wie er es genießen konnte, und schlimmer, warum es sie erregte. Es war grausam. Sie quälte ihn, oder besser gesagt, sie half ihm dabei, sich selbst zu quälen. Andrew hatte nie etwas Vergleichbares von ihr verlangt. Wahrscheinlich wäre er nicht mal auf die Idee gekommen. Er hatte sie »Miststück« genannt, ihre Hände festgehalten. Aber nie war es darüber hinausgegangen.

Ein weiterer Stoß ihres Fußes an seine Kronjuwelen, ein schmerzerfülltes, doch zugleich erregtes Stöhnen. Es machte ihn an und sie verdammt noch mal auch. Sein Lecken trieb sie weit hinauf, immer schneller und schneller dem Gipfel entgegen. Würde sie springen?

Melissa spürte den nahenden Orgasmus. Spürte, wie sie nur noch über die Linie zu treten brauchte, um ins Ziel zu gelangen.

Er war gewaltig. Viel gewaltiger als jeder andere Orgasmus zuvor. Für einen kurzen Augenblick spürte sie nur sich selbst, ihre Lust, ihren Körper, das geile Ziehen, gefolgt vom sanften Abklingen, dem Nachglühen. Aber dann war da noch ein anderes Gefühl. Etwas Warmes. Feuchtes. An ihrer Sohle, das langsam in Richtung Ferse glitt.

Ungläubig beobachtete sie, wie er ihren Fuß zu seinem Gesicht führte und seine Hinterlassenschaft mit den Lippen auffing. Ein Mann, der sein Ejakulat schluckte. Sie hatte nie etwas Geileres gesehen, und sie musste sich zurückhalten, um die neu aufkeimende Erregung nicht stärker werden zu lassen.

Espen sah sie an, aber sie wich seinem Blick aus. Sie wusste nicht, was sie jetzt sagen oder tun sollte.

»Möchtest du gehen?«, fragte er, als fürchtete er, sie verschreckt zu haben. Aber das war nicht der Fall. Ja, sie war erschrocken, doch über sich selbst. Über ihre eigene Reaktion und die ihres Körpers, der ihr fremd vorkam. Sie hatte es genossen, Espen weh zu tun. Nein, das stimmte nicht ganz. Sie hatte es genossen, dass es ihn geil machte, wenn sie ihm weh tat.

Melissa schüttelte den Kopf. Seine Anziehung auf sie war nicht weniger geworden, sie war jetzt sogar noch größer.

Was die Sache nur noch verwirrender machte. »Was war das gerade, Espen?«

Er erhob sich. Ungewollt rutschte ihm der Bademantel von den Schultern und offenbarte ihr einen Blick auf seine Statur. Er sah wahnsinnig sexy aus. Gut proportioniert, starke Oberschenkel, ein Sixpack, nur nicht so ausgeprägt wie das von Andrew.

»Du hast da … noch was«, sagte sie und deutete auf seine Brille. Er nahm sie ab und bemerkte den weißen Fleck am Gestell, wischte ihn mit dem Finger ab und steckte ihn sich dann in den Mund.

»Was das gerade war?«, wiederholte er ihre Frage. »Das war ziemlich geil, würde ich sagen.« Er zwinkerte.

»Es war verwirrend«, sprach sie laut aus, obwohl sie es eigentlich gar nicht hatte sagen wollen.

Espen legte sich neben sie, streichelte ihre Brust. »Nur verwirrend?«

Sie wich seinem Blick erneut aus, denn er hatte etwas Durchdringendes an sich. Etwas, das sie glauben ließ, er könne in ihr Inneres blicken. Sie dadurch irgendwie manipulieren.

»Ich hatte das Gefühl, es würde dir gefallen. Sonst wärst

du längst nicht mehr hier. Zumindest schätze ich dich so ein.«

Melissa nickte. Sie wäre über alle Berge, wenn es ihr nicht zugesagt hätte. »Aber ich will wissen, was es war … warum es so war … falls das Sinn macht.«

»Das macht Sinn.« Er fing ihren Nippel mit Daumen und Zeigefinger ein, zwirbelte ihn, bis er glühte. »Aber muss man denn alles zerreden? Du hast heute eine neue Seite an dir entdeckt. Ist es nicht schöner, sie zu erforschen, anstatt die Theorie zu erörtern?«

»Was meinst du damit?« Wollte er das wiederholen?

»Es ist eine gemeinsame Reise, auf der es vieles zu entdecken geben wird.«

»Viele Schatten.«

Er ließ von ihrer Brustwarze ab und streichelte ihre Seite bis zur Hüfte hinunter. »Auch Schatten sind ein Teil von dir.« Das klang fast philosophisch. Sie musste lachen. Aber er hatte nicht unrecht. In ihr war etwas erwacht, das sie bisher nicht gekannt, nicht mal für möglich gehalten hatte. Und wenn sie ehrlich war, war sie neugierig auf diese neue Seite. Sie hätte erwartet, dass sie sie abstieß. Aber ihr Körper hatte sie eines Besseren belehrt. Melissa musste sich eingestehen, dass es ihr gefallen hatte und dass sie neugierig darauf war, zu was Espen sie noch bringen würde. Denn eines stand fest: Kein anderer Mann hätte es geschafft, sie in dieser Situation derart zu erregen.

Nachdem sich Melissa und Espen zurückgezogen hatten, wollte Serena Andrew ebenfalls das Anwesen zeigen.

Er war äußerst beeindruckt. Sein aktueller Job führte ihn oft in die vornehmen Gegenden von London, und er hatte auch schon die eine oder andere Villa von innen gesehen, doch keiner seiner Klienten besaß ein Haus von ähnlicher Größe.

»Und, was sagst du?«, fragte Serena schließlich, nachdem sie ihre Runde beendet hatten und am überdachten Pool standen. Der Regen prasselte ohne Unterlass gegen die gläsernen Wände, und Andrew konnte sehen, wie der Wind die Palmen peitschte. Hier drinnen war es jedoch gut geheizt. So gut, dass ihm allmählich zu warm unter seinem Bademantel wurde.

»Ihr spielt in einer anderen Liga.« Und während diese Worte über seine Lippen kamen, fühlte er sich merkwürdig klein.

»Wem sagst du das. Wir Normalsterblichen können uns so etwas natürlich nicht leisten. Aber es ist gut, wenn man reiche Freunde hat. Und Espen ist sehr großzügig.«

Serenas Worte verwirrten ihn. Zählte sie sich denn nicht zu den Gutbetuchten? Gehörte das alles – die Insel, die Villa – nicht ihnen gemeinsam?

»Reiche Männer haben auf Frauen wie mich eine ganz besondere Wirkung.«

Er fand die Bemerkung alles andere als antörnend, und unweigerlich stellte sich ihm die Frage, ob eine Klassefrau wie Serena nur deshalb mit Espen zusammen war, weil er Kohle hatte.

Serena lächelte, fast so, als wüsste sie ganz genau, was in ihm vorging. »Aber eine noch größere Wirkung haben athletische Männer auf mich.« Langsam öffnete sie den Gürtel ihres Bademantels, und ein durchtrainierter, wunderbar gebräunter Bauch kam darunter zum Vorschein. Er sah appetitlich aus. Zu gern wollte er seine Zunge in ihrem Nabel versenken.

Ihre Worte stimmten ihn versöhnlich. Stück für Stück entblätterte sie sich vor ihm. Sie war ganz nackt unter dem Mantel. Ihre üppigen Brüste richteten sich auf, schienen größer zu werden, und ihre rasierte Scham glühte rot. Wenn er sich nicht irrte, sah er sogar ihre Lust zwischen ihren Schamlippen glänzen.

»Ist das so?«, hakte er nach, und seine Stimme klang vor Erregung tiefer als sonst, weil sein Körper mehr Testosteron produzierte.

»O ja«, flüsterte sie und kam näher. Ihre Hände glitten unter seinen Mantel und strichen über seine Brustmuskeln. »Ich liebe gestählte Körper.«

Serena war mit ihren Pfennigabsätzen nur einen halben Kopf kleiner als er, und er war bereits ein Hüne. Er erinnerte sich, dass sie eine Modelagentur leitete. Wahrscheinlich hatte sie in ihrer Jugend selbst gemodelt. Und wenn er sich ihren Körper näher anschaute, so konnte sie auch jetzt noch die Laufstege der Welt erobern. Kein Gramm Fett zu viel. Perfekte Formen.

Sie hob leicht den Kopf, und ihre Lippen berührten sich fast. Er spürte ihren heißen Atem auf seinem Mund.

»Warst du schon mal nackt schwimmen?«

»Was?«

Noch ehe er eine sinnvolle Antwort formuliert hatte, wandte sie sich um und machte einen Kopfsprung in den

Pool. Das Wasser spritzte in die Höhe, schwappte über ihn hinweg. In einem Zug tauchte Serena die ganze Bahn durch, bis sie prustend am Rand auf der anderen Seite des Pools wieder auftauchte.

Ihre kurzen Haare klebten ihr nun am Kopf. Es sah streng, aber auch verdammt sexy aus. Eine nackte Oberlehrerin.

Schmunzelnd setzte er sich an den Rand des Beckens und beobachtete sie beim Schwimmen. Was für ein Körper! Endlose schlanke Beine. Ein fester Po, der süß und knackig aussah, eine Wespentaille und zwei perfekt geformte Brüste. Dazu noch ein schlankes Gesicht mit großen Augen und vollen Lippen.

Sie legte ihre Arme auf den Beckenrand und beobachtete ihn. »Willst du mir nicht Gesellschaft leisten?«

»Ich schaue dir gerne zu.«

»So?« Sie schmunzelte.

»Ja.« Sie war so herrlich grazil im Wasser.

»Dann sieh genau hin.« Sie zwinkerte ihm zu, stieg aus dem Wasser und präsentierte ihren Luxuskörper, an dem silbrig glänzende Perlen herunterliefen. Von einer Bank holte sie eine Luftmatratze und nahm diese mit ins Wasser.

Noch ahnte Andrew nicht, was sie damit vorhatte, doch als sie sich auf die Matratze legte, ihre Beine leicht öffnete, wurde ihm sofort noch viel heißer.

Wie auf einer Insel glitt sie im Pool umher, keinen Moment ließ sie ihn aus den Augen. Ihre Hände wanderten über ihren Körper, spielten an ihren Brüsten, um ihn zu reizen. Sacht zog sie an ihren Nippeln, bis diese schön lang wurden, dann glitten ihre Finger tiefer, um zwischen ihren Schenkeln zu verschwinden.

Andrew schüttelte amüsiert und erregt zugleich den Kopf. Auf welche Ideen diese Frau kam. Natürlich fesselte sie seine Aufmerksamkeit, und er sah genau hin, wie sie ihre großen Schamlippen teilte, um ihre Klitoris sanft zu massieren. Ein geiler Anblick. Andrews Hand verschwand unter seinem Bademantel, umschloss fest sein Glied, das längst hart geworden war, während Serena ihren Oberkörper immer wieder durchdrückte und er förmlich sehen konnte, wie Lustwellen durch ihren Unterleib schossen.

Wie konnte er da länger Statist bleiben?

Rasch zog er sich den Bademantel aus und stieg ins Wasser, schwamm zur Mitte des Pools und hielt sich mit beiden Händen an der Luftmatratze fest.

»Ich könnte einen Zungenfick vertragen«, sagte Serena und schenkte ihm das schmutzigste Lächeln, das er je gesehen hatte.

Zungenfick? Den konnte sie haben.

Er beugte den Kopf vor, bis seine Lippen ihre Scham berührten. Sie schmeckte geil. Gierig nahm er ihren Nektar auf, liebkoste ihre Perle, die immer heißer wurde. Doch er war zu ungestüm, wagte sich zu weit vor, und die Luftmatratze kippte zur Seite, warf Serena ins kühle Nass und riss ihn gleich mit.

Andrew schwamm an die Oberfläche zurück, aber Serena war nicht zu sehen, lediglich die Luftmatratze, die nun seelenruhig zum Beckenrand trieb. Andrew drehte sich einmal um sich selbst, um sie ausfindig zu machen, da spürte er plötzlich ihre warmen Lippen an seinem Schwanz.

Erstaunt starrte er hinunter, erkannte unter den Bewegungen des Wassers ihren hinreißenden Körper und ihre blonden Haare.

»O ja«, murmelte er. Das war das Geilste, was er je erlebt hatte. Luftbläschen sprudelten nach oben, während sie ihn immer tiefer und tiefer in den Mund nahm. Gleich würde es ihm kommen. Gleich!

Doch Serena kam ausgerechnet in dem Moment, in dem sein Schwanz wie wild in ihrem Mund zuckte, an die Oberfläche zurück, um nach Luft zu schnappen. Sinnlich leckte sie sich über die Lippen, und er sah in ihren Augen ein unbändiges Feuer, ein Verlangen, das ihm einen Schauer über den Rücken jagte.

»Bitte … hör nicht auf«, hauchte er, aber Serena lachte nur.

»Willst du dir deine Belohnung nicht erst verdienen?«

»Was?«

Sie deutete verspielt mit dem Zeigefinger nach unten, und er verstand. Er nahm einen tiefen Atemzug und tauchte ab, glitt an ihrem fantastischen Körper herunter, hielt sich an ihren Oberschenkeln fest und leckte sie. Das Chlorwasser schmeckte er kaum, denn die Situation war so aufregend, so verrucht, dass er sich nur auf ihre Lust konzentrierte und alles um sich herum vergaß.

Winzige Luftperlen drangen aus seinem Mund, und während sie nach oben sprudelten, glitten sie über ihre Klitoris hinweg, reizten sie in einem fort, bis sie heiß zwischen seinen Lippen glühte.

Aber schon bald wurde der Drang nach Luft zu groß, und er musste nach oben. Als er wieder auftauchte, empfing ihn Serena mit einem leidenschaftlichen Kuss.

»Das war wundervoll«, hauchte sie, und ein befriedigtes Leuchten trat in ihre Augen. War sie etwa bereits gekommen? Nein, das konnte nicht sein. Das hätte er doch gemerkt.

Eine leidenschaftliche Frau wie Serena hielt sich nicht zurück.

Er wollte wieder untertauchen, aber sie hielt ihn fest.

»Deine Belohnung«, erinnerte sie ihn.

»Ich war … noch nicht fertig.«

»O nein, das warst du in der Tat nicht. Aber ich habe noch eine bessere Idee.«

Sie wandte sich um, schwamm zum Beckenrand und hielt sich dort fest. Ihr Po ragte verführerisch aus dem Wasser, und sie öffnete einladend die Beine. Andrew folgte ihrem süßen Lockruf und stellte sich hinter sie.

»Eine Belohnung für dich und eine für mich«, sagte Serena, und er verstand, drang mit seinem Schwanz von hinten in sie ein.

Sie fühlte sich herrlich warm und weich an, und ihre Hitze übertrug sich auf seinen Unterleib, ließ seine Lust noch stärker anschwellen. In erst langsamen, sachten Stößen glitt er in sie, doch die Stöße wurden schnell heftiger und gieriger, denn er fühlte dieses unbändige Vibrieren in ihr, das ihn fast wahnsinnig machte. Ihre Beine strampelten, Wasser spritzte in die Höhe, prasselte auf sie beide nieder. Ein Schauer jagte den nächsten.

Andrew packte mit beiden Händen ihre Taille, hielt sich an ihr fest und stieß zu. Wieder und wieder. Und Serenas Stöhnen schwoll an. Wurde mit jedem Stoß lauter. Das Wasser spritzte über den Beckenrand hinaus, benetzte die gläsernen Wände, durch die er den tobenden Sturm sehen konnte.

Es kam Andrew gewaltig. Alles ließ er in sie, was sein Körper hergab. Er erinnerte sich, dass sie in einer ihrer E-Mails erwähnt hatte, dass sie die Pille nahm. Jetzt spürte er, dass auch sie zu ihrem Höhepunkt gelangte, spürte das anhaltende Beben und Zucken. Dann sanken ihre Beine erschöpft zum Boden, während ihr Oberkörper auf dem Beckenrand blieb. Er beugte sich von hinten über sie, küsste sie auf den Hals.

Seine Hände zitterten noch immer vor lauter Adrenalin. Sein Blick fiel auf ihr Tattoo, eine Triskele. Zärtlich zeichnete er die Form der Dreifachspirale nach.

»Hat das eine Bedeutung?«, fragte er leise.

Sie drehte sich zu ihm um. Ihre Brüste wippten im schnellen Rhythmus ihres Atems. »Es ist ein Symbol.«

»Für was?«

»In manchen Szenen steht es für die Richtungen des BDSM – Bondage und Disziplin, Dominanz und Unterwerfung, Sadismus und Masochismus. Für mich bedeutet es Lust, Leidenschaft und Tod.«

»Tod?« Er hob überrascht eine Braue. Das klang wenig verlockend. Und wie sie es ausgesprochen hatte, da bekam man eine Gänsehaut.

»Weißt du nicht, was man über den Orgasmus sagt?«

Andrew schüttelte den Kopf, und Serena legte ihm die Hände auf die Schultern, schmiegte ihren nassen, bebenden Körper an seinen.

»Man nennt ihn den kleinen Tod.«

»Tatsächlich?« Er hatte noch nie davon gehört.

»Die Menschen glaubten früher, sie wären den Göttern am nächsten, wenn sie einen Orgasmus hatten.«

Serena lächelte sinnlich. »Daher der kleine Tod.« Sie legte den Kopf schief, beugte sich zu Andrew vor und öffnete den Mund. Er spürte ihren heißen Atem und konnte nicht widerstehen. Ihre Lippen verschmolzen miteinander. Wer einmal von Serena gekostet hatte, der konnte sich nicht vorstellen, jemals wieder ein normales Leben zu führen.

Als Melissa aufwachte, war es noch immer Nacht. Sie brauchte einen Moment, um sich zu orientieren. Sie war nicht in ihrem Hotelzimmer im Fornage, Andrew lag dennoch neben ihr und schnarchte leise. Der Gute hatte einen festen Schlaf, und zudem besaß er die Eigenheit, sich überall zu Hause zu fühlen. Einschlafprobleme in fremden Umgebungen waren ihm unbekannt.

Melissa jedoch fühlte sich fremd in diesem Bett.

Nein, es war nicht das Bett. Es war alles. Die Umgebung, ihre Situation. Sogar sie selbst war sich fremd. Und auch Andrew. Es war seltsam, neben ihm zu liegen mit dem Wissen, dass er heute Nacht mit einer anderen Frau geschlafen hatte und sie mit einem anderen Mann.

Dennoch verspürte sie kein schlechtes Gewissen, keine Reue. Nur eben dieses Gefühl von Fremdheit. Es war, als wären sie beide plötzlich andere Personen. Personen, die kaum etwas übereinander wussten.

Sie drehte sich zur Seite, um so viel Abstand wie möglich zwischen sich und ihn zu bringen. Aber Andrew drehte sich genau in diesem Moment im Schlaf und legte seinen Arm um sie. Normalerweise mochte sie es, wenn er sie in den Arm nahm. Aber jetzt war es ihr zu viel. Sie fühlte sich dadurch eingeengt, schob seinen Arm zurück. Und als er ihn erneut um sie schlingen wollte, ohne dabei auch nur ein einziges Mal aufzuwachen, stand sie auf, setzte sich in den Sessel und blickte aus dem Fenster.

Nein, es war nicht die Umgebung, es war nicht das Bett, nicht dieses Zimmer und auch nicht Andrew. Die Veränderung war in ihr. Sie fühlte sie. Jetzt sogar noch mehr, nachdem sie das Bett verlassen hatte. Und diese Veränderung war nicht negativ. Sie war vor allem eins: aufregend!

Ein leises Schnaufen ließ sie zu Andrew schauen. Er träumte offenbar, bewegte sogar die Beine. Ja, sie wünschte wirklich, sie hätte seinen Schlaf.

Ihre Gedanken gingen zu Espen und zu dem, was sie erlebt hatten. Sie sah ihn noch einmal vor sich, wie er vor ihr kniete, ihre Füße küsste. Und es erregte sie erneut.

Was faszinierte sie an diesem Spiel? Sie hatte doch noch nie eine dominante oder gar sadistische Ader gehabt. Jemand anderes zu quälen war nicht ihr Ding. Doch der Umstand, dass Espen es gewollt, ja sogar von ihr verlangt hatte, dass er, wenn man so wollte, dominant seine eigene Unterwerfung eingefordert hatte, das weckte Gefühle in ihr, die sehr intensiv waren. Gefühle, die sie festhalten oder besser, noch einmal erleben wollte.

Konnte ein Kerl, der zu ihren Füßen lag, wirklich sexy sein? Das Prickeln zwischen ihren Beinen gab eine eindeutige Antwort. O ja, er konnte. Und wie er das konnte.

Sie warf noch einen Blick zu Andrew, um sicherzugehen, dass er wirklich schlief, und schob ihr Nachthemd hoch, fuhr mit einer Hand in ihren Slip und streichelte sich. Sie war bereits feucht. Und die Bilder, die sie sich nun in Erinnerung rief, sorgten dafür, dass ihr Höschen alsbald nass war.

Melissa verschaffte sich einen kleinen, süßen Orgasmus, der ihren Hunger zwar nicht stillte, ihn aber nur noch stärker machte.

Sie wollte mehr erleben, tiefer in diese eigenartige, äußerst verlockende Welt tauchen. Dabei war sie sich nicht mal sicher, ob Espen wirklich ein Masochist war oder ob ihm der Sinn einfach nur aus einer Laune heraus nach einem kleinen Unterwerfungsszenario gestanden hatte. Auch das würde sie herausfinden.

Das Unwetter tobte noch immer, die Wellen schlugen hoch. Und Melissa war froh, nicht mehr auf dem Boot zu sein. Das Meer wirkte wie ein gewaltiger Koloss, der die Welt mit nur einem Atemzug einzusaugen vermochte. Oder sie mit seinen Wellen überflutete.

Doch als sie das nächste Mal aus dem Fenster schaute, hatte sich das Bild verändert. Das Meer war ruhig geworden, das Untier gezähmt. Freundlich lugte die Sonne hinter den letzten dunklen Wolken hervor, und ihr wurde klar, dass ihr einige Stunden in ihrer Erinnerung fehlten. Andrew wachte gerade auf, reckte und streckte sich. Sie musste wohl noch mal eingeschlafen sein.

»Guten Morgen, Schatz«, sagte er und kletterte aus dem Bett. Andrew war alles andere als ein Morgenmuffel. Sie wusste nicht, woher er sie bezog, doch kurz nachdem er die Augen aufschlug, hatte er so viel Energie, dass er sofort wach war, bereit für den Tag. Er ging duschen. Normalerweise gesellte sie sich zu ihm, aber heute stand ihr nicht der Sinn nach einer Schmusedusche. Vielleicht hatte sie gehofft, dass mit Beginn des Tages alles beim Alten sein würde. Dass sie zurückkehren würde zu alten Gewohnheiten. Aber dem war nicht so. In ihr kribbelte noch immer dieselbe düstere Energie, die Neugier auf das andere.

Als sie eine Stunde später den Wohnbereich der Villa betraten, waren Espen und Serena zu ihrem Erstaunen auch schon wach. Sie war offenbar von Frühaufstehern umgeben. Ein Blick auf die Uhr ließ sie ihre Meinung allerdings revidieren. Es war bereits halb elf. Sie musste wirklich tief und fest geschlafen haben.

»Guten Morgen, wie habt ihr geschlafen?«, fragte Serena mit einem strahlenden Lächeln, als wäre sie der personifizierte Sonnenschein.

»Sehr gut. Wie ein Baby«, entgegnete Andrew und setzte sich an die gedeckte Tafel.

»Langt ordentlich zu«, forderte Serena sie auf.

Melissa setzte sich ebenfalls hin. Espen saß ihr gegenüber und studierte einen Bauplan. Melissa glaubte, durch das etwas durchsichtige Papier den Grundriss des Hauses zu erkennen.

»Habt ihr vor, die Villa zu erweitern?«, fragte sie und nahm sich ein Brötchen aus dem Korb, schnitt es auf und belegte es mit Schinken. Plötzlich wirkte alles so normal.

»Ja, wir spielen mit dem Gedanken«, gab Espen zu.

Ihre Blicke trafen sich. Sie sah das Feuer in seinen unterschiedlichen Augen. Dieselbe Leidenschaft wie gestern Nacht. Es hätte sie nicht gewundert, wenn auch die anderen sie gesehen hätten.

Aber Serena und Andrew verhielten sich wie immer. Sie ahnten nicht, dass Espen gestern zu ihren Füßen gelegen, sie abgeleckt und geküsst hatte. Ein Schauer jagte ihr über den Rücken. Dieses süße Geheimnis törnte sie an.

Vor ihr, der kleinen Melissa, die EDV an einer Volkshochschule unterrichtete, war der große, attraktive Espen, Geschäftsmann einer ihr unbekannten Firma, Besitzer einer eigenen Insel inklusive Luxusvilla, auf die Knie gegangen. Ein Gefühl von Macht durchströmte sie. Albern und lächerlich war das. Aber dieses Gefühl war dennoch da. Und es hatte seinerseits Macht über sie, erregte es sie doch mehr, als sie es jemals für möglich gehalten hätte.

Vielleicht sah er all das in diesem Moment in ihren Augen, vielleicht lächelte er sie deshalb so geheimnisvoll an.

»Kaffee?«, unterbrach Serena ihre Gedanken.

»Oh … ja … gerne«, erwiderte Melissa, doch als sie das nächste Mal zu Espen schaute, studierte er wieder die Baupläne.

»Wir haben uns etwas überlegt«, sagte Serena, nachdem sie wieder am Tisch Platz genommen hatte.

»Schieß los.« Andrew biss von seinem Honigbrot ab.

»Wir haben uns gedacht, warum zieht ihr nicht für den Rest eures Urlaubs zu uns? Ihr spart die Hotelkosten, und wir können uns ganz auf uns konzentrieren.«

Andrew und Melissa tauschten Blicke aus. Und als hätten sie es zuvor abgesprochen, nickten sie gleichzeitig. »Das ist ein sehr großzügiges Angebot von euch«, erklärte Andrew.

»Das wir sehr gern annehmen«, fügte Melissa mit einem Blick zu Espen hinzu. Der hob den Kopf und lächelte sie zärtlich an. »Das freut mich sehr. Ich werde jemanden losschicken, der eure Sachen herbringt. Und sobald das Wetter besser ist, zeige ich euch die Insel.«

Die Wolken hatten sich verzogen, und die Sonne versprach tropische Temperaturen. Eine Gelegenheit für Melissa, ihren Mikrobikini endlich zur Schau zu stellen.

Melissa legte sich mit einem Buch, das sie in ihrem Gästezimmer im Regal entdeckt hatte, auf die Terrasse und blätterte darin. Eine alte Ausgabe aus den siebziger Jahren, 3. Auflage. »Venus im Pelz«.

Das passte zu ihrer aktuellen Stimmung. Die Seiten waren naturgemäß vergilbt, auf der Innenseite des Buchdeckels stand in krakeliger Schrift ein Name. Laure-Sophie Ardeur. Klang Französisch. Hatten Espen und Serena nicht sogar mal eine Laure erwähnt? Sie schmunzelte. Genau, das war ihre Vorgängerin gewesen. Offenbar hatte ihr das Buch gehört.

Sie blätterte weiter, als sich ein Schatten über sie schob. Sie blickte auf und sah das strahlende Lächeln von Espen, der nur Shorts trug und zwei Drinks in den Händen hielt. Was für ein Körper! Seine Muskeln glänzten im Sonnenlicht. Melissa fand es schön, dass sie sich so geschmeidig ins Gesamtbild einfügten. Tatsächlich konnte ein Mann auch zu viele Muskeln haben, wie ihr im direkten Vergleich zu Andrew auffiel. Wenn er es übertrieb, war es zumindest nicht ihr Geschmack. Espen hingegen war ein echtes Sahneschnittchen. Sowohl optisch als auch in sexueller Hinsicht.

Er musterte ihren Körper, ihren Bikini und pfiff leise durch die Zähne. »Willst du mich etwa schon am Vormittag verführen?«, fragte er und lachte.

»Gibt es denn dafür geeignete und weniger geeignete Uhrzeiten?« Sie schmunzelte.

Espen wog den Kopf hin und her. »Nur Präferenzen.«

Dann reichte er ihr ein Glas, und sie sog begierig das kühle Getränk durch den Strohhalm auf.

»Du siehst umwerfend aus.«

Sie freute sich und spürte, dass er den Blick kaum von ihr lassen konnte. Genau diesen Effekt hatte sie sich erhofft.

»Darf ich dir Gesellschaft leisten?«

»Ja gerne.« Darauf hatte sie doch nur gewartet.

Er schob eine zweite Liege neben die ihre und nahm darauf Platz.

»Wer hätte gedacht, dass der Himmel so schnell wieder aufklart«, sagte Espen und blickte auf. Azurblau. Wie das Meer. Als spiegelte sich dieses über ihnen.

Melissa legte das Buch zur Seite und stellte ihren Drink auf den kleinen Tisch neben sich.

»Wo sind denn Andrew und Serena?« Nach dem Mittag waren sie schnell verschwunden.

»Sie machen einen Inselrundgang. Ich habe ihnen angeboten, dass wir alle zusammengehen, aber ich glaube, sie wollten lieber für sich sein.«

»Tatsächlich?« Merkwürdige Sache. Obwohl Melissa natürlich klar war, was Serena und Andrew vorhatten, verspürte sie doch keine Eifersucht. Im Gegenteil. Sie war sogar froh, dass Espen und sie ein wenig Zeit für sich hatten. Das war mies, sogar ein klein wenig hinterhältig, aber vor allem erregend. Dieses süße Geheimnis, das sie mit Espen verband. Von dem nur sie beide wussten.

»Stört es dich?«, fragte er.

Sie schüttelte den Kopf. »Nicht im Geringsten.«

Ein breites Lächeln erschien auf seinen sinnlich geschwungenen Lippen, das Einzige an ihm, das nicht pure Männlichkeit ausstrahlte, was ihn aber nur noch interessanter werden ließ. Melissa ertappte sich dabei, wie sie unaufhörlich diese vollen weichen Lippen anstarrte. Wäre Angelina Jolie ein Mann, ihre respektive seine Mundpartie hätte so ausgesehen wie die von Espen. Und wenn sie ihn küsste, hatte sie jedes Mal das Gefühl, ihren Mund auf ein samtig weiches Polster zu pressen.

»Und? Wie geht es dir?« Seine Stimme klang sehr sanft, fast schon besorgt. Melissa gefiel das. Sie wusste, worauf er anspielte. Letztlich war alles sehr schnell gegangen. Sie hatte neues Terrain betreten, doch sie fühlte sich keineswegs unbehaglich.

»Gut. Sehr gut sogar.« Sie ließ ihre nackten Füße kreisen, vielleicht machte ihn das an? Wenn er ein Fußfetischist war, würde es seine Wirkung nicht verfehlen. Aber Espen schaute ihr stattdessen in die Augen. Nur eins von ihnen reagierte auf den Lichteinfall, dennoch war sie sicher, dass er auf dem anderen nicht blind war. Im Gegenteil. Mit diesem fixierte er sie besonders intensiv.

Dann aber wanderte sein Blick weiter, glitt hin zu dem Buch, und erneut umspielte ein Lächeln seine markanten Züge. »Das ist ein tolles Buch.«

»Ich dachte mir, dass du es magst.«

»Kennst du es?«

Sie schüttelte den Kopf. »Ich hab ehrlich gesagt noch nicht mal angefangen, aber der Klappentext klingt vielversprechend.«

»Du solltest es auf jeden Fall lesen.«

»Werde ich dich dann verstehen?«

Sein Lächeln verwandelte sich in ein amüsiertes Grinsen. »Darüber hast du dir also Gedanken gemacht?«

»Ja, absolut. Ist doch naheliegend, oder?«

Er zuckte mit den Schultern. »Es bestätigt zumindest, was man sagt.«

»Und was sagt man denn?«

»Stille Wasser sind tief. Und wenn ich das gestern noch mal Revue passieren lasse, ich wette, du beherbergst einen ganzen Ozean in dir.«

»Ich glaube, das ist ziemlich offensichtlich, oder?« Sie lachte. Espen stimmte jedoch nicht mit ein, im Gegenteil, er blieb völlig ernst, griff nach ihrer Hand und betrachtete sie genau.

»Zierlich. Sehr zierlich sogar. Und fein. In früheren Zeitaltern wären dies die Hände einer Lady gewesen.«

»Als EDV-Lehrerin muss ich glücklicherweise nie hart anpacken.« Sonst sähe ihre Haut ganz anders aus.

»Du bist sehr weiblich. Das gefällt mir. Körperlich wärst du mir unterlegen. Aber ich werde diesen Trumpf nicht ausspielen. Ich unterwerfe mich freiwillig, weil ich es so will.«

Er führte ihre Hand zu seiner Hose, legte sie zwischen seine Beine, und Melissa spürte das wilde Pulsieren unterhalb des luftigen Stoffes.

»Und … warum solltest … du das wollen?«

»Die offensichtliche Antwort ist, weil es mich erregt. Aber es ist mehr als das. Es ist ein Kick. Ich will wissen, wie weit du gehst, zu was du dich selbst und mich bringen kannst. Und welche Möglichkeiten uns offenstehen.«

Das klang, als hätte er irgendetwas mit ihr vor, als verfolgte er einen bestimmten Plan.

»Ich will dir etwas erzählen.«

»Etwas über die Venus im Pelz?«

»Über mich.«

Ihr war klar, dass er damit im Grunde seine eigenen Regeln brach. Aber sie wollte ihn gar nicht erst darauf aufmerksam machen, denn sie war begierig, so viel wie möglich über ihn zu erfahren. Ganz besonders über seine höchst erregenden Neigungen.

»Du hast mir gestern von deinem ersten Mal erzählt.« Na ja, das hatte sie nicht wirklich, allerhöchstens hatte sie etwas angedeutet, was für Andrew sicherlich nicht schmeichelhaft gewesen wäre, würde er es erfahren.

»Jetzt will ich dir von meinem ersten Mal berichten. Aber nicht über meinen ersten sexuellen Kontakt, sondern mein erstes Mal als Sklave.«

Melissa musste schlucken. Ihr Mund fühlte sich plötzlich ganz trocken an. Sie wusste, wie intim das war, was er ihr nun erzählen wollte. Und ein wenig fühlte sie sich daher auch geehrt.

»Sie war um die vierzig, aber sie sah aus wie Mitte zwanzig, blond, groß. Ja, ich denke, ein wenig ähnelte sie Serena, wenn ich heute so darüber nachdenke. Ihre Unnahbarkeit zog mich an. Elegant schlug sie ein Bein über das andere, ließ mich ihre Lackstiefel sehen, die ihr bis zu den Knien reichten und die geschnürt waren. Sie glänzten im fahlen Licht, und ihre Absätze waren so hoch, ich konnte mir kaum vorstellen, dass es möglich war, darin zu laufen.

Ich spendierte ihr einen Drink. Wir beide wussten, dass dies ein einmaliges Abenteuer bleiben würde.

Gegen Mitternacht verließen wir die Bar. Sie kannte einen alten Parkplatz, auf dem um diese Uhrzeit nicht mehr viel los war. Ich wollte ihr den Arm um die Schultern legen, aber ihr strenger Blick ließ mich innehalten. Er schien zu sagen: Berühren verboten. Und obwohl es ein Verbot war, erregte es mich. Ein Umstand, der mich verwirrte, aber nur umso neugieriger machte.

Sie setzte sich auf die Motorhaube eines alten Mustang, krempelte ihren Rock hoch und entblößte ihre Scham.

Dies war also die Quelle jenes betörenden Geruchs, den ich bereits in der Bar wahrgenommen hatte. Ein sinnliches Aroma. Weiblichkeit. Ich kniete mich vor sie, wollte sie lecken, aber sie hielt mir stattdessen ihren Stiefel hin.

›Erst kommt die Arbeit, dann das Vergnügen‹, erklärte sie genüsslich, aber ich verstand nicht, was sie meinte. Also schob sie mir ihren Absatz einfach in den Mund. Ich konnte es nicht verhindern, war überrumpelt und merkte, als es längst geschehen war, dass ich es ohnehin nicht anders gewollt hätte. In diesem Moment war etwas in mir erwacht, das schon immer unterschwellig da gewesen war. Etwas, das berauschend, überwältigend war.

Und so leckte ich ihren Stiefel mit Hingabe. Für sie. Du findest das sicher schräg.«

Melissa war nicht sicher, ob sie an seiner Stelle so weit gegangen wäre, einen Schuh mit ihrer Zunge zu lecken. Doch sie wollte mehr erfahren, wissen, wie die Geschichte weiterging und was die fremde Frau als Nächstes mit ihm getan hatte.

Espen fuhr fort. »Sie streckte ihr Bein durch, was mich zwang, mich selbst zurückzulehnen, den Kopf in den Nacken zu legen. Ich hätte das Spiel noch ewig fortsetzen können, aber dann entzog sie sich mir, und ich verspürte Enttäuschung.

Langsam erhob sie sich von dem Auto, das ihr nicht einmal gehörte, und stolzierte um mich herum, mich von allen Seiten musternd.

›Das war gar nicht mal schlecht, Kleiner‹, sagte sie mit ihrer rauen, verruchten Stimme. Man hörte, dass sie Raucherin war. Aber mir gefiel dieser Klang. Er unterstützte das Herrische, diese Strenge, die sie ausstrahlte. Eine Strenge, die mich antörnte.

Plötzlich waren ihre Hände an meinem Gürtel, öffneten ihn, und ehe ich es mich versah, hatte sie nicht nur meine Jeans, sondern auch meine Unterhose runtergezogen. Ich war nackt, fühlte mich auch so, ein wenig hilflos, durch die Fesselung an meinen Kniekehlen, die durch meine heruntergezogene Kleidung entstand. Kühler Wind strich über meinen Schwanz, der vor Erregung längst wild zuckte.

Sie beobachtete ihn, und ihr Grinsen jagte mir wahre Schauer über den Rücken. Es war ein Grinsen, wie ich es nie zuvor gesehen hatte. Amüsiert, spöttisch, überlegen. Es erregte mich. Und dann spürte ich ihre Hand in meinem Nacken. Ihr Griff war überraschend fest. Mit Schwung drückte sie mich nach unten, so dass mein Oberkörper auf der Motorhaube lag.

›Du kleiner notgeiler Scheißer verdienst eine harte Bestrafung.‹

Sie schlug mich mit der flachen Hand auf den Hintern. Ich konnte nicht glauben, was hier geschah. Natürlich hätte ich mich wehren können. Jederzeit. Aber dieses fremde Etwas in mir, das wollte ausharren, ertragen.

Mein Schwanz vibrierte vor Verlangen. Ich wollte mehr Schläge und ihre Möse lecken. Dies war der einzige Gedanke, der mich jetzt noch beherrschte. Aber ich wusste, sie würde mich nicht ohne weiteres ranlassen. Ich würde erst das volle Programm über mich ergehen lassen müssen.

Mein Hintern schmerzte so sehr, dass ich leise stöhnte. Aber der Schmerz törnte mich an. Er war willkommen, ein Geschenk.

Ihre Hand strich zärtlich über meine Pobacke, und ich merkte, dass ihre sanften Berührungen sich nun umso intensiver anfühlten. Meine Haut war viel empfindlicher als zuvor. Ein Gefühl zwischen sachtem Streicheln und süßer Qual.

Du kannst dir vorstellen, wie verwirrt ich in dieser Nacht war und wie aufgegeilt zugleich. Etwas Derartiges hatte ich noch nie erlaubt, keine Frau hatte sich mir gegenüber jemals dominant verhalten. Und als sie mir befahl, mich hinzuknien, tat ich es sofort.

Erneut schob sie ihren Rock für mich hoch, erlaubte mir einen Blick auf ihre rasierte Scham. Ihre Finger gruben sich in meine Haare, beförderten meinen Kopf zu ihren Schamlippen hinunter, und sie gestattete mir endlich, sie zu lecken. Aber was wäre ein Zuckerbrot ohne Peitsche?

Kaum, dass meine Zunge ihren Nektar aufnahm, ihre Perle reizte, spürte ich ihren Stiefel auf meinem Gemächt. Mit sanften, aber dennoch bestimmenden Druck rieb ihre Sohle über meinen Schwanz, stimulierte ihn, bis ich es kaum noch aushielt. Doch immer dann, wenn ich kurz davor war zu kommen, ließ der Druck nach. Und erst, nachdem sie gekommen war, erlaubte sie mir einen Orgasmus.« Espen hielt inne, leckte sich über die Lippen, als würde er ihre Lust noch immer dort schmecken. Dann sah er Melissa an, und sie hatte das Gefühl, sein helleres Auge würde leuchten.

Was für eine geile Geschichte! Melissas Bikinihöschen war feucht geworden.

»Und diese Fremde … du hast sie nie wiedergesehen?«

Er schüttelte den Kopf. »Ich weiß nicht mal ihren Namen. Aber durch sie ist mein Leben ganz anders verlaufen. Davon bin ich überzeugt. Vielleicht hätte ich sonst Serena nie getroffen. Und dich auch nicht. Und das hätte ich bedauert.«

Melissa lächelte.

Sein Blick glitt über ihren Körper, und ein Schauer jagte durch ebendiesen.

»Du bist aufregend und sinnlich«, fuhr er fort »Und wie ich schon sagte, wunderbar weiblich. Es reizt mich, deine Lieblichkeit umzukehren.« Sein Blick wurde durchdringender. »Normalerweise führt der Herr seine Sklavin. Ich aber werde Meister und Untergebener zugleich für dich sein, dir Orientierung geben. Für uns beide wird das ein sinnliches Abenteuer und ein außerordentliches Vergnügen. Wenn du mir vertraust.«

Espen erhob sich, reichte ihr die Hand. Sie wusste, wenn sie diese annahm, dann würde er sie in seine Welt führen. Doch es war ohnehin längst zu spät. Sie hatte bereits Blut geleckt. Und sie wollte mehr davon.

Sie nahm seine Hand an und folgte ihm nach drinnen. Mit jedem Schritt wurde sie sicherer und entschlossener. Das Prickeln zwischen ihren Beinen, das sie schon während seiner Erzählung verspürt hatte, wurde immer intensiver. Sie hatte keine Ahnung, was er vorhatte, doch sie war bereit, sich von ihm überraschen zu lassen.

Er hatte sie gesehen und gewusst, dass sie die Richtige war, ihr Wesen faszinierte ihn. Er wollte ihr nahe sein, sie spüren. Es war lange her, dass ein solches Begehren von ihm Besitz ergriffen hatte. Ein Abenteuer. Vielleicht sogar mehr als das.

Er führte sie in die Küche, denn er hatte einiges für sie vorbereitet, weil er gewusst hatte, dass sie ihm folgen würde. Sie waren verwandte Seelen. Noch wusste sie das nicht. Doch es war nur eine Frage der Zeit, dass sie es erkannte. Sie war Wanda, er Severin.

»Setz dich bitte«, sagte er und zog einen Stuhl zurück, auf dem sie Platz nahm. Er lief um sie herum und blieb hinter ihr stehen. Ihre Haare waren hochgesteckt, zu einer Banane gebunden. Einzelne Strähnen hingen an ihrem Nacken herunter. Sie kringelten sich, obwohl ihre Haare eigentlich glatt waren. Sacht legte er seine Hände auf ihren schmalen Schultern ab, massierte diese, und Melissa stöhnte wohlig auf, warf den Kopf in den Nacken und blickte ihn aus ihren strahlenden Augen an.

»Und was hast du jetzt vor?«

»Eine Überraschung.«

Er knetete ihre Halsmuskulatur, spürte die Verspannungen. War sie nervös? Seinetwegen? Er schmunzelte in sich hinein. Er wusste von seiner Wirkung auf Frauen. Sie mochten ihn, fanden ihn sexy. Er hätte viele von ihnen haben können, weit mehr, als er tatsächlich verführt hatte, aber er war nicht der Typ für solche Spiele, die zu nichts führten. Seine Investitionen mussten sich lohnen. So wie in diesem Fall.

Melissa war ein bisschen unerfahren für ihr Alter. Aber das gefiel ihm. Sie hatte bisher nur von einer Süßigkeit gekostet. Wie sollte sie ahnen, wie die anderen Bonbons schmeckten?

Ob diese vielleicht sogar noch süßer waren als der, den sie auf ihrer Zunge hatte.

Seine Hände glitten tiefer, streichelten ihren Rücken. Er spürte den süßen Schauer, der durch ihren Körper rauschte, weil er nach einem Kick lechzte. Und diese Berührungen eines fast fremden Mannes, der nicht ihr Andrew war, lösten ebendiesen Kick aus.

Er kannte diese Sucht nach immer neuen Steigerungen nur zu gut. Und deshalb erhoffte er sich viel, speziell von ihrer Vereinbarung.

»Nicht erschrecken«, flüsterte er ihr ins Ohr und zog mit einer Hand eine Samtbinde aus seiner Hosentasche, die er für diesen Anlass mitgenommen hatte. Vorsichtig legte er ihr den seidig schimmernden Stoff über die Augen.

»Was …?«

»Shhht, ganz ruhig.«

Wie süß, sie wurde noch nervöser. »Ich dachte … ich müsste dir … wenn überhaupt … die Augen verbinden.«

Er sah, wie immer heftigere Schauer durch ihren Körper jagten. Gänsehaut bildete sich auf ihrem Nacken, und die süßen Kringel richteten sich auf.

»Es ist doch nur, damit du die Überraschung nicht siehst.« Noch nicht.

Er beobachtete sie amüsiert. Ihr Atem ging nun schneller, denn sie holte Luft durch den Mund. Ihre Lippen bebten dabei auf zauberhafte Weise, und er konnte nicht widerstehen, sie zu küssen. Ihr Atem tauchte in seinen Mund, strich über ihre Zunge, und ihr Kopf zuckte erschrocken zurück. Doch als sie seine Zunge an der ihren spürte, erwiderte sie seinen Kuss.

Er schmeckte ihre Erregung. Ihre Lust. Und als er von ihr abließ und zwischen ihre Beine blickte, bemerkte er den verräterischen Fleck, der sich auf dem hellen Bikinihöschen gebildet hatte.

Rasch ging er zum Kühlschrank, holte heraus, was er vorbereitet hatte. Schokoladencreme, Früchte, Sahne, Honig und stellte alles auf den Tisch. Dann kam das wichtigste Utensil, das er in einer Schublade versteckt hatte. Die Handschellen klirrten, als er sie herausnahm.

»Was ist das?«, fragte Melissa.

»Nicht gucken.«

Sie biss sich auf die Unterlippe, während er sich auszog, um etwas von der Schokocreme und dem Honig auf der Brust zu verteilen. Er kettete sein Handgelenk an das Tischbein an und legte sich dann auf den Tisch. Ein süßer Nachtisch. Er malte sich aus, wie sein Anblick auf sie wirkte, wenn sie erst die Augenbinde abnahm. Ein nackter Mann, der mit allen möglichen Köstlichkeiten dekoriert war, von denen sie kosten durfte, wenn sie es wollte, und ihn dabei als ihren Tisch benutzte.

»Jetzt darfst du schauen«, sagte er.

Vorsichtig tasteten ihre Finger nach der Binde, es schien, als zögerte sie, als würde sie die künstlich erzeugte Blindheit sogar genießen und nur ungern wieder aufgeben. Aber dann schien ihre Neugier Oberhand zu gewinnen, und sie zog die Augenbinde herunter. Sein Glied schoss empor. Hart. Pulsierend. Ihre Augen weiteten sich, ihre Zunge fuhr über ihre volle Unterlippe. Mmmh, machte sie.

Ja, das war in der Tat ein appetitlicher Anblick. Melissa lief das Wasser im Munde zusammen. Espen sah so sexy aus. Angekettet. Nackt. Mit süßer Schokocreme eingerieben.

»Folge deinem Instinkt. Tu, was dir gefällt. Was dich erregt. Es ist nur ein Spiel. Man kann nicht viel falsch machen«, munterte er sie auf. »Ich habe auch Wein da«, fügte er hinzu und griff nach der bereits geöffneten Flasche, um einen Schluck zu nehmen, doch er schluckte das edle Gesöff nicht hinunter, sondern behielt es im Mund.

Melissa erhob sich. Oh, sie war schon so feucht, dass es bei jedem Schritt leise in ihrer Scham schmatzte.

Ein hübsches Büfett war das. Ein sehr hübsches sogar. Wie sollte sie da länger widerstehen? Sie leckte seine in Schoko getunkte Brustwarze ab, schleckte die süße Köstlichkeit Stückchen für Stückchen auf. Süß! Herrlich süß.

Ihr Höschen wurde immer feuchter, und ihr eigener Mut überraschte sie. Sie kniff die Oberschenkel leicht zusammen, um das Kribbeln unter Kontrolle zu bekommen. Aber das war ein sinnloses Unterfangen, denn ihre Lust war längst erwacht.

Langsam wanderte ihre Zunge über seine Haut, die förmlich glühte. Natürlich bemerkte sie auch das Zucken seines erigierten Glieds, das mit jedem Stoß ins Leere ging. Fast konnte er einem leidtun, dieser aufs Höchstmaß erregte Schwanz, der doch ohne ihr Zutun keine Erleichterung finden würde.

Ein Gefühl von Macht durchfloss sie. Es glich einem Rausch. Sie entschied, wann es ihm kam, wann er Erlösung erfahren durfte. Noch wollte sie ihn ein wenig hinhalten.

Genüsslich nahm sie auch den Honig auf, der viel klebriger als die Schokolade war und dünne goldene Fäden über ihr

Kinn zog. Er war zäh, aber so süß. Ihre Zunge züngelte um seine andere Brustwarze, leckte jeden Tropfen der goldenen Köstlichkeit auf, bis sein Nippel gänzlich befreit war. Aber der Geschmack in ihrem Mund blieb, weil er so intensiv war, dass er jeden anderen Geschmack verdrängte.

Nach so viel Süßem brauchte sie etwas, um ihren Durst zu stillen. Sie sah zu seinem nach wie vor geöffneten Mund. Espen hatte den Wein nicht hinuntergeschluckt. Sie sah aber nicht nur seinen verführerischen Mund, seine sinnlichen Lippen, sondern auch das Beben, das durch seinen Körper jagte. Wieder und wieder, Wellen gleich, die sich an einem Punkt sammelten.

Sie warf noch einen Blick zu seinem zuckenden Schwanz und schmunzelte. Ja, er quälte sich und genoss zugleich. Aber sicher war das noch steigerungsfähig. Es fehlte ... ja, ein Kick.

Sie lachte leise. Kick. Das Wort hätte sie sonst nie verwendet. Es war Espen-typisch. Doch es gefiel ihr, denn es sagte genau das aus, was sie meinte. Was sie in dieser Situation empfand.

Vorsichtig beugte sie sich über ihn, beobachtete die kleinen Bläschen in seinem Mund, die nach oben sprudelten und dann zerplatzten. Sein Atem entwich lautstark durch die Nase, und er reckte ihr plötzlich seinen Kopf entgegen, als versuchte er, ihre Lippen zu erreichen. Dabei lief ein wenig Wein über seine Unterlippe. Melissa nahm dies zum Anlass, ihn sacht, aber bestimmt wieder auf den Tisch zu drücken. Tadelnd wedelte sie mit dem Zeigefinger. In Wahrheit aber fühlte sie sich alles andere als in der überlegenen Position. Sie merkte nämlich, dass etwas mit ihr geschah. Etwas, das sie unter allen Umständen hatte vermeiden wollen. Melissa spürte eine Sehnsucht in sich, wie schon lange nicht mehr. Und sie galt Espen. Seinem Kuss. Wollte sie mehr als nur seinen Körper?

Melissa schüttelte diesen Gedanken schnell ab. Das waren die Hormone! Die Erregung. Es hatte nichts mit romantischen Gefühlen zu tun. Zumindest redete sie sich das ein. Sie legte eine Hand auf Espens Kehle, um ihn unten zu halten, sie drückte aber nicht zu, sondern benutzte den Griff lediglich, um ihre Position zu stärken.

Nur ihre Zunge tauchte sie in das kühle Nass, und dann trank sie den Wein wie ein Kätzchen die Milch aus seiner Schale. Er schmeckte köstlich. Ein wenig trocken. Versehentlich berührte sie Espens Zungenspitze mit der ihren, und plötzlich reckte er sich ihr erneut entgegen, verschloss ihren Mund mit seinen Lippen, und sie ging in dem Kuss völlig auf.

Jetzt schmeckte sie nur noch Espen. Fühlte seine Leidenschaft auf ihren Lippen, seine Sehnsucht nach ihrem Kuss. Das brachte sie ganz durcheinander. Sie konnte die Lippen nicht von ihm lassen. Aber dann spürte sie plötzlich eine heiße Feuchtigkeit auf ihrem Rücken. Überrascht fuhr sie herum. Gerade rechtzeitig, um das letzte Aufzucken seines Glieds noch zu sehen.

Ein Aufstöhnen drang aus seiner Kehle. Er schnaufte. Schnappte nach Luft. Die weiße Creme war zum Großteil auf ihr gelandet, aber ein Teil lief auch über seinen Bauch.

Sie räusperte sich, es war nicht ganz leicht, jetzt noch ernst zu bleiben, denn eigentlich war die Situation ausgesprochen witzig.

»Wegmachen«, sagte sie scharf und drehte ihm den Rücken

zu. Espen richtete sich auf, soweit dies die Handschelle zuließ. Sein Atem war noch immer hektisch, und sie spürte, wie er heiß und stoßweise über ihren Rücken strich. Dann fühlte sie seine wunderbar weiche Zunge, die das Sperma aufleckte.

Melissas Bikinihöschen war inzwischen völlig durchnässt. Sie spürte ihren Nektar an ihren Schenkeln. Es war ihr peinlich. Das war ihr noch nie passiert. Unauffällig schob sie die Hand in ihren Schritt, doch die zuckte sogleich wieder weg, weil das Malheur noch größer war als befürchtet. An ihren Fingerspitzen sah sie das Glitzern ihrer Leidenschaft.

»Wenn ich noch etwas für dich tun soll, musst du mich losbinden.«

Er leckte sich über die Lippen und blickte dabei zwischen ihre Schenkel. Natürlich hatte er ihr Malheur längst bemerkt.

»Wo sind die Schlüssel?«

»Im Schubfach.«

Sie drehte sich um, um zur Küchenzeile zu gehen, als sie plötzlich einen Schatten in der Tür bemerkte. Melissa musste zweimal hinschauen, ehe ihr Verstand glaubte, was ihre Augen längst als wahr angenommen hatten. Ein Spanner. Sie stieß vor Schreck einen Schrei aus, wich entsetzt zurück, genauso wie der Mann, dem sämtliche Farbe aus dem Gesicht gewichen war.

Wer, um alles in der Welt, war das?

»O Gott«, rief sie. Immer wieder, o Gott!

»Verzeihen Sie mir, Ma'am. Ich … ich wusste doch nicht …«, stammelte der Fremde, dessen Gesicht nun hochrot war.

»Wer sind Sie?«, kreischte sie empört. Was für ein Lustmolch! Wie lange stand er schon da und schaute zu? Sie konnte es nicht fassen.

»Keine Panik. Das ist nur Albert«, erklärte Espen gelassen.

Albert?

»Unser Mann für alles. Steuermann auf der Elba und ...«

»Ich habe das Gepäck von Miss Voight und Mr Murphy vom Fornage abgeholt, wie Sie es wünschten, Mr Hannigan.«

»Wunderbar.«

Melissa musterte den jungen Mann, der beschämt den Blick abwendete. »Ich muss mich entschuldigen, Sir. Ich hätte mich früher bemerkbar machen müssen.«

»Vergessen wir das Ganze«, sagte Espen, dem seine zweifellos mehr als eindeutige Situation nicht im mindesten unangenehm schien, obwohl sein Handgelenk noch immer angekettet war.

»Den Schlüssel, bitte, Melissa.«

Sie nickte mechanisch, öffnete das Schubfach, ohne die lange dürre Gestalt in der Tür aus den Augen zu lassen, die sie wer weiß wie lange schon schamlos beobachtet hatte, und griff nach dem Schlüssel, den sie Espen reichte. Geschickt öffnete er die Handschellen und drückte ihr diese in die Hand.

In dem Moment fiel ihr ein, wie ihr Höschen aussah und was man darauf sehen konnte. Peinlich berührt wandte sie dem Diener ihr Hinterteil zu, in der Überzeugung, dass er es mit Sicherheit musterte.

»Vielleicht bringen Sie die Koffer von Andrew und Melissa nach oben.«

»Natürlich, Sir. Ganz, wie Sie wünschen.«

Andrew war davon überzeugt, dass jeder irgendwann einmal davon träumte, eine Insel wie diese hier zu besitzen. Für die meisten blieb es jedoch ein unerfüllter Traum. Zum ersten Mal in seinem Leben fühlte er sich privilegiert. Er spürte den heißen Sand unter seinen Füßen, fühlte, wie er zwischen seinen Zehen knirschte und wie das warme Meerwasser diese umspülte.

Weiße Schaumkronen, die an Land gespült wurden, sich in den Sand saugten. Er folgte Serenas Spuren, trat mit seinem Fuß in ihren Abdruck. Sie hatte für eine Frau auffällig große Füße, aber bei ihrer Körpergröße war dies auch nicht allzu ungewöhnlich.

Die Spur verlor sich im Wasser. »Lass uns Versteck spielen«, hatte sie gesagt. Er hatte geschmunzelt, den Vorschlag erst gar nicht wirklich ernst genommen, aber dann hatte sie ihm die Augen verbunden und ihm aufgetragen, langsam bis zwanzig zu zählen.

Er hatte es getan, sich die Binde dann abgenommen und war der Fährte im Sand gefolgt. Andrew blickte auf das Meer hinaus. Wahrscheinlich war sie ins Wasser gegangen, doch er konnte sie nirgends entdecken. Verspielt rollten ihm die Wellen entgegen. Das Wasser schimmerte azurblau. Wie aus einem Werbeprospekt.

»Serena?«, rief er, aber sie antwortete nicht. Das wurde ihm allmählich unheimlich. Er zog sich sein T-Shirt aus und sprang ins Wasser, tauchte unter und öffnete dabei die Augen, die schnell zu brennen anfingen. Aber Serena konnte er nirgends entdecken. Als er wieder hochkam, tauchte in der Ferne ein Kopf fast zeitgleich mit ihm aus dem Wasser auf. Ihm folgte ein sehniger Körper, der wie ein Delphin in die Höhe schoss und die Wellen mit sich riss.

Serena.

Er hob den Arm, um ihr ein Zeichen zu geben, und als sie endlich näher kam, erkannte er, dass sie eine Taucherbrille und einen Schnorchel trug.

»Du hast mir einen mächtigen Schreck eingejagt«, sagte er erleichtert, sie zu sehen. Serena entstieg wie eine wunderschöne Nixe dem Wasser, das über ihren Körper perlte. Ursula Andress ließ grüßen. Er folgte ihr.

Ihr Bikinioberteil hatte sie längst abgelegt oder es im Meer verloren. Ihre großen roten Nippel waren steif, standen keck ab.

»Ach ja? Ich war doch nur schnorcheln. Willst du mitkommen? Hier gibt es herrliche Korallenriffe.«

Er lachte leise. »Wenn du einen Schnorchel übrig hast?«

»Hab ich.«

Sie ging an ihm vorbei, elegant und doch gefährlich wie ein Raubtier. Ihr Körper steckte voller Spannung, war so wunderbar definiert. Andrew folgte ihr den Strand hinunter, bis er zwei Liegen in einer grünen Oase entdeckte. Auf einer stand ihre Tasche.

»Hier ist mein kleines Versteck«, erklärte sie und öffnete die Tasche, aus der sie eine Taucherbrille und einen zweiten Schnorchel zog.

»Das hätte ich nie gefunden«, sagte er und zwinkerte. Dann legte er vorsichtig die Taucherbrille an, die auch seine Nase einschloss, und steckte das Mundteil des Schnorchels zwischen seine Lippen.

Serena hob den Daumen. »Sieht gut aus. Jetzt komm mit.«

Sie rannte wie eine Baywatch-Rettungsschwimmerin auf die heranpreschende Welle zu und stürzte sich mit einem

Hechtsprung ins kühle Nass. Andrew tat es ihr gleich. Aber Serena war verdammt schnell.

In Windeseile war sie auf das Meer hinausgeschwommen. In dem Studio, in dem Andrew für gewöhnlich trainierte, gab es auch Frauen, die sich dem Kraftsport widmeten. Obwohl er sie mochte, fand er sie doch nicht attraktiv. Zu viele Muskeln, zu wenig Weiblichkeit. Bei Serena war das anders.

Sie war fit. Trainiert. Ohne jeden Zweifel. Aber sie hatte sich einen Teil ihrer Weiblichkeit bewahrt. Sie war – dazwischen. Weder zu herb noch zu soft. Brigitte Nielsen. Warum zog er nur immer wieder diesen Vergleich? Sie war doch um einiges jünger. Aber ihre Größe, ihre Kraft, der athletische Körperbau. Sie hätten Schwestern unterschiedlicher Jahrgänge sein können.

»Hier ist es besonders schön«, sagte sie, als er sie endlich eingeholt hatte. Dann nahm sie das Mundteil, führte es zu ihren Lippen und tauchte mit dem Gesicht ins Wasser.

Er tat es ihr gleich. Und was er nun sah, versetzte ihn in derartiges Erstaunen, dass er fast vergaß einzuatmen.

Eine bunte fremde Welt. Unzählige Fische, die sich von den Eindringlingen, die sie beide waren, nicht im mindesten stören ließen. Surreale Gebilde. Steinkorallen, die das Fundament der Riffe bildeten. Ein Schwarm leuchtender Quallen, die in Formation an ihnen vorbeizogen. Ein Unterwasserparadies. Zum ersten Mal konnte er verstehen, was den Reiz des Tauchens ausmachte. Dies war wahrhaftig eine andere Welt, bei deren Anblick man alles um sich herum vergessen konnte.

Andrew ließ sich von den Wellen treiben, den Blick nach unten gerichtet. Ein Dschungel aus exotischen Wasserpflanzen tat sich vor ihm auf. Ein Versteck, das unzählige kleinste Wesen beherbergte. Wesen, deren Namen er nicht kannte, die er nie zuvor gesehen hatte.

Das Wasser war angenehm kühl, und die Sonne brannte herrlich warm auf seinen Rücken. Andrew vergaß die Zeit, denn es gab so viel zu entdecken, so viel zu sehen. Erst nach einer ganzen Weile bemerkte er, dass Serena nicht mehr vor ihm war. Vielleicht war sie in eine andere Richtung geschwommen als er.

Er wusste es nicht. Womöglich wollte sie erneut Versteck spielen, aber Andrew stand der Sinn nicht danach. Er wollte mehr sehen von dieser einzigartigen Unterwasserlandschaft. Später würde er Melissa von dieser fantastischen Welt erzählen, und vielleicht würde er noch einmal mit ihr herkommen, ihr dieses Wunder zeigen.

Er folgte einem Schwarm kleinster silbrig glänzender Fische. Es mussten Hunderte sein. Ein anderer Schwarm kam von rechts entgegen. Straßenverkehr im Mittelmeer, dachte er amüsiert. Und irgendwie funktionierte es auch ohne Verkehrsschilder. Ihr Weg kreuzte sich, und für einen kurzen Moment schienen sich beide Schwärme zu vereinen. Ihre Farben zu einem bunten Muster zu vermischen. Dann schwammen sie in verschiedene Richtungen weiter, und Andrew glitt weiter durch die Wellen. Entspannt.

Unter ihm tat sich ein Gebilde auf, das vermutlich eine Koralle war. Sie glänzte rot, und eigenartige Fäden flossen aus ihrem Rumpf in die Höhe. Der Anblick erinnerte ihn an eine Blume.

Nein, keine Blume, nicht ganz. Es war viel mehr … eine Vagina, die sich unter ihm entfaltete, die sich öffnete, als wollte sie ihn locken. Ihre Blätter trieben auseinander, erlaubten einen Einblick in ihr Inneres. Es war fast intim.

Und just in dem Moment, es war wohl ein äußerst verblüffender Zufall, spürte er etwas an seiner Badehose. Zuerst glaubte er, es wäre ein Fisch, der sich verirrt hatte, aber dann merkte er, dass es Finger waren. Ganz eindeutig sogar. Finger, die über sein Glied tasteten, als wollten sie erkunden, ob er bereits erregt war.

Andrew blickte an sich herunter und erkannte den hellblonden Schopf zwischen seinen Beinen.

Serena!

Sie hielt sich an seinen Oberschenkeln fest und zog die Hose mit ihren Zähnen herunter. Wo war ihr Schnorchel?

Das kühle Wasser umfing sein Glied, doch die Kälte verwandelte sich schnell in wohltuende, erregende Wärme. Sinnlich tasteten ihre Lippen über seinen Schaft, und er tauchte ab in eine feuchte, warme Höhle. O Gott! Was tat diese verrückte Frau jetzt schon wieder!

Sie waren irgendwo, weit draußen im Meer. Er hatte keine Ahnung, wie weit sie schon von der Insel weggetrieben waren, wie fern das Land war. Und ausgerechnet hier, am wahrscheinlich ungewöhnlichsten und unmöglichsten Flecken, den sie hätte auswählen können, fing sie an, ihm einen zu blasen. Das war nicht mehr sexy! Es war dumm!

Irgendwie gelang es ihm, sich aus dieser Venusfalle zu befreien. Rasch tauchte er auf, nahm das Mundstück aus seinem Mund. Auch Serena kehrte an die Oberfläche zurück.

»Was ist los, Andrew? Sei kein Spießer.«

Es hatte nichts mit Spießertum zu tun. Die Sache war gefährlich! Jetzt sah er auch die Insel. Sie war nur ein kleiner

Flecken am Horizont. »Lass uns vorher an Land gehen.« Da fühlte er sich wesentlich wohler.

»Ich will dich aber hier.«

Sie kam näher, schmiegte sich an ihn. Ihre Brustwarzen rieben über seinen Oberkörper. Ein erregendes Gefühl.

»Serena, bitte.«

»Du bist doch längst geil.« Ihre Hände griffen nach seinem Glied, das fast vor lauter Lust explodierte.

»Es ist … gefährlich«, brachte er jetzt nur noch stotternd hervor. Was, wenn bei einem von ihnen der Kreislauf versagte?

»Ich habe meinen Rettungsschwimmer«, versicherte Serena, als hätte sie seine Gedanken gelesen, und grinste ihn schmutzig an. Ehe er einen Einwand hervorbringen konnte, tauchte sie wieder ab, um ihre süßen Lippen über seinen Schwanz zu stülpen. Andrew stockte der Atem, und sein Widerstand erlahmte, wandelte sich um in Begehren. Rasch setzte er die Brille wieder auf und nahm das Mundstück zwischen die Lippen, um sich auch in die geheimnisvolle Unterwasserwelt zu stürzen. Egal, wie unvernünftig es war. Die Erregung hatte ihn übermannt.

Gierig trieb er sein Glied tiefer in ihren Mund, wieder und wieder, während die Luftblasen, die zwischen ihren Lippen hervordrangen, an seinem Bauch entlangsprudelten. Ihre Finger krallten sich in seine Oberschenkel. Ein süßer Schmerz, der willkommen war, ihn nur noch mehr anheizte. Er hätte es ewig so weiter treiben können, doch Serena löste sich plötzlich wieder von ihm. Viel zu früh! In ihm war längst dieses unbändige Feuer, das nur auf eine Weise gelöscht werden konnte. Und das sicher nicht mit Wasser.

Serena schoss wie eine Meerjungfrau mit dem Kopf voran an die Oberfläche, er hörte sie einatmen. Wie sinnlich das klang, eine wunderbare Melodie, dann verschwand sie wieder im Wasser, machte dort weiter, wo sie aufgehört hatte. Ihre Zunge umschlängelte seinen Penis, fuhr über die pulsierenden Adern. Himmel, das machte ihn fast wahnsinnig. Erneut nahm sie ihn tief in den Mund. Ihre Lippen hatten eine erregende Spannkraft, durch die sie genügend Druck aufbaute, und so gelang es Serena, genau das richtige Maß aufzubringen, um ihn in selige Schwingungen zu versetzen.

Sein Unterleib vibrierte. Wellen schlugen über ihm zusammen, und nur das Ende seines Schnorchels ragte aus dem Wasser. Er war eingehüllt in diese herrliche Kühle, während sein Körper glühte.

Er spürte diese eigenartige Mischung aus Heiß und Kalt, als würde er fiebern. Adrenalin pumpte ohne Unterlass durch seinen Körper, versetzte ihn in den Rausch, den er sonst nur vom Training kannte. Wieder entglitt Serena an die Oberfläche, wieder stieß sein Schwanz ins Leere.

Komm schnell zurück, dachte er.

Aber Serena kam nicht. Warum? Er blickte sich nach ihr um. Aber sie war verschwunden. Schon wieder. Wie stellte sie das bloß an? Er schwamm im Kreis. Das Glühen drohte zu erlöschen. Nicht doch! Wie konnte sie ihn erst geil machen und dann einfach hier zurücklassen.

Endlich machte er eine Bewegung im Wasser vor sich aus. Serena. Sie hatte einen ordentlichen Vorsprung, diese verfluchte Nixe.

Er folgte ihr. Seine Lenden brannten. Aber es gelang ihm

nicht, sie einzuholen. Die Insel kam näher und näher, seine Kraft ließ immer mehr nach, und der Abstand zwischen Serena und ihm vergrößerte sich nochmals. Erst als sie längst an Land war, erreichte er sie.

Atemlos, denn er hatte sich verausgabt, hielt er sie am Oberarm fest und riss sich den Schnorchel herunter.

»Hey, was war denn das?«

Serena befreite sich, lächelte ihn charmant an und trocknete sich mit dem Handtuch ab, das sie zuvor aus ihrer Tasche gezogen hatte.

»Was meinst du, Andrew?«

»Mich erst scharfmachen, mich überreden, es im … im Wasser zu tun … und dann …«

»Ich tue nichts ohne Hintergedanken«, erklärte sie.

»Was?« Worauf wollte sie denn hinaus? Quälte sie ihn absichtlich? Genoss sie es, dass er völlig geil war? So geil wie nie zuvor in seinem Leben. Dieser verrückte und dennoch irrsinnig erotische Überfall im Wasser hatte seine Lust entfacht, und nur ihre Lippen konnten das Feuer in ihm jetzt noch bändigen. Er sehnte sich so nach einer Fortsetzung. Am liebsten noch einmal im Wasser, auch wenn er zuvor strikt dagegen gewesen war. Aber dort fühlte sich alles so viel intensiver, so viel aufregender an.

Serena legte sich schmunzelnd auf die Liege, setzte eine Sonnenbrille auf und warf nur einen kurzen Blick auf seinen erigierten Schwanz, der im rechten Winkel von seinem Körper abstand und der ohne Unterlass pulsierte.

»Was bist du bereit dafür zu tun?«

»Zu tun?«

»Du hast mich schon verstanden.«

»Ich ... ich würde alles tun«, erwiderte er nicht ganz ernst, denn er war nicht sicher, worauf sie jetzt eigentlich hinauswollte.

»Ich habe gewisse Vorlieben«, deutete sie an.

Das klang aufregend. Er war zu allem bereit, für alles offen. Rasch nickte er. »Was immer du willst, Serena. Nur bitte, der Kleine sehnt sich nach dir.«

Er hatte ihn längst in die Hand genommen, an ihm gerieben, aber das Gefühl war nicht dasselbe, wie von Serenas Lippen verwöhnt zu werden.

»Na schön«, sagte sie lächelnd.

Er stellte sich nun über sie, tippte mit seiner glühenden Eichel gegen ihre Lippen, öffnete sie durch sanften Druck, und Serena ließ ihn ein.

Himmel! Was für ein geiles Gefühl, wie sie ihn lutschte, an ihm sog. Diese Frau wusste, wie sie einen Mann mit ihrem Mund scharfmachte.

Tief nahm sie ihn auf, und er spürte, wie sein Schwanz über ihre Zunge rollte, hinabglitt, gegen ihren Gaumen stieß, um schließlich tief in ihrem Rachen zu verschwinden. Wieder und wieder drang er in sie. Mit jedem Stoß etwas schneller. Serena stöhnte, keuchte und schaute zu ihm auf.

Ihre Augen erinnerten ihn an die eines Raubtiers. Eines Raubtiers, das er gefangen hatte und nun zähmte.

Andrew konnte sich nicht länger zurückhalten. Es kam ihm, und Serena schluckte seine Lust hinunter. Ihre Raubtieraugen schienen in dem Moment regelrecht zu leuchten.

Langsam zog er sich aus ihr zurück. Ein letzter Tropfen setzte sich auf ihre Unterlippe, und sie leckte ihn mit der Zunge ab.

»Zufrieden?«, fragte sie, und ihre Stimme klang zärtlich.

Er setzte sich in den Sand, so erschöpft war er nicht mal nach einer harten Trainingswoche, und betrachtete ihren erstaunlichen Körper. Diese aufregenden Brüste, ihren flachen, durchtrainierten Bauch. Was mochten diese Vorlieben sein, die sie erwähnt hatte?

»Und was darf ich jetzt für dich tun?«, fragte er neugierig, aber Serena schmunzelte nur.

»Zu gegebener Zeit wirst du es erfahren, Andrew.«

Er konnte es nicht erwarten.

»Was hältst du davon, wenn du mich jetzt erst einmal eincremst?«, fragte sie und holte eine Sonnenlotion aus ihrer Tasche.

»Nichts lieber als das.«

»Fein.«

Sie reichte ihm die Flasche und drehte sich auf den Bauch, erlaubte ihm einen Blick auf ihren Knackarsch. Was für feste Pobacken! Und so herrlich braun. Das Band ihres Tangas führte durch ihre Poritze. Es sah zum Anbeißen aus.

Andrew schraubte den Deckel ab, tat sich etwas von der Creme in beide Hände und massierte diese in Serenas Schultern.

Sie schnurrte leise wie ein Kätzchen, doch das Schnurren verwandelte sich allmählich in ein sinnliches Atmen, das in ein Stöhnen überging, als seine Hände über ihre Taille hin zu ihrem süßen Po glitten.

Dem widmete er sich mit voller Aufmerksamkeit, und er fühlte sich tatsächlich so fantastisch an, wie er aussah. Seidige Haut und darunter feste Muskeln. Ein Traumkörper.

Seine Hände wanderten tiefer, streichelten nun ihre endlos schlanken Beine.

»Vielen Dank«, flüsterte sie, dann döste sie ein, und Andrew legte sich auf die zweite Liege, nackt, wie er war, und rieb auch seinen Körper mit der Lotion ein, um sich anschließend ein wenig zu entspannen und diesen herrlichen Vormittag zu genießen.

Zum Mittagessen fand man sich wieder in der Villa ein. Albert, der nicht nur als Butler, sondern auch als Koch im Haus fungierte, hatte ein opulentes Mahl aufgetischt. Hummer in Austernsauce. Weder Andrew noch Melissa waren solch vornehme Speisen gewöhnt, doch sie musste zugeben, sie konnte sich damit anfreunden. Das Essen war außergewöhnlich. Das galt allerdings nicht für die Stimmung bei Tisch. Kein Wort wurde gesprochen, schon gar nicht über die Erlebnisse des Vormittags. Fast so, als hätte man stillschweigend entschieden, sexuelle Themen ab sofort bei Tisch ruhen zu lassen. Doch verheißungsvolle Blicke, die wurden sehr wohl ausgetauscht. Und Melissa bemerkte, dass die anderen irgendetwas unter dem Tisch zu machen schienen, doch wenn sie, wie sie hoffte, unauffällig, unter die Tischdecke lugte, waren alle Beine und Füße genau dort, wo sie hingehörten. Auch saß kein entblößter Albert mit Hundehalsband unter dem Tisch, um es seinem Herrn zu besorgen. Die Idee war zwar absurd, doch nicht gänzlich unmöglich in diesem Haus.

Nachdem man auch den Nachtisch zu sich genommen hatte, hatten es alle eilig, so schnell wie möglich wieder aufzubrechen, so dass nur eine verwunderte Melissa am Tisch zurückblieb, während Albert die Teller abräumte.

Es kostete sie einiges an Überwindung, den Diener anzusprechen, nachdem er in ihre kleine Session geplatzt war. Aber er war im Augenblick der einzige Ansprechpartner, und Melissa wurde das Gefühl nicht los, dass hier etwas vor sich ging. Etwas, von dem sie nichts wusste, in das man sie nicht einweihte.

»Haben Sie eine Idee, wo die anderen so schnell hin sind?«

Albert, der optisch zwar jung war, doch die Mimik eines alten Mannes hatte, hob pikiert eine Braue. »Das geht mich nun wirklich nichts an, Miss.«

So, so. Plötzlich zeigte Herr Albert Manieren. Das Intermezzo in der Küche ging ihn auch nichts an, aber da hatte er seine guten Vorsätze ganz schnell fallen lassen und ihnen ungeniert zugesehen.

Albert beugte sich zu einem der Stühle herunter, weil er dort offensichtlich etwas entdeckt hatte, und hob ein Stück Papier auf, das wie ein kleiner Umschlag aussah. Offenbar hatte es jemand versehentlich liegen lassen. Er wollte es schon zusammenknüllen, doch Melissa hielt rasch die Hand auf.

»Geben Sie mal her«, bat sie. Albert zögerte, gab dann allerdings nach und verschwand aus ihrer Sichtweite.

Rasch öffnete sie den Umschlag, in dem ein winziger Brief steckte, auf dem nur ein Ort und eine Uhrzeit standen: 14.30 Uhr, Wasserfall.

Melissa sah auf die Uhr. Kurz vor zwei. Der Sache musste sie nachgehen. Hier wurde irgendetwas gespielt, und das ohne sie!

Sie erhob sich und eilte in die Küche, wo sie Albert zu finden hoffte. Und in der Tat stand er an der Spüle, grüne Gummihandschuhe übergestülpt und mit einer Geschirrbürste die Reste von den Tellern kratzend. Er erschrak über ihr ungestümes Hereinplatzen.

»Keine Spülmaschine?«, fragte sie überrascht.

»Leider außer Betrieb. Ich habe schon einen Techniker angerufen.«

»Verstehe. Sagen Sie, Albert, wo gibt es hier einen Wasserfall?«

»Südlich vom Haus. Warum fragen Sie, Miss?«

»Weil ich ihn mir … gern mal ansehen würde.«

»Er ist sehr schön, wird Ihnen gefallen, Miss.«

»Davon bin ich überzeugt.«

Sie wollte schon gehen. »Ach, Miss?«

»Ja, Albert?« Ihr war es immer noch peinlich, dass er sie in dieser äußerst pikanten Situation beobachtet hatte. Glücklicherweise schien er den Vorfall aber zu ignorieren, und sie würde das Gleiche tun.

»Wenn ich Ihnen eine Empfehlung geben darf?«

»Ja, was denn, Albert?«

»Satteln Sie doch eins der Pferde.«

»Es gibt hier Pferde?«

»Aber ja, gleich um die Ecke«, er deutete zu dem Fenster auf seiner Linken, »ist der Stall.«

»Das ist ja wunderbar!« Als junges Mädchen hatte sie Pferde geliebt und jeden Sommer auf dem Reiterhof verbracht. Es gab kaum etwas Schöneres, als zu reiten.

»Guter Tipp, danke, Albert.«

Er nickte lediglich und widmete sich wieder dem Geschirr.

Melissa hatte rasch eine braune Stute gesattelt und trieb sie nun am Strand entlang Richtung Süden. Die Wellen schossen ihr entgegen, spritzten hoch hinauf bis zu ihren Schultern. Die Stute wieherte, begann, noch schneller zu laufen. Melissa fühlte sich wie eines der Models aus der Werbung, das an einem traumhaften Strand dem Horizont entgegenritt. Sie fühlte sich frei. Wirklich frei. Ungezwungen. Dies war ihr Abenteuer. Sie hatte es zunächst nicht erkannt, es mehr als Bedrohung wahrgenommen, aber nun wusste sie, dies alles war ein Geschenk.

Sie lenkte das Pferd rechts ein, saß noch im Lauf ab und band die Zügel an eine Palme. Von hier an wollte sie zu Fuß gehen. Die Wege wurden unebener, und es war hier dichter bewachsen als an anderen Stellen der Insel. Eine kleine tropische Oase.

Melissa straffte die Schultern und verschwand im Dickicht, schob riesige grüne Blätter zur Seite, kämpfte sich durch Sträucher und Farne, bis sie das Rauschen des Wasserfalls hörte und die Stimmen der anderen.

»Nicht, nein! Hör doch auf!«, rief Serena und lachte, es folgte ein mächtiger Klatsch, als hätte jemand etwas Schweres ins Wasser geworfen.

Melissa beschleunigte ihre Schritte, lugte hinter einer Palme hervor und sah, wie Serenas Kopf aus dem kleinen See auftauchte. Sie schwamm zum Wasserfall, stellte sich darunter und ließ das Wasser über Gesicht und Haar laufen.

»Mach das nicht noch mal«, sagte sie und wedelte mit dem Zeigefinger in Andrews Richtung, der hilflos mit den Schultern zuckte. Beide waren nackt. Was für schöne Körper! Perfekt. Nahezu perfekt, dachte Melissa.

»Ich hab doch nichts gemacht.«

»Du hast mich ins kalte Wasser geworfen. Ist das etwa nichts?«

»Es sah zumindest süß aus. Und sexy.«

»Ich zeig dir, was sexy ist. Komm her!«

Mit einem Hechtsprung folgte ihr Andrew ins kühle Nass, tauchte unter und kam erst neben Serena wieder hoch. Er zog sie in seine starken Arme, und sie küssten sich.

Es war erschreckend, wie gleichgültig Melissa das war.

Hätte sie nicht vor Eifersucht brennen müssen? Was war nur mit ihr los? Liebte sie Andrew überhaupt noch? Sie sah die Küsse, hörte ihr Stöhnen, beobachtete, wie seine Lippen über Serenas Hals glitten, und es ließ sie, zumindest auf der Gefühlsebene, kalt. Anders sah es da in erotischer Hinsicht aus.

Sie war immer noch sexuell aufgeladen nach dem Spiel mit Espen, und die Tatsache, nun unentdeckt die verruchten Spiele zwischen Serena und Andrew zu beobachten, brachte ihr keine Besserung.

Ja, es war aufregend, hier aus ihrem sicheren Versteck einfach nur zuzuschauen und sich vorzustellen, was die beiden gerade empfanden.

Andrews Hand fuhr durch Serenas Haar, beförderte ihren Kopf leicht nach hinten, so dass das Wasser noch stärker auf ihr Gesicht floss. Sie öffnete den Mund, trank von der Quelle, strich mit beiden Händen über Andrews Körper, als Melissa plötzlich eine Bewegung aus dem Augenwinkel bemerkte.

Ein zweiter Mann. Nackt. Der das Paar genauso beobachtete wie sie, allerdings, ohne sich dabei zu verstecken. Er lief um den kleinen See herum wie das Raubtier um seine Beute. Musterte Serena und Andrew ausführlich.

Espen.

Was machte er denn hier?

Das hatten sie also unter dem Tisch gemacht. Geheime Nachrichten ausgetauscht. Um sich hier zu verabreden.

Aber warum hatten sie ausgerechnet sie ausgeschlossen? Melissas schöne Gefühle kühlten ab. Sie war wütend und enttäuscht, fühlte sich hintergangen, ganz besonders von Espen. Auch wenn dies irrational war. Schließlich hatten sie alle dem Spiel zugestimmt. Jeder mit jedem, alles war möglich, solange alle einverstanden waren.

Espen stieg ins Wasser und wurde nun auch von Andrew und Serena bemerkt.

»Du hast ihm auch eine Einladung geschickt?«, fragte Andrew verwirrt.

»Sei nicht böse, du hattest mir doch einen kleinen Gefallen versprochen. Sei nicht verklemmt, und komm.«

Melissa merkte Andrew an, dass ihm diese Variante des sexuellen Zusammenkommens nicht wirklich behagte, doch er machte gute Miene zum bösen Spiel.

Serena griff nach seiner Hand, führte ihn hinter sich her bis zur Seemitte, und der Wasserfall gab die beiden frei, als träten sie unter einem Vorhang hindurch. Der See war nicht sonderlich tief, man konnte problemlos darin stehen.

»Espen«, sagte Andrew und nickte ihm zu.

»Andrew.« Ein Schmunzeln trat auf Espens Lippen, das konnte Melissa von ihrem Versteck aus sehen. Er leckte sich über die Zähne und fixierte den anderen Mann, und das bewirkte, dass Melissa mit einem Mal sehr schnell sehr heiß wurde. Zwei Männer. Eine Frau. Das konnte vielversprechend werden.

Andrew fühlte sich von der Situation überfordert. Er hatte gewiss nichts gegen einen Dreier einzuwenden. Ganz im Gegenteil. Schon immer hatte er davon geträumt, es mit zwei Partnern zu treiben. Doch beide waren in seiner Fantasie immer Frauen gewesen. Frauen, die sich auf ihn konzentrierten, die ihn verwöhnten, ihn in den Mittelpunkt stellten.

Dass nun ein zweiter Mann mit von der Partie war, löste ein eigenartiges Gefühl in ihm aus. Unsicherheit. Unbehagen. Er konnte Espen gut leiden, der ja mit dieser Konstellation deutlich weniger Probleme zu haben schien. Und weil er ungern ein Spielverderber sein wollte, ließ er sich auf das Spiel ein, setzte sich allerdings die Prämisse, sich auf die bezaubernde Serena zu konzentrieren und Espen, so weit es ging, zu ignorieren.

Serena stellte sich zwischen die beiden Männer, so dass Espen ihre Rückenansicht genießen durfte und Andrew mit ihrer Vorderseite vorliebnahm. Andrew war dies mehr als recht. Er legte seine Hände auf ihre großen Brüste, wog sie sacht, bis ihre Nippel unter seinen Fingern steif wurden. Serena hatte auffällig große Vorhöfe, und er mochte das Gefühl, sie zu berühren. Sie wirkten sehr weich und fühlten sich fantastisch an. Er senkte den Kopf, um ihre Brustwarzen eine nach der anderen in den Mund zu nehmen, als plötzlich ein Ruck durch ihren Körper ging. Und für einen Moment bäumte sich ihr prachtvoller Körper auf, überragte ihn, weil sie sich auf die Zehenspitzen gestellt hatte.

Und als er ihr ins Gesicht sah, ihre leicht geöffneten Lippen betrachtete und den sinnlichen Ausdruck, der in ihren halbgeöffneten Augen lag, wusste er, was sie so hatte hochfahren lassen. Espen stand dicht hinter ihr, sein Unterleib berührte ihren Hintern, schmiegte sich eng an ihn, und ein Teil von ihm war in ihr. Zwei Hände legten sich auf ihre Schultern, wanderten tiefer hin zu ihren Brüsten, mit denen sich Andrew doch hatte vergnügen wollen. Jetzt beanspruchte Espen ihren Besitz. Andrew warf dem anderen, den er in diesem Moment mehr als Kontrahenten sah, einen grimmigen Blick zu, den Espen nur mit einem Schmunzeln erwiderte.

Andrew sah, dass er Serenas Brüste viel kräftiger knetete, als er es getan hatte. Serena stöhnte vor Wollust laut auf, beugte plötzlich den Oberkörper vor und tauchte unter. Andrew verstand nicht ganz, was das sollte, doch als er plötzlich ihre Lippen an seiner Badehose spürte – schon wieder! –, da wurde ihm klar, worauf das Ganze hinauslief.

Serena, die Nixe, war wieder im Einsatz.

Seine Badehose rutschte ein Stückchen nach unten. Wellen bildeten sich um ihn herum, während Espen ihr kräftige Stöße mitgab, die sie ein Stück weit nach vorn, in Andrews Richtung fallen ließen. Und jedes Mal, wenn das geschah, versank er in ihrem herrlichen warmen Mund. Tiefer und tiefer.

Kurz tauchte ihr Kopf auf, damit sie nach Luft schnappen konnte, um sich gleich darauf wieder Andrew zu widmen. Er fand zusehends mehr Gefallen an dieser speziellen Vorliebe, die Serena heute Morgen erwähnt hatte. Ménage à trois. Etwas in der Art hatte er noch nie gemacht.

Vorsichtig umfasste er ihre Schultern und bewegte sie

sacht in seine Richtung, so dass Serena von beiden Männern hin- und hergeworfen wurde. Die Wellen schlugen höher, und er verspürte in seinem Körper dieses Vibrieren, das von seiner Mitte ausging und von dort aus bis in seine Fuß- und Haarspitzen strömte.

Erneut kam Serena hoch. Wasser lief ihr über die Wangen. Sie lächelte hinreißend. Lachte leise. Er wollte sie küssen, doch stattdessen tauchte Serena wieder unter, nahm ihn artig auf, lutschte an ihm wie an einer Zuckerstange.

Er war von neuem beeindruckt, welche Spannkraft ihre Lippen hatten. Sie waren nicht nur weich, sie waren zugleich fest, auch wenn das wie ein Widerspruch klang. Als Serena wieder hochkam, ruckte ihr Kopf überraschend zur Seite, und Andrew folgte ihrem Blick, da sie offenbar etwas entdeckt hatte. Und als er in dieselbe Richtung schaute, erstarrte er in seiner Bewegung.

Melissa.

Aber was machte sie denn hier?

Sie hatte es nicht länger in ihrem Versteck ausgehalten. Aber nun, da sie einige Schritte auf die Ménage à trois zugelaufen war, hatte sie der Mut wieder verlassen, und sie war stehen geblieben.

Sollte sie sich den dreien anschließen? War sie überhaupt erwünscht? Ihr kam es merkwürdig vor, dass sie niemand zu diesem Treffen eingeladen hatte. Fanden Serena und Espen Andrew am Ende interessanter als sie?

Serenas Augen funkelten, als sich ihre Blicke trafen. Sie richtete sich zu ihrer vollen Größe auf, und das Wasser lief an ihrem beeindruckenden Körper herunter.

Zärtlich streichelte sie Andrews Wange, so als wollte sie Melissa bewusst eifersüchtig machen.

Und dann tat sie etwas, womit offenbar auch Espen und Andrew nicht gerechnet hatten. Ihre Hände legten sich sowohl auf Espens als auch auf Andrews Kopf, und mit einem Mal drückte sie beide Männer nach unten, die entweder zu überrascht waren, um sich dessen zu erwehren, oder die es nur allzu bereitwillig mit sich machen ließen.

Wie eine Wasserkönigin ragte sie nun als Einzige sichtbar aus dem kleinen See heraus. Die Sonne schmeichelte ihren definierten Kurven und ließ ihre Haut in einem herrlich gesunden braunen Ton erstrahlen, durch den der Kontrast zu ihren blonden Haaren nur noch größer wurde.

Melissa sah die Bewegungen der Wellen um sie herum, und sie wusste, dass beide Männer sie leckten, der eine ihre Scham, der andere ihren Hintern. Und Melissa wünschte sich an ihre Stelle. Wünschte, sie wäre es, die ihre Zungen spürte.

Serena warf seufzend den Kopf in den Nacken, stöhnte sinnlich und fing an, ihr Becken vorzuschieben, was die Wellenbewegungen nur noch verstärkte. Das Wasser schwappte höher und höher. Serena riss den Mund auf. Stöhnte im Rhythmus der Wellen. Ihre Bewegungen wurden schneller, immer schneller.

Melissa spürte, wie es in ihrem Inneren prickelte, als steckte sie selbst in Serenas Haut. Und sie meinte sogar, deren Orgasmus zu spüren. Dieses süße Ziehen. Sie hörte Serenas Lustschrei, glaubte aber, es sei ihr eigener. Und dann spürte sie, dass ihre Hand längst auf ihrer Scham lag, an ihr rieb.

Serena öffnete die Augen wieder. Ein seidiger Glanz hatte ihre grünen Pupillen überzogen. Und sie lächelte befriedigt.

Dann ließ sie die Köpfe der Männer los, und sie tauchten auf. Melissa konnte anhand von Andrews und Espens Gesichtsfarbe erkennen, dass es sie einige Anstrengung gekostet hatte, es so lange unter Wasser auszuhalten. Serena flüsterte beiden etwas zu. Sie nickten, um gleich darauf den See zu verlassen und sich ans Ufer zu setzen.

Melissa beobachtete dies mit Erstaunen. Noch erstaunter war sie allerdings, als Serena plötzlich den Arm ausstreckte und sie zu sich winkte, um anschließend mit beiden Händen über ihren Luxuskörper zu gleiten, die aufregenden Formen nachzuzeichnen.

War das eine Anmache? Vor Publikum? Plötzlich wurde Melissa klar, dass Serena gar nicht auf einen Dreier abgezielt hatte, sondern auf sie. Ein raffinierter Plan. Natürlich hatte sie den Umschlag nicht versehentlich liegen lassen. Sie hatte gehofft, Melissa würde ihn finden und zu ihr kommen. Sich in diese süße Venusfalle locken lassen.

Melissa war beeindruckt. Offenbar bekam Serena immer, was sie wollte. Auch sie. War es Melissa in der Umkleidekabine noch unangenehm gewesen, von einer anderen Frau auf sinnliche Weise berührt zu werden, so erschien ihr der Gedanke nun äußerst verlockend.

Melissa sah Espen an und wusste, dass er auf diese Show brannte, dass er das Spiel zwischen ihnen sehen wollte.

Und das war die Triebfeder. Espen geil machen. Mit ihrem Körper. Mit ihren Küssen. Und er durfte nur zusehen, ohne selbst Hand anzulegen, ohne eingreifen zu können. Sie zog sich aus und steuerte dann zielstrebig auf Serena zu, entschlossen, allen zu beweisen, dass sie kein verklemmtes Küken mehr war. Sie ignorierte das viel zu kalte Wasser und stellte sich vor die große Blonde, die mit funkelnden Augen auf sie herabsah.

»Wir liefern unseren Jungs jetzt eine Show, die sie nicht so schnell vergessen werden. Einverstanden?«

Melissa nickte. O ja, das würden sie. Und schon packte Serena ihr Gesicht mit beiden Händen und küsste sie.

Melissa war wie erstarrt. Der Kuss schmeckte so viel besser, als sie erwartet hatte. Er war zärtlich, innig, leidenschaftlich. Und so weich, so blumig. Ein völlig anderer Geschmack. Schmeckte sie etwa auch so süß? Sie hatte sich nie Gedanken darüber gemacht, inwiefern Frauen anders schmeckten als Männer. Und auch der Duft, den Serena verströmte, machte es ihr allzu leicht, sich in die Arme dieser Frau fallen zu lassen.

Serenas Hände wanderten über ihre Seiten, krallten sich in ihren Hintern und schoben sie enger an sich heran, so dass Melissa ihre heiße Scham an ihrer spüren konnte. Auch das war ein verrücktes Gefühl, als würden zwei gleiche Magnetpole ihre Abstoßung verlieren, sich doch noch anziehen.

Melissa riskierte einen Blick zu Espen, der sie sehr genau beobachtete. Doch sein Blick war so dunkel wie auf der Elba, und sie meinte, nicht nur Leidenschaft in ihm zu sehen, sondern auch etwas anderes. Etwas, das sie nur schwer einordnen konnte. Seine Lippen wirkten hart. Zusammengepresst. Dennoch hielt er sein riesiges Glied in der Hand, rieb an ihm, bis es noch größer wurde.

Serenas Lippen wanderten über Melissas Hals, saugten sich an der Stelle fest, an der ihre Schlagader pumpte. Ein süßer Schmerz brandete durch ihre Haut, winzige Blutgefäße rissen auf. Ein Knutschfleck. Eine Markierung.

Unter ihrem Streicheln verspürte Melissa einen heißkalten Schauer nach dem anderen. Allein die Nähe zu ihrer Scham machte sie ganz nervös. Nein, diese Frau liebte nicht zum ersten Mal eine andere Frau, sie wusste sehr genau, was sie tat, wie sie Melissas Hemmungen abbaute und sie sogar erregte.

Aber ehe Serena noch weitergehen konnte, erhob sich Espen und kam auf die beiden Frauen zu. »Das war eine äußerst anregende Show, meine Liebe«, sagte er an Serena gewandt, während er nach Melissas Hand griff und sie an sich zog.

»Vielen Dank, Espen, aber eigentlich ist sie noch gar nicht vorbei.« Unmut lag in Serenas Blick, was Melissa durchaus schmeichelte. Vor wenigen Augenblicken hatte sie sich noch wie eine Aussätzige gefühlt, aber nun war sie augenscheinlich zum Objekt der Begierde von mehr als nur einer Person geworden.

»Du hast recht, meine Schöne, denn jetzt beginnt der zweite Akt. Und die Akteure verdoppeln sich.«

Espen zog Melissa in seine Arme. Die bekam nur noch mit, wie sich Andrew Serena schnappte, dann versank sie gänzlich in Espens Kuss, spürte sein hartes Glied zwischen ihren Beinen, das fordernd an ihr rieb, ihre Schamlippen gierig auseinanderschob, um in sie zu dringen.

Melissa glaubte in diesem Moment zu verglühen. Sie spürte seine Leidenschaft, die Leidenschaft um sich herum, die Hitze der anderen Körper, die sie umzingelten, vor allem aber spürte sie ihn, seinen Rhythmus, seine Lust. Und schließlich auch ihre eigene.

»Was sollte das?«, zischte Serena.

Inzwischen hatten sich die beiden Paare wieder in der Villa eingefunden, und ein herrlicher Nachmittag lag hinter ihnen. Jetzt waren Melissa und Andrew am Pool, genossen die Cocktails, die Albert ihnen servierte, und gewiss würden sie Espen und Serena nicht allzu schnell vermissen.

Sie hatten sich in Espens Büro zurückgezogen. Ab und an musste er schließlich auch seinen Geschäften nachgehen. Dafür musste er allerdings nicht in den Staaten sein, das ging, dank modernster Technik, auch sehr gut von hier aus.

»Ich weiß nicht, was du meinst«, erwiderte er und legte den Stapel Papiere, den er eben durchgearbeitet hatte, zur Seite, um seine Aufmerksamkeit ganz der vor Zorn wild funkelnden Serena zu widmen.

»Wieso hast du dich eingemischt?«

»Du wolltest sie vernaschen, ich wollte sie vernaschen. Ich dachte mir, wir überlassen die Entscheidung ihr, für wen sie sich mehr erwärmt.«

Er war froh, dass Melissa in seine Arme gefallen war. Er hätte es nicht ertragen, wenn sie sich Serena zugewandt hätte. Merkwürdig. Solches Besitzdenken war ihm sonst eigentlich fremd. Doch Melissa sollte ihm gehören. Nur ihm.

»Das war keine Wahl. Du hast sie an dich gerissen.«

»Was ist dein Problem, Prinzessin? Erfreu dich an Andrew und seinem Muskelkörper.«

»Andrew langweilt mich.«

»Was?« Das hörte er zum ersten Mal. Er hatte den Eindruck gehabt, Serena und Andrew würden sich gut verstehen.

»Beim ersten Mal war es ganz nett. Aber du weißt doch,

Männer können mich nie lange fesseln. Du natürlich ausgenommen.«

Nun wurde ihm einiges klar. Serena war geil auf Melissa. Und er kannte auch den Grund dafür. »Du suchst immer noch nach einem Ersatz für Laure, aber eine zweite Laure wird es nicht geben.«

»Siehst du es denn nicht? Sie ist bereits hier. Hier, in unserem Haus. All die Parallelen.«

Es war sein Haus, aber das wollte er ihr jetzt nicht unter die Nase reiben. Nicht, wenn Serena so aufgebracht war.

»Diese Ähnlichkeit ist verblüffend.«

»Ja, das ist sie. Der gleiche Typ«, gab er zu.

»Mehr als das. Die gleichen Augen, dieselben roten Haare. Sie könnten Zwillingsschwestern sein.«

Serena trat ans Fenster und schob vorsichtig mit einer Hand den Vorhang zur Seite, blickte hinaus aufs Meer. Sie atmete schwer, presste ihre Stirn an das Fensterglas, und in dem Moment tat sie Espen wieder leid.

Laure hatte mit Serenas Gefühlen gespielt. Nichts von ihren schönen Worten war ernst gemeint gewesen. Sie hatte die stolze Serena mehr verletzt als irgendjemand anderer zuvor. Espen wusste das.

Eine tragische Geschichte, die ganz ähnlich begonnen hatte wie die aktuelle. Eine junge Frau, die sich auf Sex mit einem Paar einlassen wollte, sich dann mehr Serena denn Espen zuwandte und von ihr reich beschenkt wurde. Diamanten, eine Eigentumswohnung in New York, teure Restaurantbesuche, Jetsets um die ganze Welt. Serena hatte alles für Laure getan. Aber die war von einem Tag auf den anderen verschwunden. Auf Nimmerwiedersehen. Ohne ein Abschiedswort.

Espen schob seinen Bürostuhl zurück und stellte sich hinter Serena, legte ihr sanft eine Hand auf die Schulter. Er wusste, wie sehr dieses Erlebnis noch immer an ihr nagte.

»Du musst Laure vergessen. Sie ist es nicht wert, dass du dich weiter quälst. Verbanne alles, was dich an sie erinnert.«

Serena drehte sich zu ihm um, und Tränen funkelten in ihren Augen. »Du hast recht. Aber ich weiß nicht, ob ich das kann.«

»Sie ist Vergangenheit«, bestärkte er sie.

Serena nickte und zupfte den Kragen seines Hemds zurecht. »Tut mir leid, dass ich dich angegriffen habe.«

Er lächelte versöhnlich. »Schon gut. Wir haben alle mal solche Tage.« Er konnte sehr gut verstehen, wie schmerzlich die Erinnerung für Serena war. Laure war für sie ein besonderer Mensch gewesen. Er wusste, dass Serena aus einer armen Familie stammte, in der sie wenig Zuneigung und Anerkennung bekommen hatte. Sie war früh von zu Hause ausgezogen, hatte ihr Glück als Model in New York versucht, aber der ersehnte Erfolg, nachdem sie sich so sehr verzehrte, war ausgeblieben.

Aufgrund ihres außergewöhnlichen Äußeren hatte sie zwar hin und wieder einen Auftrag ergattert, aber irgendwann war sie nur noch auf der Stelle getreten, bis sie schließlich zu alt geworden war, um als unbekanntes Model noch Engagements zu bekommen. Ein Umbruch hatte in ihrem Leben stattgefunden. Sie wollte nicht länger Bittstellerin sein, sondern eine Macherin. Das Know-how und die Beziehungen hatte sie schließlich. Und so war aus dem ungeliebten Kind ein Erfolgsmensch geworden, der seine eigene Agentur leitete, aber immer noch mit den Dämonen aus der Vergangenheit zu kämpfen hatte, der immer von neuem die Bestätigung suchte und nur dann zufrieden war, wenn er sie irgendwo – woher auch immer – fand. Serena hatte ihre Liebschaften so oft wie ihre Unterwäsche gewechselt. Hatte Nähe und zugleich Distanz gesucht, rückte man ihr zu nahe, war sie verschwunden, ließ man sie am ausgestreckten Arm fast verhungern, tat sie alles, um diesen Menschen für sich zu gewinnen.

Espen hatte mehrere Trennungen mit ihr hinter sich. Dann hatte sie von einem Tag auf den anderen plötzlich wieder vor der Tür gestanden und zu ihm zurückgewollt.

Mit Serena war es nicht langweilig. Sie war wie ein brodelnder Vulkan, der beim falschen Wort explodierte. Sie war aber auch ein Vampir, der einem die Energie entzog.

Laure war der einzige Mensch gewesen, der Serenas Temperament hatte bändigen können, der aus dem Raubtier ein Schmusekätzchen gemacht hatte. Selbst er hatte dies nicht vermocht. Und Laure hatte Serena das gegeben, was sie suchte. Liebe.

»Ich bin manchmal wirklich schrecklich.« Serena fuhr sich über die Stirn. »Am Ende vergraule ich die Kleine noch. Dabei ist sie doch wirklich süß.«

Ja, das war sie. Und Espen würde es nicht zulassen, dass Serena Melissa mit ihrer Art tatsächlich verjagte. Schon lange band er sich nicht mehr an Menschen. Auch an Serena nicht. Würde sie gehen, er würde es verschmerzen. Aber wenn Melissa plötzlich weg wäre, das wäre schon etwas anderes. Genauso wenig würde er es ertragen, wenn Serena Melissa tatsächlich verführte.

»Ich werde mich zurückhalten«, versprach Serena plötzlich. »Damit sie sich bei uns wohl fühlt.«

»Das ist nett von dir.«

Vorsichtig legte er seine Arme um sie, streichelte ihren Rücken. Er hatte sie oft in seinen Armen gehalten, aber nie hatte es sich so merkwürdig fremd angefühlt. Ja, es war fast, als wäre sie eine Unbekannte.

Melissas Bild tauchte vor seinem geistigen Auge auf. Ihr Lächeln, das strahlende Blau ihrer Augen, ihre roten Haare. Sie dominierte sein Denken, sein Fühlen. Selbst in diesem Moment.

Serena ging auf die Knie, drückte ihren Kopf in Espens Schritt, fingerte gleichzeitig an seiner Hose herum.

»Serena, das brauchst du nicht. Es ist alles in Ordnung.« Wollte er gerade tatsächlich keinen Sex mit ihr? Das war mehr als ungewöhnlich. Und doch war es wahr. Er hatte keine Lust auf sie. Viel lieber wollte er sich zu Melissa an den Pool legen. Sie streicheln. Sie nehmen.

Serena ließ sich nicht von ihrem Vorhaben abbringen, schon hatte sie sein Glied aus der Hose befreit, und natürlich war es erigiert.

Sie steckte es sich in den Mund. Tief, beeindruckend tief. Irgendwann hatte sie ihm mal erzählt, wo sie es gelernt hatte, einen Penis in seiner vollen Länge aufzunehmen. Angeblich war sie als Hostess auf einer Firmenfeier gewesen, wo sich ein reicher Geschäftsmann für sie interessiert und ihr für ihre Dienste eine Belohnung angeboten hätte, die sie nicht hatte ablehnen können.

Dieser Mann war es, der ihr beigebracht hatte, wie sie den Würgreflex beim Deepthroating unterdrückte. Was genau er gesagt und getan hatte, hatte Serena ihm allerdings nicht verraten. Und vielleicht war das ja auch ganz gut.

Nun jedenfalls kniete sie vor ihm, liebkoste seinen Schwanz, der sich nach ihrer Zunge verzehrte, während es Espens Herz ganz anders erging. Er schloss die Augen, gab sich ganz den süßen Gefühlen hin, die Serena ihm entlockte, und dabei tat er etwas, was er immer als unehrlich empfunden hatte. Er stellte sich vor, die Frau vor ihm wäre eine andere. Melissa.

Melissa, deren Hände sich in seine Oberschenkel krallten, um Halt zu finden. Melissa, deren zarte Lippen an seinem Schaft auf und ab glitten. Melissa, die leise stöhnte, während er tiefer und tiefer in ihrem Mund versank.

Melissa, die Macht über ihn ausübte, weil sie seinen Schwanz kontrollierte. Weil sie bestimmte, wann und ob er kam.

Melissa, die seinen Hodensack in die Hand nahm und ihn leicht zusammendrückte, um ihm zu zeigen, wer von ihnen das Sagen hatte.

Die Vorstellung war so geil, dass es ihm augenblicklich kam. Er ergoss sich in Serenas Mund.

Er hörte sie schlucken und öffnete die Augen. Ein Rest seiner Leidenschaft klebte an ihrer Unterlippe. Doch sie wischte sich den Samen schnell ab und steckte sich den Finger zufrieden in den Mund.

»Du weißt, keine kann das besser als ich«, sagte sie mit einem triumphierenden Grinsen.

Dann stolzierte sie ohne ein weiteres Wort aus seinem Büro. Die Löwin hatte also ihr Revier markiert. Na schön. Er schmunzelte. Langsam zog er seine Hose wieder hoch und setzte sich an seinen Schreibtisch, als wäre nichts geschehen. Doch auf seine Arbeit konnte er sich jetzt nicht mehr konzentrieren, seine Gedanken gingen immer wieder zu Melissa.

Was sie jetzt gerade machte? Ob sie noch am Pool lag, sich sonnte? War sie mit Andrew zusammen?

Der Gedanke störte ihn. Dabei war das lächerlich, schließlich war Andrew mit Melissa liiert. Welches Recht hatte er, eifersüchtig auf ihn zu sein? Doch wenn er sich vorstellte, wie Andrew Melissa mit seinen Lippen verwöhnte, sie küsste, dann breitete sich ein quälender Schmerz in seiner Brust aus, den er nicht beherrschen konnte.

Gefühle ließen sich nun einmal nicht steuern. Und Espen sah in Andrew zunehmend mehr das, was er war. Ein Konkurrent.

Nein, an Arbeit war jetzt wirklich nicht mehr zu denken. Er legte die Unterlagen in eine Mappe, die er im oberen Schubfach seines Schreibtisches verschloss, und ging zum Fenster hinüber, aus dem er Melissa und Andrew beobachtete. Albert hatte ihnen je einen Eisbecher mit Schlagsahne gebracht, und sie fütterten sich gegenseitig.

Das heiße Stechen in Espens Brust verstärkte sich, als er die – nur natürliche – Vertrautheit der beiden bemerkte.

Eine Vertrautheit, die er in der Form niemals zu Melissa haben würde, weil sie sich erst jetzt begegnet waren, während Andrew sie seit ihrer Schulzeit kannte.

Zuvor hatte er es nicht verstanden, wie Andrew und Melissa so lange zusammenbleiben konnten. Aber nun beneidete er sie um diese Erfahrung.

Er presste die Stirn gegen das Glas. Der Anblick der beiden, die in seinen Augen eins waren, war nur schwer zu ertragen. Er wünschte, Melissa würde ihn auf diese zärtliche Weise ansehen.

Himmel, er war nicht viel anders als Serena. Genauso besitzergreifend und fahrig zugleich. Menschen, die er nicht haben konnte, begehrte er umso mehr.

Und ja, er wollte, dass Melissa die seine würde. Dass sie von seinem Löffel das Eis abschleckte. Dass sie Andrew vergaß.

»Bereust du es?«, fragte Andrew, während sich Melissa das Stückchen Waffel, das wie ein Herz geformt war, aus seinem Eisbecher stibitzte und es sich genüsslich in den Mund steckte, daran lutschte. Wie sinnlich ihre Lippen über die kleinen Riffel glitten.

»Nein.« Melissa lachte gelöst, und es freute ihn, dass sie sich inzwischen mit der Situation so gut angefreundet hatte. Vielleicht sogar ein bisschen zu gut.

Die eigenartigen Blicke, die Espen und sie miteinander ausgetauscht hatten, waren ihm nicht entgangen. Melissa wirkte anders als sonst. Lockerer. Das gefiel ihm durchaus. Es tat ihr gut. Aber sie wirkte auch ein wenig verändert. Als wäre zwischen ihnen plötzlich eine Distanz, die vorher nicht da war. Das machte ihm Sorgen. Wie groß war Espens Einfluss auf sie?

»Darf ich mich zu euch gesellen?«

Andrew blickte auf. Wenn man vom Teufel spricht. Natürlich war es Espen, der erneut Nähe zu Melissa suchte. Das hatte bereits beim Frühstück angefangen. Immer wieder Augenkontakt, verheißungsvolle Blicke. Es hätte ihn nicht beunruhigt, käme ihm nicht auch Melissa anders vor.

»Gern!«, rief sie begeistert aus. Hätte sie sich auch so sehr gefreut, wenn er, Andrew, zu ihnen gestoßen wäre? Wohl kaum.

»Meinetwegen«, erwiderte Andrew mürrisch, und Espen zog eine dritte Liege an den Pool heran, legte sich direkt neben Melissa, die nun in der Mitte lag. Wie symbolisch.

»Wo ist denn Serena?«, hakte Andrew nach, denn es behagte ihm nicht, dass die Konstellation erneut zwei Männer und eine Frau war. Die Vorstellung, es könnte noch einmal zu einem Dreier kommen, dessen Mittelpunkt Melissa war, gefiel ihm ganz und gar nicht.

»Gute Frage, nächste Frage«, sagte Espen.

Na toll! Serena würde die Situation zumindest ein wenig auflockern, wieder eine Geschlechterausgeglichenheit schaffen.

Andrew war nie ein eifersüchtiger Typ gewesen, und dieses Gefühl, das ihn nun quälte, ließ ihn zugleich zornig und auch hilflos sein.

Melissa unterhielt sich angeregt mit Espen, sie hatten gleich ein spannendes Thema gefunden. Und plötzlich hatte sie nur noch Augen für ihn. Sobald sich Andrew in das Gespräch einmischte, hörte sie ihm kaum zu, nickte nur hier und da, ohne sich wirklich für seine Meinung zu interessieren.

Das fünfte Rad am Wagen. Das war er. Das tat weh.

»Darf ich dich mal kurz sprechen?«, fragte er, und als Melissa ihn erneut überhörte, ob nun absichtlich oder nicht, packte er sie am Oberarm.

Da fuhr sie herum, als hätte sie eine Tarantel gestochen, und funkelte ihn an. »Hey, spinnst du?« Dann rieb sie sich über den Arm, da, wo er einen rötlichen Abdruck hinterlassen hatte. Es tat ihm leid. Natürlich hatte er ihr nicht weh tun wollen.

»Darf ich dich mal sprechen?«, wiederholte er seine Frage.

»Ja«, erwiderte sie, doch sie klang genervt.

»Soll ich mich verziehen?«, mischte sich Espen ein.

»Ach was!« Melissa winkte ab. Aber ja, Andrew wäre es sehr lieb, wenn Espen ginge, denn was er zu besprechen hatte, war nur für Melissas Ohren bestimmt.

»Wäre nett von dir«, meinte er, und Espen verstand.

Kaum dass er in der Villa verschwunden war, verzog Melissa das Gesicht. »Warum schickst du ihn fort? Wir haben doch keine Geheimnisse voreinander.«

»Ich bin dein Freund, nicht er.«

Melissa schüttelte verständnislos den Kopf. »Und?«

»Vielleicht hast du die Idee hinter dieser Sache falsch verstanden. Es geht hier nicht darum, sich einen neuen Partner zu suchen und dem alten den Laufpass zu geben.«

»Das will ich doch auch gar nicht.«

»Sicher?«

»Och, Andrew, was denkst du denn von mir. Wie kommst du denn darauf?«

»Weil ich mich die ganze Zeit außen vor fühle, wenn Espen da ist.« Und das wurmte ihn so viel mehr, als er in Worten ausdrücken konnte.

Melissa wich schuldbewusst seinem Blick aus. »Tut mir leid, ich wollte dir nicht dieses Gefühl geben. Natürlich bist du mein Freund. Ich liebe dich.«

Warum hörte er dann trotzdem den Zweifel in ihrer Stimme? Liebte sie ihn wirklich noch? Oder war sie Espen verfallen? Vielleicht reagierte er auch über. Vielleicht sah er Dinge, die gar nicht da waren. Einfach deshalb, weil Melissa nie einem anderen Mann schöne Augen gemacht hatte, weil sie immer nur ihn begehrt hatte. Am Ende war es vielleicht doch eine dumme Idee gewesen, sich auf diese unsägliche Geschichte einzulassen.

Der Sex mit Serena war zwar aufregend, aber wenn der Preis für diesen Lustrausch der Verlust von Melissa war, dann würde er darauf verzichten. Jederzeit.

»Rück mal ein Stück«, bat sie sanft. Und er machte Platz für sie auf seiner Liege. Sie schmiegte sich eng an ihn, streichelte seine Wange, küsste zärtlich seine Lippen. Ein sinnliches Prickeln schoss durch seinen Körper. Sacht legte er ihr die Arme um die schmale Taille, hielt sie fest und zog sie enger an sich.

»Glaubst du mir nicht?«, flüsterte sie.

Andrew nickte langsam. Doch. Das tat er nun. Zumindest im Augenblick.

Espen stand im Wohnbereich und blickte aus dem riesigen Panoramafenster zum Pool. Das Weinglas in seiner Hand zersprang, als Melissa und Andrew sich küssten. Eine Scherbe bohrte sich in seine Handfläche, riss eine kleine Wunde in die Haut, und Blut sickerte heraus. Im ersten Moment bekam er es nicht mit. Aber dann spürte er das unangenehme Brennen.

»Ich helfe Ihnen, Sir«, bot sich Albert an, der wie so oft aus dem Nichts aufgetaucht war. Schnell nahm er ihm die Scherben ab und brachte ihm ein nasses Tuch.

»Soll ich einen Notarzt rufen, Sir? Sieht aus, als müsste es genäht werden.«

Espen schüttelte den Kopf. »Es geht schon. Und bis der hier ist, hat sich die Sache von allein erledigt.« Er wickelte das Tuch um seine Hand.

»Wie Sie meinen, Sir.«

Albert entfernte sich, während Espen seinen Blick wieder auf das Paar am Pool richtete. Aber es war jetzt nicht mehr allein. Serena hatte sich zu ihnen gesellt. Sie lief nur in einem knappen Bikinihöschen herum, das ihre Scham kaum verdeckte, und belegte nun den Platz, den er zuvor für sich beansprucht hatte.

Erneut spürte Espen das quälende Gefühl von Eifersucht, weil Andrew Melissas Hand nahm, sie sogar küsste, anstatt sich auf Serena zu konzentrieren, wie es vorgesehen war.

Was war nur mit ihm los? Lag es daran, dass sie diesmal einen zweiten Mann dabeihatten? Dass er, Espen, nicht mehr der Hahn im Korb war? Und dass er deshalb den anderen als ständige Konkurrenz wahrnahm?

Oder ging es ihm tatsächlich um Melissa? Sein Körper sehnte sich nach ihr. Und zwar so stark, dass es fast schmerzhaft war. Und als wäre dies das Stichwort gewesen, fing seine Wunde wieder an zu brennen.

Serena lenkte ihn zusehends mehr ab. Sie schob ihre Beine auseinander, streichelte ihren flachen Bauch und erzählte unanständige Witze. Andrew kam es fast so vor, als versuchte sie, seine Aufmerksamkeit von Melissa auf sich zu lenken, und tatsächlich gelang ihr das schließlich auch. Aber Andrew verfolgte auch einen eigenen Plan. Er zeigte Melissa ganz bewusst die kalte Schulter, wollte ihr einen kleinen Denkzettel verpassen, indem er den Spieß nun umdrehte und Melissa spüren ließ, wie man sich fühlte, wenn man außen vor blieb. Ein wenig hoffte er sogar, ihre Eifersucht zu wecken. Das würde ihm zeigen, dass er ihr tatsächlich noch etwas bedeutete. Doch zu seiner Verwunderung machte Melissa sein Flirt mit Serena nicht sonderlich viel aus.

Selbst als das Gespräch zwischen Serena und ihm versauter wurde, wovon er wusste, dass es Melissa nicht gefiel, vernahm er keine Empörung. Nein, Melissa war es schlicht und ergreifend egal. Sie hörte nicht mal wirklich zu. Ihre Rollen hatten sich verkehrt. Er war derjenige, der sich bedroht sah, nicht sie.

»Was hältst du davon, wenn wir uns noch für ein Stündchen zurückziehen, bevor wir uns wieder zum Abendessen im Speisesaal einfinden?«, fragte Serena und lächelte ihn verführerisch an.

Oh, diese vollen, roten Lippen, die sagten, küss mich. Er setzte alles auf eine Karte. Wenn Melissa das jetzt nicht störte, wusste er auch nicht mehr weiter.

»Wenn's okay für dich ist, Mel?«, fragte er ganz unschuldig und warf einen Blick über die Schulter zu ihr. Melissa schien in ihr Buch vertieft.

»Amüsiert euch«, sagte sie, ohne aufzublicken. Das traf ihn.

Sie hatte sich wirklich verändert. Er erkannte sie kaum wieder.

Eine Hand streichelte seine Schulter. »Was ist nun, Andrew? Kommst du mit mir mit?«

Serena erhob sich, ihr prachtvoller Körper ragte über ihm auf. Ihre kaum bedeckte Scham prangte vor seinem Gesicht. Er konnte ihre Lust riechen. Und sein Körper reagierte auf diesen sinnlichen weiblichen Duft. Na schön. Wenn es Melissa ohnehin nichts ausmachte …

Wenige Augenblicke später folgte er Serena durch den schmalen Flur im zweiten Stock des Ostflügels, in dem ihr Zimmer lag. Bisher hatte sie ihre privaten Räume abgeschirmt, aber nun wollte sie ihn in ihr Reich entführen.

Das machte die Sache nur noch intimer, denn bisher hatten sie es an allen erdenklichen Orten getrieben, außer in Serenas Bett.

Er starrte ihr auf den Hintern, um sich selbst in Stimmung zu bringen und Melissa, zumindest kurzweilig, aus seinen Gedanken zu verbannen. Aber dann fiel ihm ein, dass Espen nun freie Bahn hatte, während er dieser süßen Venus gefolgt war. Ob sogar Kalkül dahintersteckte?

»Nicht so schüchtern, Andrew.« Serena schloss ihre Tür auf und winkte ihn ins Zimmer.

Wenn Espen mitbekam, dass Andrew nicht mehr am Pool war, was sollte ihn daran hindern, sich um Melissa zu kümmern und sie weiter zu manipulieren? Denn augenscheinlich tat er das, warum hätte sie sich sonst derart verändern sollen, dass Andrew sie kaum wiedererkannte.

»Andrew? Worauf wartest du denn?« Serena lachte glockenhell, streckte den Arm nach ihm aus und zog ihn einfach mit sich.

Serenas Zimmer war freundlich und hell, ein Fenster mit Meerblick, ein großes Doppelbett mit Vorhängen, an den Wänden seltsame Malereien, abstrakte Kunst. Er musste genauer hinschauen, um die bunten Gebilde zu erkennen.

»Weißt du, was das ist?«, fragte sie zärtlich.

Er schüttelte den Kopf, versuchte, etwas in dem Wirrwarr

zu erkennen. Serena trat an die Wand heran und zeichnete mit dem Zeigefinger die Formen zweier surrealer Gebilde nach. »Zwei Frauen. Die sich lieben. Ich hab es selbst gemalt.«

Er kniff die Augen zusammen. Ja, allmählich erkannte er, was sie meinte. Sie waren ineinander verschlungen, ihre Körper miteinander verwoben, dass es fast aussah wie ein Wesen. Doch eins mit zwei Köpfen. Der eine rothaarig, der andere blond.

»Du hast Melissa gemalt?«, fragte er verblüfft.

Serena lachte. »Aber nein. Zu dem Zeitpunkt kannte ich Melissa noch gar nicht. Es ist Laure.«

Sie deutete auf eine Reihe eingerahmter Fotos, die über ihrem Bett hingen. Andrew trat näher heran, um sie zu betrachten.

Die roten Haare, die schlanke Gestalt, die helle Haut, die leuchtenden Augen. Das war unheimlich! Diese Frau sah Melissa verdammt ähnlich. Sie posierte sehr aufreizend.

»Ich hoffe, du hast nichts dagegen, wenn sie uns zusieht«, scherzte Serena. »Hey, du bist ja ganz angespannt.«

Das war er in der Tat! Sie massierte seine Schultern, während er das Zimmer nach weiteren Auffälligkeiten abscannte. Der Ex-Cop in ihm war erwacht.

Wie im Schnellrücklauf sah er noch einmal all die E-Mails vor sich, die er mit dem amerikanischen Pärchen ausgetauscht hatte, lange bevor sie sich persönlich in Nizza gegenübergestanden hatten. Ihre Fragen, ihre Wünsche. Ein Foto. Ja, sie hatten ein Foto von ihm und Melissa sehen wollen, bevor sie ihr Interesse bekundet hatten. An und für sich nichts Ungewöhnliches. Man wollte ja wissen, mit wem man es zu tun hatte. Aber ihre Reaktionen danach bekamen nun eine ganz neue Qualität, nun, da er diese Bilder an den Wänden von Serenas Zimmer sah.

Die Mails waren voller Freundlichkeit, aber auch Neugier gewesen. Und erst jetzt fiel ihm auf, dass sie sich fast ausschließlich um Melissa gedreht hatten. Melissas Vorlieben. Melissas Träume. Melissas Wünsche. Mehr Fotos von ihnen, mehr Fotos von Melissa.

Es war kein Zufall, dass sie hier waren. Vielleicht war es nicht einmal Zufall, dass sie sich über das Internet kennengelernt hatten. Schließlich hatten sie auf der Webseite auch ein Profilfoto von sich eingestellt, das schon einen ersten Eindruck vermittelt hatte.

Er fuhr sich mit beiden Händen über das Gesicht, versuchte, seine Gedanken zu ordnen, wieder einen klaren Kopf zu bekommen. Werd jetzt bloß nicht paranoid, ermahnte er sich selbst. Aber angesichts dieser Fotografien, die die betreffende Frau in äußerst obszöner Weise darstellten, war das alles andere als leicht.

»Ja, ich weiß.« Serena lachte. »Die Ähnlichkeit ist verblüffend, nicht wahr? Deswegen haben wir uns auch für euch interessiert«, gab sie unumwunden zu. »Kleine Rothaarige sind ganz nach unserem Geschmack.« Sie lachte, dann griff sie nach Andrews Händen, drehte sich zu ihm um und wollte ihn küssen, aber er ging auf Abstand.

»Warum zeigst du mir das hier?« Auch das war doch Absicht. Berechnung. Aber warum? Welchen Sinn hatte es, ihn sich selbst abspenstig zu machen?

»Ich verstehe nicht?«

»Diese Bilder. Diese Frau … das ist … doch …«

»Ihr Name ist Laure. Und ja, sie war eure Vorgängerin.«

»Wo ist sie? Warum habt ihr sie fortgeschickt?«

»Hatte ich dir das noch nicht erzählt?«

Serena schilderte die Geschichte von Laure, der notgeilen, zu jeder Schandtat bereiten Freundin, die sowohl Espen als auch Serena bedient hatte, die dann aber plötzlich verschwunden war. Von einem Tag auf den anderen. Wer machte denn so etwas?

»Und sie hat sich nie wieder gemeldet? Ihr habt nicht nach ihr gesucht?«

»Nun sei doch nicht so, Andrew. Du tust ja so, als wäre es ein Verbrechen, wenn man einen bestimmten Typ Frau bevorzugt. Sieh mal, in diesem Moment, in dem wir hier diskutieren, haben Espen und Melissa bereits ihren Spaß.«

Diesen Gedanken ertrug er nicht. Jetzt noch weniger. Ihre Hände glitten über sein Gesicht, aber das störte ihn, machte ihn sogar aggressiv. »Jetzt nicht«, fauchte er sie an. Er musste mit Melissa sprechen, er wollte endlich Klarheit haben. Klarheit darüber, was sie noch für ihn empfand. Und sie sollte von dieser Entdeckung erfahren.

Eilig wandte er sich zur Tür. Was wie ein wunderbarer Traum begonnen hatte, entwickelte sich allmählich zu einem Alptraum. Und als er den Pool erreichte, war Melissa nirgends zu sehen, und auch von Espen fehlte jede Spur.

Albert räumte gerade die Eisbecher ab. Andrew stürmte zu ihm, hielt den Diener am Arm fest.

»Haben Sie Melissa gesehen?«

»Nein, Sir. Tut mir leid, Sir.«

»Verdammt.« Er wusste genau, was hier gespielt wurde. Sie wollten sie ihm abspenstig machen.

Er blickte zu der Villa hoch und sah die schlanke Gestalt Serenas, die am Fenster stand und ihn beobachtete. Ein Grinsen lag auf ihren Lippen, und Andrews ungutes Gefühl verstärkte sich.

»Ich wollte ihn unbedingt noch einmal sehen«, sagte Melissa überwältigt. Das Rauschen des Wassers, das an der Steile hinunter in den kleinen See stürzte, übertönte ihre Worte. Doch ein Blick in Espens Gesicht genügte und sie wusste, er hatte sie verstanden.

Die Sonne färbte den Horizont in warmen Farben, was sich im Wasser spiegelte, es in flüssiges Gold verwandelte.

Sie beobachtete Espens Lippen, die herrlich verführerisch geschwungen waren, und in ihr entbrannte das Verlangen, sie zu küssen, sie noch einmal auf ihren zu spüren, ihn zu schmecken. Aber dann dachte sie an Andrew und wie merkwürdig er sich vorhin verhalten hatte, und der Wunsch erstarb.

»Vielleicht sollten wir langsam zurückgehen«, sagte sie nachdenklich. Sie hatte keine Lust auf weitere Vorwürfe oder gar einen Streit. Wieso nur war er plötzlich eifersüchtig? Worauf denn? Das alles war doch seine Idee gewesen. Er hatte Pep in ihren Alltag und in ihr Liebesleben bringen wollen, er hatte das andere Paar ausgesucht, er hatte Melissa überredet, diese verrückte Idee in die Tat umzusetzen. Und auf einmal erkannte er, dass er das alles gar nicht wollte, dass er es vorzog, sein altes Leben mit ihr an seiner Seite fortzusetzen.

»Und wenn wir hierbleiben?«, hörte sie Espens tiefe Stimme an ihrem Ohr. Seine Hände lagen auf ihren Schultern, hielten sie fest.

»Hierbleiben?« Sie drehte sich zu ihm um. »Und Andrew?«

Espen stand so dicht vor ihr, sie konnte sein Aftershave riechen. Ein herber, sehr männlicher Duft, der sie erregte. Zärtlich küsste er sie auf den Mund und drückte dann seine Stirn gegen ihre, nahm ihre Hand und führte sie zu seiner Brust, wo er sie festhielt.

»Ich bin gern bei dir«, flüsterte er. »Und ich weiß ... dir geht es genauso.«

Melissa wurde unruhig. Ihr ging noch immer das Gespräch mit Andrew durch den Kopf. Und irgendwie fühlte sie sich verpflichtet, jetzt zu ihm zu gehen, es vielleicht noch einmal aufzunehmen, um alles zu klären. Doch ihr Körper hatte etwas anderes im Sinn.

Espen führte ihren Zeigefinger zu seinem Mund, lutschte an ihm wie an einem männlichen Glied.

»Ich bin gern bei dir«, wiederholte er, »und ich ... diene dir gern.«

Es prickelte in ihren Wangen. So stark, dass sie fast brannten. Seine Worte machten sie nervös, weil sie sie erregten.

»Du bist ja verletzt«, stellte sie plötzlich fest und nahm seine Hand, um die ein einfacher Verband gebunden war.

»Vergiss es! Es geht um dich. Nur um dich.«

Sie wich einen Schritt zurück, starrte ihn an. Meinte er das ernst?

»Bleib hier. Mit mir«, hauchte er, und seine Stimme war voller Sehnsucht, aber auch Erregung schwang darin mit.

Sie schluckte. Mehrmals. Denn ihre Kehle war schmerzhaft trocken geworden. Melissa wusste nicht, wo sie hinsehen, was sie sagen oder tun sollte. Aber sie wusste genau, was ihr Körper von ihr verlangte.

»Spürst du nicht, wie sehr ich dich will?«, fragte er.

Es prickelte immer heftiger in ihrer Mitte, und sie konnte dem Verlangen nicht länger widerstehen. Der Abstand, den sie zwischen ihnen aufgebaut hatte, schrumpfte binnen weniger Sekunden. Sie stellte sich auf die Zehenspitzen, packte Espens Gesicht mit beiden Händen und küsste ihn wild. Ihre Finger glitten durch seine Haare, strichen sie nach hinten, immer wieder, krallten sich an ihnen fest, während er lautstark in ihren Mund atmete.

Er schlang ihr die Arme um den bebenden Körper, hielt sie fest. Besitzergreifend. Seine Zunge drang in ihren Mund, immer wieder schlugen ihre Zähne in wilden Küssen aneinander. So lange, bis Melissa die Luft wegblieb. Sein Geruch, sein Geschmack, alles vernebelte ihre Sinne.

Sie stieß sich wieder von ihm weg, atmete tief durch. Ihr Körper glühte, doch zugleich fror sie, bekam eine Gänsehaut. Fieber.

»Nein, ich muss doch …« Zu Andrew, wollte sie sagen. Aber sie konnte seinen Namen nicht aussprechen. Die Lust hatte sie längst überwältigt.

Espen sank auf die Knie, hauchte einen Kuss in ihren Schritt, den sie durch ihren knappen Rock hindurch spürte, und presste seinen Kopf zwischen ihre Beine.

»Geh nicht zu ihm, bleib bei mir«, raunte er verführerisch.

Melissa wurde feucht.

Sie ließ sich ebenso sinken, hielt ihn fest, küsste ihn aufs Haar.

»Ich will dich«, sagte er leise, dann sah sie ihm in die Augen. Sie glühten vor Verlangen. Vor Sehnsucht.

Verdammt, sie wollte ihn doch auch! Mehr als alles andere. Wild packte sie seine Haare und drückte seinen Oberkörper leicht nach hinten, so dass er rücklings zu Boden glitt. Dann legte sie sich auf ihn, fingerte an seinem Gürtel, bis sein Schwanz frei lag. Er rieb sich gierig an ihrem Höschen. Doch anstatt sich auf ihn zu setzen, rutschte sie hoch, bis ihr Rock und ihre Scham über seinem Gesicht waren. Sie wollte seine Zunge spüren und zog den Slip zur Seite, damit er an ihre Perle kam.

Espen stöhnte gierig auf, und schon verschwanden seine vollen Lippen zwischen ihren Schenkeln.

Er war ein Künstler mit der Zunge. Geschickt schob sich diese in ihre Spalte, fand treffsicher ihre Klitoris, tippte sacht gegen sie, was Melissa vibrieren ließ.

»Setz dich auf mich«, forderte er nun, aber Melissa verstand nicht, was er meinte. »Ich will dich ganz nah spüren.« Tat er das nicht bereits?

Plötzlich legten sich seine Hände auf ihre Schenkel und drückten ihren Körper nach unten, bis ihre Scham tatsächlich auf seinem Mund lag. Sein Kopf verschwand gänzlich unter ihrem Rock, sie spürte sein stetes Lecken. Das Prickeln verstärkte sich. Ihr Unterleib stand in Flammen. Wurde immer heißer.

Und dann fing sie an, sich auf ihm zu bewegen. Es erregte sie, ihn in dieser unterlegenen Position zu wissen. Und noch stärker erregte es sie allerdings, dass er diese selbst gewählt hatte. Dass er es so wollte. Ja, das war das Erregendste an der Situation. Sein selbstgewähltes Sklavesein.

Sie warf einen Blick über ihre Schulter nach hinten, sah, wie er an seinem Schwanz rieb, die Eichel rot glühte. Ein geiler Anblick. Sie war versucht, dieses Bonbon selbst in den Mund zu nehmen. Aber dafür hätte sie ihren Sitzplatz aufgeben müssen, und der war viel zu aufregend.

War das zu glauben? Sie saß gerade auf dem Gesicht eines Mannes, der sie dabei leckte und sich selbst einen runterholte. Der von ihr benutzt werden wollte, und den genau dieser Umstand antörnte. Facesitting.

Kurz drückte er sie hoch, mit Leichtigkeit, wie sie es wahrnahm, um Atem zu holen. »Ich will heute Nacht dein Sklave sein«, flüsterte er unter ihr, und sie senkte sich wieder auf ihn, glitt über ihn, spürte seine feuchte Zunge, die sie in einem fort reizte.

Ihr Sklave. Allein dieser Gedanke, diese Worte machten sie derart an, dass sie fast kam.

Doch es war seine Zunge, die ihr den Höhepunkt verschaffte.

Melissa warf den Kopf in den Nacken und stöhnte auf, dabei pressten sich ihre Schenkel fester um seinen Kopf. Ihr ganzer Körper vibrierte!

Und erst nachdem das Nachglühen vorüber war, erhob sie sich von ihm. Ein Blick zu seinem Schwanz offenbarte, dass auch er gekommen war. Sahne tropfte an seinem Schaft herunter. Melissa überlegte, sie abzulecken, aber das würde ihm vielleicht gar nicht gefallen.

Espens Gesicht glänzte von ihrer Lust. Er wirkte erschöpft,

aber auch sehr zufrieden. Er streckte sich, und sie lauschte seinem angestrengten Atem.

»Was für ein Kick«, presste er hervor.

Sie schmunzelte. »Da ist es wieder.«

»Was?« Er hob den Kopf, sah sie fragend an.

»Dein Lieblingswort. Kick.«

Er lachte. »In der Tat.« Dann zog er sie an sich.

Espen wollte ihr sagen, dass diese Nacht besonders war. Nein. Nicht die Nacht. Sie. Melissa, war etwas Besonderes. Für ihn.

Doch er wusste nicht, wie er diese Empfindungen in Worte fassen sollte. Über Gefühle sprach er sonst nie. Gefühle waren in seiner Familie immer abgelehnt und als Schwäche angesehen worden. Espen aber hatte das nie so gesehen. Er hatte lediglich nicht gelernt, sie richtig auszudrücken.

Sein Herz begann, in ihrer Gegenwart heftiger zu schlagen. Das hatte doch etwas zu bedeuten. Er sah in ihre Augen und war glücklich. Melissa akzeptierte ihn, wie er war. Das spürte er ganz deutlich. Und er wusste aus Erfahrung, dass dies nicht selbstverständlich war.

Wenn er sich nun ungeschickt ausdrückte, den Moment dadurch vielleicht sogar zerstörte, er würde es sich nicht verzeihen.

»Mein Sklave«, flüsterte sie zärtlich. Ja, das schien ihr zu gefallen. Er küsste ihren Hals. Und da kam es über seine Lippen. Einfach so. »Ich wünschte, du könntest für immer bei mir sein.«

Melissa hielt inne, blickte ihn an, als glaubte sie, sich verhört zu haben. Ihre Mundwinkel zuckten, die süßen Grübchen auf ihren Wangen traten hervor. Dann lächelte sie.

»Ist das ein Scherz?«

Er wich ihrem Blick aus. Natürlich musste sie es für einen Scherz halten. Sie wusste doch, wie wankelmütig er war. Wie viele Frauen hier schon mit ihm gelebt hatten. Sie musste glauben, nur eine von ihnen zu sein. Aber das war sie nicht.

Er wollte sie wirklich gern in seiner Nähe wissen.

»Espen? Das war doch nur ein Scherz, oder?«

Er sah wieder zu ihr auf, sah, wie ihre Unterlippe plötzlich zu zittern anfing. Dann packte sie sein Gesicht mit ihren Händen und küsste ihn leidenschaftlich.

Serena lag in ihrem Bett. Allein. Wie so oft. Über ihrem Bett prangte das Bild von Laure. Laure in ihrem Leopardenbikini. Es erinnerte sie an glücklichere Tage, und es machte sie scharf. Mit Hingabe dachte sie an die zärtlichen Küsse ihrer Gespielin zurück, deren weiche Lippen jeden Zentimeter ihres Körpers verwöhnt hatten. Und mit Vorliebe war Laures Zunge in ihre Spalte getaucht, um ihre Perle auf sanfte Weise zu verwöhnen. Ein Zittern erfasste Serena bei der Vorstellung, und ihre Hände wanderten ganz von selbst unter die Decke, um ihre Scham zu kraulen.

Doch das Gefühl war nicht dasselbe. Ihre eigenen Hände vermochten es nicht, den Zauber auszulösen, und ihr verging die Lust. Stattdessen wurde sie wieder schwermütig. Es war dunkel draußen. Die Nacht hatte das Tageslicht verschluckt. Sie fühlte sich einsam.

Serena warf die Decke zurück, schlüpfte in ihre Pantoffeln und verließ ihr Zimmer, das ihr leerer vorkam denn je.

Ziellos irrte sie durch die Flure, bis sie vor Espens Zimmertür stehen blieb. Sie zögerte. Ihre Beziehung war nicht mehr wie früher. Sie war so viel kälter. Irgendwie hatten sie sich voneinander entfernt, und doch kamen sie nicht voneinander los. Wenn es aber jemanden gab, der sie verstand, dann war es Espen. Sie klopfte zaghaft an, und als er nicht reagierte, öffnete sie die Tür, lugte durch den Spalt hinein. Sein Bett war leer.

Es machte ihr nichts aus. Nicht wirklich.

Sie blieb allein. Das war sie gewohnt.

Seufzend zog sie die Tür hinter sich zu und schlich weiter durch die Gänge, gleich einer Katze, die ein Zuhause suchte. Sie musste sich bewegen. Einfach nur rumliegen und die Decke anstarren? Das würde sie verrückt machen. Seit Laure verschwunden war, gab es kaum noch eine Nacht, in der sie durchschlief.

Ihr Weg führte sie zu Andrews und Melissas Zimmer. Wahrscheinlich war die Kleine ebenfalls nicht zur Villa zurückgekehrt, was bedeutete, dass Andrew allein war. Aber auf ihn hatte sie jetzt gar keine Lust. Er war nicht das, was sie suchte, was sie brauchte. Ein Hingucker – ja, vielleicht. Aber mehr als das konnte er ihr nicht bieten.

Serena stieg die Treppe hinunter und ließ sich im Wohnbereich auf die Ledercouch sinken. Ihr Blick glitt zu dem Panoramafenster, das einen Blick auf das Meer erlaubte. Die

See war heute Nacht ruhig. Aber eigentlich war das Meer selbst immer in Bewegung, barg Gefahren in sich, und je tiefer man hinabtauchte, desto mehr verdichtete sich die Dunkelheit.

»Können Sie nicht schlafen, Mistress?«

Erschrocken blickte sie auf.

Albert stand unweit entfernt hinter dem Tisch. Gekleidet in seinen vornehmen Anzug.

»Schlafen Sie etwa in dem?«, fragte Serena und deutete auf das Jackett.

»Nein, Ma'am. Darf ich Ihnen noch etwas bringen? Vielleicht einen Nachttrunk?«

Sie überlegte einen Augenblick, dann schüttelte sie den Kopf. In ihrer Stimmung wäre Alkohol wohl ein fataler Fehler.

»Darf es sonst etwas sein?«

Serena überlegte einen Moment, dann nickte sie. »Setzen Sie sich zu mir, Albert. Aber nur, wenn Sie möchten. Sie können ja offenbar auch nicht schlafen.«

»Sehr gern, Mistress.«

Er nahm im Sessel Platz. Sie war jetzt nicht mehr allein. Serena lächelte ihn an, dann blickte sie wieder hinaus auf das Meer, das ihr nun nicht mehr ganz so grausam erschien.

»Was hast du dir dabei gedacht?«, fuhr Andrew sie an und warf das Hemd, das er gerade noch ordentlich zusammengefaltet hatte, in seinen Koffer, der bereits gepackt war. Egal. Jetzt war ohnehin alles egal.

»Andrew, reg dich doch bitte nicht so auf.«

»Ich soll mich nicht aufregen? Meine Freundin hat die Nacht mit einem anderen verbracht und ist erst zum Frühstück zurückgekommen. Ist das etwa kein Grund, siehst du das wirklich anders?«

Herrgott! Sie waren meilenweit auseinander und entfernten sich immer mehr. Kapierte sie das nicht?

Seufzend ließ er sich auf das Bett sinken, fuhr sich mit beiden Händen über die Stirn.

Warum verstand sie ihn plötzlich nicht mehr? Warum sah sie die Dinge nicht, die so offensichtlich waren? Er hatte ihr von seinen Problemen mit Espen erzählt, davon, dass er diese Zusammenkunft für einen Fehler hielt, er hatte ihr zu verstehen gegeben, dass er in ihr altes gemeinsames Leben zurückwollte. Aber Melissa hatte eine Mauer um sich errichtet, die er nicht durchdringen konnte. Er konnte sagen, was er wollte. Sie machte einfach dicht.

Melissa setzte sich auf den kleinen Hocker neben dem Doppelbett und spielte an ihren Fingern. Sie wagte es nicht, ihn anzusehen.

»Es ist Zeit, dass wir miteinander reden«, verkündete sie.

»Ja«, stimmte er zu. Höchste Zeit sogar. Neben diesem Zwist gab es nämlich noch etwas, von dem Melissa unbedingt erfahren musste.

»Du hattest recht. Von Anfang an. Dein Gefühl, was die beiden betrifft, da lagst du richtig.«

»Wovon redest du, Andrew?«

»Du hast ihnen nicht vertraut. Sie kamen dir unheimlich vor.«

Melissa nickte langsam, als erinnerte sie sich. Offenbar hatte sie diesen Umstand längst vergessen gehabt.

»Und worauf willst du hinaus?«

»Dass es mir genauso geht. Ich war in Serenas Zimmer, und sie hat … diese schrägen Malereien an den Wänden. Und Fotos. Von Laure. Du hättest sie sehen sollen. Laure könnte deine Zwillingsschwester sein.«

Melissa hob eine Braue und schüttelte den Kopf.

»Verstehst du nicht, was das bedeutet? Sie haben uns ganz bewusst ausgesucht. Deinetwegen.«

»Andrew, bitte. Das ist ja absurd.«

»Wer sagt dir das? Laure ist verschwunden. Niemand weiß, wohin. Ich meine, was sind das für Leute, die ihre Freundin durch deren Ebenbild ersetzen? Kommt dir das nicht seltsam vor?«

»Es ist, wenn überhaupt, nur ein Zufall.«

Ihre Reaktion verärgerte ihn. Nicht nur, dass sie die Gefahr, die er so deutlich spürte, nicht sah, sie nahm ihn auch nicht ernst.

»Ich reise ab, und ich will, dass du mit mir kommst«, sagte er und klappte den Koffer zu.

»Was?« Melissa sprang von ihrem Stuhl auf.

»Wir fahren noch heute an Land zurück«, entschied er.

»Spinnst du? Ich gehe nirgendwohin, und du kannst mir das nicht vorschreiben.«

Verstand sie denn immer noch nicht? Espen und Serena taten ihnen nicht gut. Sie zerstörten ihre Beziehung, höhlten sie von innen aus, bis sie in sich zusammenbrach. Was, wenn nicht das, war von Anfang an ihr Ziel gewesen?

»Sie wollen uns beide trennen, Melissa. Auseinanderbringen. Damit du bei ihnen bleibst und die Rolle von dieser … dieser Laure übernimmst.«

»Ich mache mir langsam wirklich Sorgen, Andrew. Du solltest zu einem Arzt gehen. Espen und Serena haben weder dir noch mir irgendetwas getan. Sie sind zuvorkommend und großzügig. Wenn du das nicht siehst, tust du mir leid.«

»Du willst die Wahrheit nicht sehen, weil du dich in diesen Mistkerl verliebt hast«, brüllte er sie an.

So, jetzt war es raus. Melissa konnte und wollte nicht mehr ohne diesen Lackaffen sein. Diesen neureichen Kerl, der sie unentwegt mit seiner beschissenen Villa, seiner Yacht und allem Drum und Dran zu beeindrucken versuchte.

Melissas Gesicht versteinerte förmlich, gleich einer Maske. Starr und leblos. Nur in ihren Augen flammte Zorn. Und Verachtung.

»Du hast recht, Andrew. Zwischen uns, da ist nichts mehr. Aber schuld daran ist nicht Espen. Du bist es selbst gewesen. Diese Idee, mich zu ersetzen, mit einer anderen Frau zu schlafen, das hat mir weh getan. Und nun, da ich plötzlich anfange, Gefallen an deinem Spiel zu finden, bist du wieder nicht zufrieden. Ich kann es dir nie recht machen. Espen aber nimmt mich, wie ich bin. Bei ihm … fühle ich mich wieder als Frau.«

Das hatte gesessen. Ihm war nicht klar gewesen, wie sehr er Melissa verletzt hatte, und er wollte alles tun, es wiedergutzumachen. Nur bitte, sie musste mit ihm kommen.

Andrew schüttelte den Kopf. Erst langsam, dann immer heftiger. »Ja, du hast recht, ich bin schuld, ich weiß. Tut mir leid. Nur bitte, lass uns von hier fortgehen. Zurück ins Hotel.«

Sie musste mit ihm kommen. Sie musste einfach.

Aber Melissa machte keine Anstalten, ihm entgegenzukommen. Sich mit ihm zu versöhnen. Oder gar an Land zurückzukehren. Sie setzte sich wieder hin. Ihre Miene blieb starr.

»Ich kann nicht mit dir gehen, Andrew«, sagte sie leise.

»Warum nicht?« Seine Stimme war lauter geworden, als er beabsichtigt hatte. Das tat ihm leid. Warum nur sandte er dauernd die falschen Signale? Er wollte sie doch beschützen.

»Weil ich … dich nicht mehr liebe.«

Das war wie ein Stich in sein Herz. Doch binnen weniger Augenblicke, viel schneller, als er es je vermutet hätte, verwandelte sich der Schmerz in Verachtung für ihre Dummheit.

Espen würde ihr nie gehören. Sie war blind, wenn sie das nicht sah. Er war ein Mann, der viele Frauen liebte und jede Frau haben konnte. Ein Mann, der sich mit Geld alles kaufte, was er begehrte.

Wie naiv konnte Melissa sein, wenn sie Espen Andrew vorzog? Ja, auch er hatte Fehler gemacht, aber er wollte ihr Bestes, immer. Sie kannten sich schon so lange. So unendlich lange. Wie konnte sie das Vertrauen, die gemeinsame Vergangenheit, die schönen Erlebnisse, ihre Liebe einfach wegwerfen? Als wäre all das plötzlich bedeutungslos geworden.

»Tut mir leid, Andrew.«

Er lachte auf. »Du kennst ihn kaum. Du weißt nicht mal, was er beruflich macht. Er hüllt sich in Schweigen. Du liebst vielleicht das Bild von ihm, das du dir erschaffen hast, aber du weißt nicht, wer er wirklich ist.«

»Doch«, beharrte sie. »Ich konnte es fühlen.«

Andrew war schlecht. Er konnte nicht mehr hierbleiben. Er musste raus aus diesem Irrenhaus. Seine Wunden lecken. Vergessen. Falls er das jemals konnte.

Er nahm seinen Koffer und brachte ihn zur Tür, öffnete sie, aber dann blieb er stehen, drehte sich noch einmal zu ihr um. »Wir könnten von vorne anfangen.« Ein letzter verzweifelter Versuch, aber Melissa schüttelte nur den Kopf. Er lachte leise. Das war es also gewesen.

Fünfzehn Jahre für nichts und wieder nichts. Er hätte sich das niemals träumen lassen. Es sollte ein Traumurlaub werden, jetzt war es zu einem persönlichen Alptraum geworden. Er schloss die Tür hinter sich. Auf Nimmerwiedersehen, Melissa.

Melissa starrte noch lange die Tür an, durch die Andrew verschwunden war. Durch das geschlossene Fenster hörte sie das Surren eines Motorboots. Erst da wurde ihr richtig bewusst, was soeben geschehen war.

Es war aus! Der Mann, mit dem sie seit der Schulzeit zusammen war, den sie besser kannte als jeden anderen, hatte sich von ihr getrennt – oder sie sich von ihm. Doch sie war nicht traurig. Überrascht, vielleicht, denn bis vor kurzem hätte sie nie gedacht, diesen Schritt jemals zu tun.

Und bis vor kurzem hatte sie aber auch dieses Leben nicht

gekannt. Es war so anders. Sie fühlte sich frei. Unabhängig. Glaubte, sich selbst neu kennenzulernen und Tiefen zu entdecken, die sie bis dato nicht für möglich gehalten hätte.

Espen hatte ihr diesen neuen Weg gezeigt, und sie war glücklich, dankbar. Sie wollte ihn nicht aufgeben, nicht zurückgehen in ihr altes Leben, das ihr nun trist und öde erschien.

Nein, sie verspürte keine Trauer, sondern Erleichterung. Eilig ging sie zum Fenster, riss es auf, damit sein Duft, der ihr gemeinsames Zimmer füllte, hinausströmte. Aber das genügte nicht.

Melissa fühlte sich wie ein wildes Tier, das aus der Gefangenschaft befreit worden war. Sie wollte laufen, toben, tun und lassen, was ihr gefiel, ohne Rücksicht auf die Befindlichkeiten eines anderen nehmen zu müssen. Und so eilte sie durch die Villa nach draußen, zum Strand hinunter, ließ sich von den Wellen fangen. Sie rannte immer weiter und weiter. So weit, bis die Villa nur noch ein verschwommener Fleck im Grünen war. Dann warf sie sich in den Sand, streckte alle viere von sich und lachte.

Der Mann, von dem sie geglaubt hatte, sie würde ihn lieben – und er sie –, war in Wirklichkeit der Wärter ihres Gefängnisses gewesen. Er hatte immer alles bestimmt, die Entscheidungen für sie beide getroffen, wie auch in diesem Fall.

Eine ganze Weile ließ sie einfach die Sonne auf sich herunterscheinen, aber dann wollte sie wieder zurück. Espen sehen.

Melissa erhob sich, nahm nun jedoch einen anderen Weg zurück und umkreiste somit die nördliche Hälfte von Venus

Clams. Kurz bevor sie in den Sandweg einbiegen wollte, der durch die grüne Oase zur Villa führte, entdeckte sie etwas in einem Strauch, das sie innehalten ließ.

Eine Wildkatze, doch sie regte sich nicht. War sie verletzt? Womöglich sogar tot? Melissa hielt den Atem an, kam dann aber schnell näher. Erstaunt, doch auch ziemlich erleichtert, stellte sie fest, dass es gar keine Katze war, sondern ein Stück Stoff. Ein Bikini mit Leopardenmuster. Sie entwirrte ihn aus den Zweigen und musterte das gute Stück von allen Seiten. Es gehörte mit Sicherheit nicht Serena. Dafür waren die Körbchen viel zu klein. Wahrscheinlich der Bikini einer Vorgängerin, die ihn hier vergessen hatte. Sie zuckte mit den Schultern und steckte ihn ein. Vielleicht konnten Espen oder Serena ihn an die Besitzerin zurückschicken. Die vermisste ihn gewiss, er sah nicht ganz billig aus.

Sie kehrte zur Villa zurück, aber ihre Freude wurde schnell getrübt. Espen und Serena lagen am Pool. Sie auf ihm. Ihre Hände streichelten seine muskulöse Brust. Er küsste sie, doch dabei sah er sie, Melissa, an, und ein fieses Grinsen erschien auf seinen Lippen.

Melissa fiel vor Schreck der Bikini aus der Hand. Rasch hob sie ihn auf und flüchtete über die Terrasse ins Innere der Villa.

Dieser Anblick brachte sie ganz durcheinander. Aber warum? Espen und Serena waren das Paar. Sie war nur die dritte Person in der Beziehung. Hatte sie wirklich geglaubt, er würde seine Finger von Serena lassen?

Ja! Das hatte sie. Nachdem er ihr dieses wunderbare Geständnis gemacht hatte, hatte sie geglaubt, gehofft, er würde sich ihr zuwenden. Nur ihr.

Aber Espen machte weiter wie bisher. Und Melissa war nun allein. Sie betrat das Gästezimmer, sah die leere Betthälfte und warf sich darauf, grub ihr Gesicht ins Kissen. Aber sie weinte nicht. Konnte es nicht. Wollte es nicht.

Zwei Stunden später klopfte es an ihrer Tür. Aus einem Instinkt heraus versteckte sie den Leopardenbikini unter ihrem Kopfkissen. Espen kam herein, ohne ihre Aufforderung zum Eintreten abzuwarten. Er grinste noch immer, und sie hätte ihm dieses fiese Grinsen am liebsten aus dem Gesicht geschlagen.

»Du bist eifersüchtig«, stellte er triumphierend fest.

»Ach was.« Darauf hatte er es ja auch angelegt.

»Das war wirklich nicht nett von mir«, gab er zu, aber das Grinsen blieb auf seinen Lippen. Scheinbar wollte er sie provozieren. Dummerweise gelang ihm das auch noch.

»Allerdings«, schnaubte sie. Sie würde, was Espen betraf, von jetzt an vorsichtiger sein. Seine Liebeserklärungen nicht mehr ernst nehmen, sollten da überhaupt noch welche kommen. Eins aber konnte sie nur schwer abstellen. Das war ihr sexuelles Verlangen nach ihm. Er stand halbnackt vor ihr. Den Oberkörper frei. Und in seiner Hose prangte eine Beule, die kaum zu übersehen war. Ihre Scham reagierte darauf, wie sie es immer tat. Auch wenn Melissa das in diesem Augenblick gar nicht wollte. Aber gegen ihre Hormone kam sie nicht an.

»Wie kann ich das nur wiedergutmachen?«, fragte er scheinheilig.

»Du kannst tun und lassen, was du willst«, gab sie schnippisch zurück.

»Dann hat es dich also nicht gestört? Das sah vorhin aber ganz anders aus.«

Sie knurrte leise. Natürlich hatte es sie gestört. Es war doch kein Geheimnis.

Espen kniete sich vor ihr Bett hin und beugte sich leicht vor. »Du solltest dir so etwas nicht gefallen lassen«, flüsterte er und zwinkerte ihr zu.

»Was? Wie meinst du das?« Und plötzlich ging ihr ein Licht auf. Serenas Kuss war lediglich Akt 1 gewesen, in Akt 2 sollte es eine andere Hauptdarstellerin geben. Und der zweite Akt war immer besser als der erste.

»Nein, das war … Absicht? Du hast mich absichtlich provoziert?«

Espens Grinsen wurde größer.

»Du altes Schlitzohr.« Sie schüttelte amüsiert den Kopf. Welche Erleichterung! »Darauf soll es also hinauslaufen.«

»Wie immer. Alles läuft darauf hinaus. Oder nicht?«

Er hatte ihre Eifersucht und Wut bewusst angestachelt, damit sie einen Grund hatte, ihn zu bestrafen. Das verlangte in der Tat nach einer kleinen Lektion.

»Komm, ich will dir etwas zeigen.« Er reichte ihr die Hand, und Melissa nahm sie und folgte ihm durch die Flure, hinein in einen riesigen Ballsaal, an dessen Wänden zahlreiche Spiegel hingen.

»Dieses Zimmer kenne ich noch gar nicht.« Melissa musterte erstaunt den teuren Parkettboden im Fischgrätenmuster und die verschnörkelten Stuckverzierungen. Sie hatte das Gefühl, in eine andere Zeit getreten zu sein. An der Decke hing ein mehrarmiger Kristallleuchter, und ein Flügel stand in der hinteren Ecke mitsamt einer Sitzgelegenheit für Zuhörer. Außerdem machte sie auch ein Bücherregal aus.

»Das ist unser Partyraum«, erklärte Espen und positionierte sie beide vor einem der Spiegel. »Und es wird Zeit, mal wieder eine Party zu feiern.«

Zum ersten Mal fiel ihr auf, wie groß er war. Neben der hünenhaften Serena wirkte er eher durchschnittlich, doch eine zierliche Frau wie sie überragte er um gut einen Kopf, jetzt, da er hinter ihr stand. Problemlos passte sie unter sein Kinn.

»Ich habe mich ziemlich danebenbenommen.« Reue schwang in seiner Stimme mit. Er zog aus seiner Hosentasche eine edle Schatulle, bei deren Anblick sie sofort an Schmuck denken musste. Und da Espen nicht gerade ein armer Schlucker war, handelte es sich vermutlich um ein besonders edles Geschmeide.

»Nimm es«, forderte er sie sanft auf, und Melissa nahm das Kästchen entgegen. Langsam klappte sie den Deckel auf, aber es war keine Kette in der länglichen Box, sondern ein Halsband mit einer Schlaufe aus Gold.

»Was ist das?«, fragte sie verwirrt. Sie besaß doch gar keinen Hund. Und Espen, soweit sie das beurteilen konnte, hielt, von den Pferden abgesehen, auch keine Tiere hier.

»Meine Entschuldigung.« Er holte das Halsband aus dem Kästchen.

»Vierundzwanzig Karat. Es gibt keinen schöneren Schmuck für einen Sklaven.«

Beim Anblick des Bandes und in dem Wissen um dessen Bedeutung verspürte Melissa ein intensives, aufregendes Prickeln zwischen ihren Schenkeln, das plötzlich einsetzte.

Espen trat vor sie – inzwischen hatte er sich vollständig ausgezogen, ging dann auf die Knie und reichte ihr das Band zurück. Als Aufforderung.

Melissa schluckte. Sie sah sich selbst und ihn im Spiegel, sah, wie sie langsam das Band zu seinem Hals führte. Espen atmete tief ein, doch es klang fast wie ein Stöhnen. Sie zögerte. Ging das nicht zu weit? Sie konnte ihn doch nicht wie einen Hund behandeln, ihm ein Halsband anlegen.

Ihre Finger fingen an zu zittern.

»Schau in den Spiegel«, sagte er sanft, aber bestimmt, und sie tat es. Sein Schwanz ragte empor, zuckte vor Erregung, und in seinen Augen leuchtete Lust. Ja, er wollte, dass sie es tat. Und eine kleine Strafe hatte er ja auch verdient. Melissa beeilte sich, ihm das Band anzulegen. Es schnürte leicht in seine Haut, als sie den Verschluss an seinem Nacken zuzog.

»Ist es okay?«, fragte sie nervös und sah sein Spiegelbild an.

Espens Blick war nun gesenkt. »Ja«, gab er zurück.

»Und … und jetzt?« Sie fühlte sich hilflos. Aber auch so erregt.

Espen erhob sich, nahm sie plötzlich zärtlich in die Arme. Seine Hand strich ihr übers Haar. Dann hielt er sie an den Schultern fest, sah ihr in die Augen. »Ich tue, was du von mir verlangst. Und du tu, was deine Lust dir befiehlt.«

»Aber … brauchen wir nicht … so eine Art Codewort oder so was?«

»Nicht in diesem Fall. Ich könnte dich jederzeit stoppen, aber das werde ich nicht tun. Weil ich es nicht will.«

Sie nickte. Immer noch zögerlich, aber sie war schon stark erregt. Ihr Blick glitt zu der goldenen Schlaufe an seinem Band, an der man ohne weiteres eine Leine befestigen konnte, wenn sie eine zur Hand gehabt hätte. Die Vorstellung, ihn daran irgendwo anzubinden, machte sie geil. Vorsichtig befingerte sie das Metall. Es war heiß. Aufgeladen von seiner Körpertemperatur. Fast von selbst hakte sich ihr Zeigefinger in die Schlaufe. Espen sah sie an. Gierig. Als wollte er sie mit seinem Blick auffordern, nun auch den nächsten Schritt zu tun. Und sie tat ihn.

Der Zug an seinem Hals war zwar nur sacht, doch Espen spürte, dass Melissa ihn ziemlich gut unter Kontrolle hielt. Ihre wunderschönen Lippen verzogen sich zu einem fiesen Lächeln, das er in diesem Moment jedoch als wunderschön und äußerst erregend empfand.

»Dann führen wir dich mal aus«, sagte sie plötzlich selbstbewusst und ging voran. Er musste folgen. Durch den Raum. An all den Spiegeln vorbei. Es war der Moment gewesen, auf den er hingearbeitet hatte. Melissa fing nicht nur an, sich mit ihrer Rolle zu identifizieren, sie ging mit einem Mal darin auf. Stolz schritt sie vor ihm her. Wie eine Königin. Selbstsicher.

Es prickelte heftig in seinen Lenden. Ihre Wandlung überraschte ihn. Aber Überraschungen waren meistens gut.

»Sieh hinein!«, befahl sie.

Er sah den nackten Mann, der an seinem Halsband von einer attraktiven Frau durch den Raum geführt wurde. Vorgeführt vor sich selbst. Und er sah auch, wie sehr diesen

Mann die Behandlung antörnte. Wie sein Schwanz immer größer wurde. Es war erniedrigend. Beschämend. Und unsagbar geil.

Melissa hielt keinen Moment inne, fiel nicht aus ihrer Rolle, drehte mit ihm eine ganze Runde, und Espen blickte in jeden einzelnen Spiegel. Eine nicht enden wollende Aneinanderreihung sinnlicher Demütigung.

Aber dann zog sie ihn an seinem Band zur Mitte des Raumes und befahl ihm, auf alle viere zu gehen. Zum ersten Mal, seit sie auf Venus Clams angekommen war, hatte sich der liebliche Klang aus ihrer Stimme verflüchtigt. Sie klang rau, herrisch, sexy. Und zum ersten Mal machte Melissa ihn ein klein wenig nervös. Was hatte der hübsche Rotschopf mit ihm vor?

Melissa wartete ab, bis er auf Händen und Knien war, dann ließ sie ihn einfach zurück, um in seinen Sachen zu wühlen. Er warf einen Blick über die Schulter und sah, wie sie seinen Gürtel aus der Hose zog und mit diesem in der Hand zurückkam. Triumphierend hielt sie ihm diesen vor die Nase. Eine Ahnung durchzog ihn, verwandelte sich in einen lustvollen Schauer. Sie würde doch nicht …

Melissa positionierte sich hinter ihm. Das konnte in der Tat noch um einiges geiler werden, als er erwartet hatte. Sein Schwanz vibrierte jetzt schon vor Erregung. Schlag zu, dachte er, wünschte er, und tatsächlich versetzte sie ihm einen Hieb mit dem Gürtel auf den Hintern.

Es brannte, törnte ihn an. Setzte Energien frei, die ihn schwingen ließen.

Willig streckte er ihr sein Hinterteil entgegen, um ihr zu verstehen zu geben, dass er mehr wollte, mehr brauchte, und

Melissa verstand die Aufforderung. Es setzte einen weiteren Schlag. Aber viel zu sanft. Er lachte leise, versuchte, sie zu provozieren, und es gelang.

Fester. Noch etwas fester schlug sie zu.

Der süße Schmerz brandete durch sein Hinterteil. Schmerz war es, der ihn auf Touren brachte, ihn zum höchsten Gipfel hinaufkatapultierte. Er entlockte ihm die schönsten Gefühle. Noch ein Schlag. Viele Schläge. Espen verlor sich im Rausch seiner Lust. Der Schmerz stachelte ihn immer mehr an. Seine Hand lag um seinen Schaft, rieb an ihm. Aber er wollte noch nicht kommen. Nicht ohne sie. Ohne ihre Erlaubnis.

Ein weiterer Hieb, und Espen flog ein Stück weit nach vorn, schlug auf dem Boden auf. Keuchend. Vor Erregung am ganzen Körper bebend. Er spürte jeden einzelnen Striemen auf seinem Hintern. Spürte das Brennen, das Pochen und Pulsieren.

Sie stand über ihm. Er wünschte, er hätte sie sehen können, aber seine Position erlaubte es nicht. Doch er hatte ein genaues Bild von ihr. Sah sie vor seinem geistigen Auge in all ihrer weiblichen Pracht.

Mehr. Er brauchte mehr davon.

Er liebte diese Umkehr des Machtgefüges, in dem ein eigentlich körperlich überlegener Mann sich einer Frau unterwarf, ihr Lust durch sein Leid bereitete, ihre Grausamkeit ihn geil machte. Sein Hintern zuckte, erneut streckte er ihn durch, und wieder setzte es einen Schlag. Er stöhnte lustvoll auf, genoss in vollen Zügen, genoss seine Unterwerfung, die er selbst eingefordert hatte. Wie süß es brannte. Seine Haut war nun so viel empfindlicher, und jeder weitere Schlag schmerzte umso mehr.

Aber dann legte sie plötzlich den Gürtel weg, hockte sich zwischen seine gespreizten Beine direkt vor seinen brennenden Po, der gewiss rot glühte.

Melissa bedachte die Striemen auf seinen Pobacken mit zärtlichen Küssen. Kühlte sie.

Himmel! Das machte ihn noch geiler!

Espen hob den Kopf, ihre Blicke trafen sich. Wie wunderschön ihre Augen schimmerten. Sie sorgte sich um ihn. Das berührte Espen. Sehr sogar. Aber sie war auch geil. Und das machte ihn nur noch schärfer.

»Lass mich noch etwas für dich tun«, bat er und versuchte, sich aufzurichten. Sein Hinterteil brannte bei jeder Bewegung. »Bitte.«

Melissa nickte, ging ihrerseits auf die Knie und schob ihm ihren Hintern entgegen. Was für ein süßer Po das war! Zum Niederknien. Er spuckte in seine Hand und massierte seinen Speichel in ihre Rosette ein. Dann drang er langsam in sie, und ihre Wärme umfing seinen Schwanz. Zärtlich streichelte er ihren Rücken und legte eine Hand auf ihre glühende Scham, während er sacht immer tiefer in ihr verschwand.

»Espen … ich … muss dir etwas sagen …«

Er stieß in sie. Sein Hintern brannte wie Feuer, der Schmerz stachelte ihn an. »Was denn?«

»Ich … hab es genossen.« Es klang wie eine Entschuldigung.

»Was meinst du?«

»Das mit dem Gürtel.«

Er lächelte. Aber genau das wünschte er sich doch. Er streichelte Melissas Nacken, fuhr ihr durch ihre wunderschönen roten Haare.

»Ich hab es auch genossen«, sagte er. Und das tat er noch immer, denn die Erinnerung an ihre Schläge war noch zu spüren.

»Ich will dir dienen. Nur dir.« Und er meinte es, wie er es sagte.

Mit dem nächsten Stoß drang er noch etwas tiefer in sie. Melissa verkrampfte sich, ballte ihre Hände zu Fäusten. Beruhigend setzte er das Kraulen ihres Nackens fort.

Wie geil sich das anfühlte. Diese Wärme, die ihn umschloss. Die Enge. Er hatte das Gefühl, das Pulsieren seines erigierten Glieds würde sich auf sie übertragen, und die Wände, die ihn umschlossen, vibrierten ebenso. Vielleicht sogar noch stärker.

Ihre Haut wurde heiß. So heiß, dass er das Gefühl hatte, auf einen Heiß-Stein aus einer Wellness-Oase zu fassen. Die Lust kurbelte ihre Körperfunktionen an. Alles in ihr arbeitete nun schneller als üblich. Er kannte diesen Rausch nur zu gut. Das Adrenalin, das durch seine und auch durch ihre Adern pumpte.

Seine Hände schoben sich über ihren Bauch nach unten, kraulten gierig ihren behaarten Venushügel, glitten in ihre glühende Spalte, die feucht und geschwollen war. Er schob ihre großen Schamlippen auseinander, tastete sich an ihrem Häutchen entlang, das ihre Klitoris verbarg, und legte diese frei. Mit Daumen und Zeigefinger umschloss er ihre Perle, und ein Stöhnen drang aus ihrer Kehle.

Melissa war auch in dieser Hinsicht außergewöhnlich. Ihre Klitoris war größer als die der meisten Frauen. Das machte ihn nur noch schärfer, weil ihm sogleich Hunderte Ideen kamen, wie sich diese Besonderheit ausbauen ließe, was er mit ihr anstellten konnte, was ihm wegen anatomischer Gründe bei anderen Frauen versagt geblieben war.

Sein Griff um ihre Perle wurde etwas fester, er drückte sie leicht, reizte das Köpfchen, indem er mit der Kuppe seines Zeigefingers dagegenklopfte.

Melissas Stöhnen wurde lauter. Sie bäumte sich unter ihm auf. Aber sein Körper und sein Schwengel hielten sie unten, sie konnte weder vor noch zurück.

Jetzt bewegte er das Häutchen schneller, immer schneller, und er fühlte, wie ihre Perle wuchs, und da ließ Melissas Widerstand nach.

Er spürte förmlich, wie sie sich fallen ließ. Die Erregung war nun so groß, dass die Berührungsempfindlichkeit verschwunden war. Wie geil das war, dieser Körper, diese Frau unter ihm, die vor Lust förmlich glühte.

Frauen in diesem Stadium ihrer Lust faszinierten ihn. Er fand sie besonders sinnlich, besonders schön, und schön wollte er es auch für sie machen. Er war beseelt von der Idee, ihr die erregendsten Gefühle zu bereiten, weil ihn das mehr als alles andere erregte. Eine Frau, die sich vor Lust wand. Eine Frau, der er diente. Jetzt spürte er sein Sklavenband nur umso intensiver.

Er beobachtete die Reaktionen ihres Körpers genau. Ihren Atem, dessen Frequenz zunahm, das Beben ihrer Pobacken, die feine Gänsehaut, die ihren Rücken überzog. Das Wechselspiel von Heiß und Kalt im Inneren ihres Körpers, das er miterlebte, mitfühlte. Und seinen eigenen Schmerz. Die Striemen auf seinem Hintern, die noch immer brannten.

Er hielt inne, um diesen wunderbaren Moment voll erfassen zu können, war gänzlich in ihr verschwunden. Seine

Hand reizte ihre Klit in einem fort. Und dann spürte er die Erschütterungen, die wellenartig durch ihren Körper brandeten. Stoß um Stoß. Er spürte einen Schwall an Lust an seinen Fingern, und in dem Moment kam es auch ihm. Er hatte vorgehabt, sich rechtzeitig aus ihr zurückzuziehen, aber dafür war es zu spät. Er hatte nicht länger an sich halten können, hatte die Kontrolle verloren.

Erschöpft blieb er auf ihr liegen, spürte sie, ihren Körper, dessen Funktionen sich langsam normalisierten. Auch das war ein berauschendes Gefühl, das jedoch vor allem von Zärtlichkeit geprägt war.

Plötzlich verspürte er den Drang, sie in die Arme zu nehmen, sie zu liebkosen, zu küssen.

Eine Hand strich ihr sanft über die Wange, drehte ihren Kopf, bis sie in seine unterschiedlichen Augen sah. Sie schimmerten zärtlich, und ein Lächeln umspielte seine Lippen, das zugleich frech, aber auch liebevoll war.

Melissa glaubte, dass sie ihm nie näher gewesen war als in diesem Moment. Und doch hatte Andrew zumindest in einer Hinsicht recht. Sie kannte ihn kaum.

»Danke. Für alles«, flüsterte er und strich ihr die schweißnassen Haare aus dem Gesicht, dann beugte er sich zu ihr herunter, und seine Lippen öffneten sich.

Und obwohl Melissa glaubte, dies sei nicht der richtige Augenblick, strebten ihre Lippen doch den seinen entgegen, gierten nach seinem Kuss. Erneut tat ihr Körper etwas ganz anderes, als ihr Verstand befehligte.

Sie hakte ihren Finger in die Goldschlaufe seines Halsbands und zog verspielt daran. Und als sie ihn an seinem

Halsband packte, ihn kontrollierte, erwachte erneut ein sinnlicher Schauer, der sie dazu veranlasste, ihre Beine aneinanderzureiben, um das Prickeln zurückzudrängen.

Sein Blick glitt genau an die Stelle. Natürlich hatte er es bemerkt.

»Du hast also noch nicht genug.«

Sie biss sich auf die Unterlippe, aber die Lust ließ sich nicht verdrängen. Verdammt! So unersättlich war sie doch früher nicht gewesen. Was sollte Espen von ihr denken?

»Du willst mehr. Aber warum ist dir das unangenehm?«

Konnte er etwa Gedanken lesen, oder war sie wirklich ein offenes Buch für ihn?

»Ich kenne dieses Gefühl sehr gut. Dieses Hin- und Hergerissensein zwischen der eigenen Begierde und der Vernunft, die einen ständig fragt, warum man es zulässt, dass ein anderer einem Schmerz zufügt, man vielleicht sogar genau darum bettelt. Ich habe früher geglaubt, mit mir würde etwas nicht stimmen. Das, was ich wollte, was ich mir wünschte, galt als unnormal in meiner Familie. Mein … Vater wollte es mir einreden.«

Sein Vater? Zum ersten Mal sprach er etwas mehr über sich, über seine Vergangenheit, doch leider hörte er gleich wieder auf.

»Es geht nur um eins.«

»Was?«

»Unsere Lust zu stillen. Diese drängende Lust, dieses Verlangen, das uns nachts wach hält und den Tag mit Träumen versüßt.«

»Und … dein Vater?«, hakte sie nach. Sie wollte mehr über

ihn erfahren. Mehr über die Beziehung zwischen ihm und seinem Sohn. Aber Espens Blick verdunkelte sich.

»Hat er etwas mit … deinem Auge zu tun?«

»Das ist ein anderes Thema«, entgegnete er nüchtern, und doch hörte sie einen stillen Schmerz in seiner Stimme.

Melissa fürchtete schon, zu weit gegangen zu sein und dass er ihr Spiel nun abbrechen, einfach gehen würde, stattdessen erhob er sich und reichte ihr die Hand.

»Komm mit mir, Lüste sind dazu da, gestillt zu werden.« Er zwinkerte ihr zu.

Espen führte sie in sein Zimmer, platzierte sie, nackt, wie sie war, auf einem Stuhl mit Armlehnen, die ein wenig an die Armlehnen eines Throns erinnerten.

Melissa ließ ihren Blick in freudiger Erwartung schweifen und blickte zu dem Doppelbett, in dem, wie sie wusste, aber nur eine Person schlief. Espen. Er hatte ihr nie verraten, warum Serena und er getrennte Schlafzimmer bevorzugten. Vieles in deren Beziehung war merkwürdig. Vielleicht brauchte er seine Privatsphäre. Oder Serena die ihre.

Espen zog eine Schublade seiner Kommode, die unterhalb des Fensters stand, auf und suchte darin nach etwas. Dabei beförderte er einige Spielzeuge zutage, die er achtlos aufs Bett und somit in Melissas Blickfeld warf. Es waren Dinge, die ihr eine Gänsehaut bereiteten. Einen wohligen lustvollen Schauer. Aber auch Dinge, die sie nie zuvor gesehen hatte und von denen sie nicht wusste, welchen Zweck sie erfüllten. Schnallen und Bänder. Aneinandergereihte Kugeln.

Auch ein außergewöhnlich langer Dildo landete zwischen den Kissen. Und der Anblick des künstlichen Penis rief Erinnerungen in ihr wach. Melissa hatte einmal ein Video im Internet gesehen, zusammen mit Andrew.

Es war das erste Mal gewesen, dass sie mit den dunklen Gelüsten in Berührung gekommen war. Und wenn sie sich nun an das Video zurückerinnerte, breitete sich ein wohliges Prickeln zwischen ihren Beinen aus. Sie schloss die Augen und rief sich die Szene noch einmal ins Gedächtnis zurück. Angeblich war es eine Amateuraufnahme, doch die Qualität und die Kameraschwenks hatten verraten, dass mindestens eine dritte Person anwesend war, die wusste, wie sie die aufregenden Momente perfekt einfing.

Beide Akteure hatten Masken getragen. Keine dieser Latexvarianten, die man sich wie eine Strumpfhose über den Kopf zog, wenn man einen Banküberfall begehen wollte. Es waren geschmackvolle Masken gewesen – mit einem Flair von Venedig.

Der Mann hatte nackt am Boden gekniet, seine Hände waren auf dem Rücken gebunden gewesen, und die Frau, die ebenso nackt war, war wie eine Raubkatze um ihre Beute geschlichen, hatte sie von allen Seiten gemustert.

Dann ging sie kurz aus dem Bild, und man hörte lediglich, dass sie etwas suchte, genau, wie es Espen nun tat. Als sie in die Szene zurückkam, hatte sie ein merkwürdiges Gestell angelegt. Eine Mischung aus Höschen und Gürtel. Schwarz. Wahrscheinlich aus Leder.

An der Stelle, wo ihr Venushügel saß, prangte ein künstlicher Schwanz in Hautfarbe. Eine Nahaufnahme offenbarte, dass das gute Stück sogar Erhebungen am Schaft aufwies, die Adern glichen.

Die Frau rieb mit ihrer Hand über den künstlichen

Schwanz, als wollte sie ihn unter ihren Fingern wachsen lassen. Ein Spiel. Sie gab vor, ein She-Male zu sein. Und das törnte ihren Sklaven an, denn sein eigener Schwanz wuchs zwischen seinen Beinen, richtete sich auf wie eine durstende Blume, die endlich Wasser bekam.

»Küss ihn!«, befahl die Frau, und der Mann beugte sich vor, spitzte die Lippen und presste diese auf die künstliche Eichel. Dann wippte er wieder zurück und blickte zu der Frau auf.

»Gut. Noch mal.«

Er wiederholte die Bewegung. Erneut schmiegte sich sein Mund an die Eichel, aber dieses Mal packte die Frau plötzlich seinen Nacken und drückte seinen Kopf nach unten. Schnell glitt der Dildo in den Mund des Sklaven. Er keuchte, während sie ihn in dieser Position gefangen hielt. Der Druck auf seinen Nacken ließ nicht nach, und ihr Becken schmiegte sich an ihn. Unter der Halbmaske rötete sich seine Haut, er versuchte zu schlucken.

Für Melissa war das Spiel damals äußerst überraschend gewesen. Im Hier und Jetzt steigerte es ihre Erregung.

»Lutsch ihn!«, befahl die Frau und ließ von seinem Nacken ab.

Nun konnte sich der Mann wieder frei bewegen. Langsam glitten seine Lippen auf und nieder, rutschten bis zum Anschlag des Schafts hinunter, zogen sich dann wieder zurück. Tiefer und tiefer nahm er den Strap-On in den Mund. Und seine Bewegungen wurden schneller. Immer schneller.

Melissa hatte genau hinsehen müssen, um zu erkennen, dass ein Teil des Strap-On, der nur schwer einsehbare, in ihr mündete, und jedes Mal, wenn er den Schwanz bewegte, schob sich das andere Ende des Strap-On in sie.

»Und jetzt auf den Boden mit dir«, sagte die Frau. Erneut folgte der Mann ihrem Befehl und legte sich auf den Rücken. Die Frau setzte sich auf seine Brust, spielte mit dem Schwanz vor seinen Augen. Wieder eine perfekte Aufnahme. Von wegen Amateurvideo.

Dann rutschte sie ein Stück weit vor, so dass ihre Unterschenkel oberhalb seiner Schultern aufkamen und ihr Unterleib über seinen Lippen schwebte.

»Sag schön Ah.« Mit einer Hand drückte sie auf sein Kinn, öffnete dadurch seinen Mund und steckte den Schwanz hinein.

»Das wird ein geiler Mundfick, mein Lieber«, prophezeite sie, und dann war ihr Ritt losgegangen. Melissa hatte nie zuvor ein solch bizarres Bild gesehen. Sie ritt auf ihm, vögelte ihn in den Mund mit dem künstlichen Glied, und er fingerte an seinem eigenen Schwanz, bis es ihm kam. Und ihr auch. Wahrscheinlich hatte auch dieses Video Einfluss auf sie ausgeübt, den Weg bereitet für ihre Neigung, die sie hier auf Venus Clams entdeckt hatte. Sie hätte sie schon zu diesem Zeitpunkt erkennen können.

»Endlich«, drang Espens Stimme zu ihr vor und riss sie aus ihrer Fantasie.

»Träumst du? Ich hoffe, von mir.« Er stand plötzlich vor ihr, hielt etwas hinter seinem Rücken versteckt.

»Was hast du da?«, fragte sie neugierig.

»Du wirst nie erraten, was es ist.«

»Ein Dildo?«

Sein Grinsen erstarb. »Fast«, sagte er ein wenig gekränkt, dann schmunzelte er aber wieder. »Fast.«

Er hockte sich vor sie und schob es in sie. Es war kalt.

Und … gewaltig. Melissa atmete laut ein und hielt dann die Luft an. Was war das? Was zum Geier war das?

Es weitete sie immer mehr. Und Espen brachte es noch etwas tiefer in sie. Sie spürte Noppen. Oder etwas Ähnliches. Kleine Erhebungen, die sie von innen reizten.

»Was … ist das?«, fragte sie atemlos.

»Etwas Schönes.« Tiefer und tiefer drang es in sie, eroberte jeden Zentimeter ihres Körpers. Die Noppen rieben an ihr, strichen über ihren G-Punkt.

Aber dann hielt Espen inne, nichts rührte sich mehr in ihr. Er summte. Und als sie an sich herunterblickte, sah sie, wie er ihr etwas um die Beine und die Taille schnallte. Es gehörte zu dem Dildo, der in ihr steckte.

Ein Schauer jagte ihr über den Rücken. Es war fast wie in dem Video!

Espen sah in ihrem Gesicht, wie sehr sie das Spiel antörnte. Dabei hatte es doch noch gar nicht wirklich begonnen. Er drückte mit einer Hand leicht gegen ihre Scheide, was den Noppendildo in ihr bewegte. Sie stöhnte lustvoll auf, warf den Kopf in den Nacken. Melissa ahnte nicht, wie schön sie in diesem Moment aussah. Und wahrscheinlich ahnte sie auch nicht, wie geil sie roch. Sie verströmte diese sinnliche Mischung aus Erregung und Weiblichkeit, eine Kombination, die ihn berauschte, schon immer berauscht hatte.

Tatsächlich war ihr Aroma so viel intensiver als die Gerüche der anderen Frauen, die er in seinem Leben beglückt hatte. Und das waren einige gewesen. Seine Herkunft, sein Vermögen hatten ihm schon immer Tür und Tor geöffnet, und ganz besonders mit Frauen hatte er nie Probleme gehabt, weil sie instinktiv gespürt hatten, dass er viel zu bieten hatte. Es waren Frauen gewesen, die von Macht und Geld angezogen wurden. Doch für Melissa schien das alles keine Rolle zu spielen. Das erste Mal hatte er das Gefühl, dass jemand nicht sah, was er war, sondern wer. Und dass sie seine Neigungen nicht nur akzeptierte, sondern auch teilte. Sie war sein passendes Gegenstück. Das Yin zu seinem Yang.

»Dieses spezielle Höschen hat noch eine Besonderheit«, erklärte er und ging zu der Schublade, in der er seine Lieblingsspielzeuge aufbewahrte. Er zog einen fleischfarbenen Dildo heraus, der dem männlichen Glied auf erstaunliche Weise nachgebildet war. Keine Übertreibungen, was Länge und Breite betraf. Es war fast genauso groß wie Espens Original.

Er präsentierte ihn ihr. Hielt ihn vor ihre Lippen, damit sie von ihm kostete, und das tat sie dann auch. Gierig umschloss sie den Schaft, lutschte an ihm wie an einer Zuckerstange, von der sie nicht genug bekam.

Er beobachtete sie eine Weile, doch eigentlich hatte er mit dem Glied etwas ganz anderes vor. Und als er es ihr entziehen wollte, gab sie es ihm nur widerwillig zurück.

Espen lachte amüsiert. »Ich gebe dir gleich noch mehr von ihm zu kosten. Allerdings auf eine andere Weise.«

Er schraubte den Dildo an die Unterseite ihres Lederhöschens fest und kniete sich vor sie, um ihn dann selbst in den Mund zu nehmen.

»Oh, du meine Güte«, entwich es Melissa.

»Was ist?«, fragte er besorgt. Gefiel es ihr nicht? War das zu viel für sie? Überschritt er ihre Grenzen? Aber Melissa lächelte glücklich, und ihre Augen glänzten sogar noch stärker vor Erregung.

»Wie konntest du das wissen?«

»Was wissen?«

»Ich … hab … so etwas schon mal gesehen.«

»Hat es dich angetörnt?«

Sie biss sich auf die Unterlippe und nickte.

»Nimm ihn in den Mund!«, sagte sie plötzlich. Nein, sie befahl es. Und dieser Befehlston katapultierte ihn sofort in die Rolle des Sklaven zurück. Er spürte die Enge seines Halsbands und den Wunsch, ihr ergeben zu sein.

Eilig tat er, was sie verlangte, lutschte an dem Stab, nahm ihn tief in den Mund, so tief, wie es sonst nur Serena vermochte. Er spürte, wie sich seine Kehle leicht zusammenzog, aber er konnte das Würgen unterdrücken. Fest saugte er an dem Schwanz, trieb dadurch den Noppendildo tief in Melissa, die aufstöhnte, die zitterte, ihren Oberkörper durchdrückte und sich vor Wollust in ihre Stuhllehnen krallte. Das Video.

Natürlich. Sie hatte es auch gesehen. Er hatte Andrew damals den Link geschickt, wahrscheinlich hatten sie es zusammen angesehen. Das Video, in dem Serena und er die Hauptrollen spielten. Albert hatte es gefilmt. Eine Amateuraufnahme in einer Qualität, wie man sie im Netz selten fand. Beide hatten sie zudem Masken und Perücken getragen, um unkenntlich zu sein. So hatten auch Andrew und Melissa nicht erfahren, wer die Akteure waren, aber das Video hatte abchecken sollen, ob sie für derlei Experimente offen waren. Und natürlich war es auch für sie selbst erregend gewesen, sich einem Publikum derart zu präsentieren.

Tiefer und tiefer nahm er den Dildo in den Mund und beobachtete, wie sich Melissas Körper unter seinen Stößen wand. Er sah das Krampfen ihrer Oberschenkel. Das verräterische Zittern ihrer Bauchmuskulatur. Er hörte die erhöhte Atemfrequenz, das Stöhnen, das plötzlich in einem leisen Schrei mündete. Und dann versank dieser herrliche nackte Körper, der eben noch unter Hochstrom gestanden hatte, in selige Entspannung. Ihre Körperfunktionen regulierten sich nach unten. Sie war erschöpft. Atmete auf. Wunderschön.

Er streichelte dankbar die Innenseite ihres Oberschenkels, hauchte einen Kuss auf diese Stelle.

Inzwischen war sie wieder allein. Espen hatte noch etwas Wichtiges zu erledigen, was sowohl mit seinem Job zu tun hatte als auch mit der Planung für das Dinner. Es sollte Musik geben. Und sie sollte sich Gedanken um ihre Garderobe machen. Tatsächlich aber spielten sich stattdessen noch einmal die erlebten Szenen in ihrem Kopf ab, und die Frage, was es mit Espen und seinem Vater auf sich hatte. Wieso war er ihr ausgewichen? Welche schmerzhafte Geschichte steckte hinter alldem, und warum hatte er ihr nicht erzählen wollen, was mit seinem Auge passiert war?

Es ließ Melissa keine Ruhe. All die Geheimnisse um Espen. Sie ging auf ihr Zimmer. Andrew hatte kurz vor seiner überstürzten Abreise herausgefunden, dass der Computer in ihrem Raum auch über einen Internetanschluss verfügte. Diesen Umstand wollte sie sich nun zunutze machen.

Melissa war drauf und dran, sich in diesen Mann zu verlieben, wenn sie es nicht schon längst getan hatte. Jetzt musste sie endlich wissen, wer er tatsächlich war. Er konnte nicht länger das schwer greifbare Phantom sein, als das er sich augenscheinlich fühlte.

Sie setzte sich ans Fenster und schaltete den PC ein. Ein relativ veraltetes Modell, wenn man bedachte, dass in der Villa sonst alles auf dem neuesten Stand der Technik war.

Melissa schlug ein Bein über das andere, während sie wartete, dass der Rechner hochfuhr. Dabei spürte sie noch immer ein Prickeln in ihrer Mitte, dort, wo die Noppen des Dildos sie gereizt hatten. Himmel, sie war ja schon wieder geil. Ausgerechnet jetzt.

Melissa seufzte. Die Insel hatte sie verändert. Die meiste Zeit über genoss sie ihr neues Ich, aber manchmal machte es ihr auch ein wenig Angst. Sie war ungezügelt, ohne jede Hemmung, ohne Scham.

Zögerlich tippte sie den Namen Espen Hannigan in die Suchmaschinenmaske ein. Zieh das jetzt durch, ermahnte sie sich, doch sie fühlte sich vor allem wie eine Schnüfflerin. Espen wollte offensichtlich nicht, dass sie mehr über ihn wusste. Schließlich hätte er es ihr sonst von ganz allein erzählt.

Aber hier ging es um weit mehr. Melissa hatte ihr Herz verloren. Ja, das stand nun fest. Immer wenn sie an ihn dachte, schlug es viel zu schnell. Und im Grunde dachte sie ohne Unterbrechung an ihn. Sie betätigte die Entertaste und bekam überraschend viele Suchergebnisse angezeigt. Besonders häufig stand sein Name in Verbindung mit der Firma »Love Toys«.

»Nie gehört«, murmelte sie und klickte gleich die erste Seite an, die ihr vorgeschlagen wurde. Es handelte sich um die Firmenpräsenz. Bunte Farben schrillten ihr entgegen. Dazu eine ohrenbetäubende Musik, die sie aufzucken ließ, weil sie schmerzhaft in ihren Ohren dröhnte. Rasch regelte sie die Lautstärke herunter.

Eine halbnackte Frau mit einem Dildo in der Hand, wie Melissa ihn gerade zwischen ihren Beinen gespürt hatte, lächelte dem Betrachter entgegen. »Für mehr Spaß im Bett«, hieß es in einer Sprechblase über ihrem Kopf.

»Ein Sexshop?« Sie klickte sich durch die Seiten. Nein, das war kein Shop. Nicht nur. Es war in erster Linie die Seite eines Herstellers für Liebesspielzeuge. Aber was hatte Espen damit zu tun?

Ihr kam eine Ahnung. Sie klickte auf den Kontakt-Button, und die Mitarbeiter der Firma wurden ihr aufgelistet. Ohne Fotos. Aber mit vollem Namen und Mailadressen. Ganz oben, unter dem Begriff »Geschäftsleitung«, stand der Name Espen Hannigan.

Mein Gott. Melissa lachte leise. Das war also das Geheimnis, das unbedingt gehütet werden sollte? Hatte er sich tatsächlich deswegen geniert? Sie schmunzelte. Mit Liebesspielzeugen konnte man also Millionen verdienen. Wer hätte das gedacht. »Love Toys«-Produkte, so wurde sie auf der Seite belehrt, seien Verkaufsschlager auf der ganzen Welt. Na ja, es gab sicherlich überall liebeshungrige und experimentierfreudige Menschen. Da konnte natürlich schon ein Sümmchen zusammenkommen.

Melissa war jedenfalls froh, endlich zu wissen, was er beruflich machte. Sie hatte schon befürchtet, es sei etwas Illegales. Doch dies war in der Tat eine Überraschung, aber gar keine unangenehme. Sie presste die Beine leicht zusammen, denn das Prickeln hatte sich nur noch mehr verstärkt. Ihre Hand war schon auf dem Weg zu ihrer Scham, aber dann fiel ihr ein, dass sie ja eigentlich Nachforschungen hatte anstellen wollen.

Sie klickte die Seite weg und durchsuchte die Linkliste, die ihr angezeigt wurde, nach weiteren Informationen. Und das waren einige. Melissa musste sich durch mehrere Webseiten klicken, ehe sie von belanglosem Klatsch auf etwas wirklich Interessantes stieß.

Ein alter Artikel aus den Neunzigern: »Sexeskapaden: Millionär verstößt Sohn. New York. Vorstandsmitglied des milliardenschweren Bruda-Konzerns Steven Hannigan (52) verstößt Sohn wegen anhaltender Sexeskapaden. Espen Hannigan (19) erstattet Anzeige gegen seinen Vater wegen Körperverletzung.«

Melissa konnte es nicht fassen. Sie musste diesen Zeilen mehrmals lesen, ehe sie sie begriff. Espens Vater war offenbar auf ihn losgegangen, weil sein Sohn durch negative Schlagzeilen aufgefallen war. Sie klickte weiter, fand Berichte inklusive Fotos, die den jungen Espen mit verschiedenen Frauen, manchmal sogar mit mehreren gleichzeitig zeigten. Ein Hallodri, wie er im Buche stand. Die Presse hatte sich das Maul über Steven Hannigan zerrissen, und der hatte um den Ruf der Familie gefürchtet, bis er schließlich zum Äußersten gegangen war.

Melissa hielt den Atem an. Wie musste sich Espen gefühlt

haben, als sein eigener Vater ihn verstieß, ihn sogar prügelte? Denn ja, es musste, wenn sie dem Bericht glauben durfte, eine wahre Prügelorgie gewesen sein. Ihr Herz schmerzte. Wie konnte ein Vater seinem Sohn nur so etwas antun? Dazu dieses Foto von einem Jungen, der gerade dem Halbstarkenalter entwachsen und mit Hämatomen übersät war. Vor allem im Gesicht.

Ja, diese Berichte über Espens ständig wechselnde Partnerschaften waren geschmacklos. Und sie wollte das gar nicht entschuldigen. Auch nicht mit seiner Jugend. Sie wusste aber, dass die Presse gern in ihrer Darstellung übertrieb. Vor allem aber wusste sie, dass der heutige Espen anders war. Zugegeben, er war immer noch exzentrisch. Wahrscheinlich sogar mehr als früher. Aber wenn sie daran dachte, wie sehr ihn sein Vater verletzt haben musste, sowohl seelisch als auch körperlich, verspürte sie einen dicken Kloß im Hals und den Drang, Espen zu umarmen, ihm zu zeigen, wie wichtig er für sie war.

Melissa gab diesem Drang nach. Sie eilte hinaus, ohne den Computer wieder auszuschalten, rannte durch den Flur bis zum Ostflügel der Villa, wo sich sein Büro befand. Zitternd klopfte sie an.

»Ja?«, erklang seine tiefe männliche Stimme.

Melissa trat ein, und als sie ihn an seinem Schreibtisch sitzen sah, er zu ihr aufblickte, mit seinen unterschiedlichen Augen, konnte sie nicht länger an sich halten und stürmte auf ihn zu. Er schaffte es nicht einmal, sich aus seinem Bürosessel zu erheben, schon lagen ihre Arme um seinen Hals.

»Was ist denn passiert, Melissa?«, fragte er besorgt, denn

offenbar glaubte er, ihr ginge es nicht gut. Melissa lächelte ihn gerührt an, streichelte dann seine Wange.

»Ich weiß es nun«, sagte sie, und ihr Finger glitt zu seinem dunkleren Auge. »Die Pupillenmuskulatur wurde verletzt.«

Überraschung schlich sich in seinen Ausdruck, aber dann nickte er nur, nahm ihre Hand und küsste ihre Handfläche. »Mein Vater und ich haben uns kurz vor seinem Tod ausgesöhnt«, erklärte er. »Aber diese Erinnerung«, er deutete zu seinem Auge, »wird mir immer bleiben.«

Am späten Nachmittag klopfte es an ihre Zimmertür. Espen hatte noch etwas weiterarbeiten wollen, und dann hatte sie im Abstand von zwei Stunden das Surren der Motoryacht gehört, das von Espens Abfahrt und Rückkehr nach Venus Clams kündete. Melissa kannte nun die ganze Wahrheit, und sie lag erstaunlich nahe bei dem, was in den Artikeln gestanden hatte. In seiner Wut hatte Steven Hannigan tatsächlich auf Espen eingeschlagen, doch Espen hatte mit dieser Geschichte inzwischen abgeschlossen. Am Sterbebett seines Vaters hatten sie sich versöhnt.

Noch einmal klopfte es an der Tür.

»Ja?«, rief Melissa, die sich gerade »Venus im Pelz« geschnappt hatte, und legte ihre Lektüre widerwillig zur Seite.

»Darf ich eintreten?« Sie erkannte Alberts Stimme.

»Aber natürlich, kommen Sie nur.«

Die Klinke bewegte sich nach unten, und die Tür ging auf.

Albert, wie immer adrett in einem Anzug, schob sich durch den Spalt. In den Händen hielt er einen großen flachen Karton.

»Mr Hannigan bat mich, Ihnen sein Geschenk zu bringen.«

»Ein Geschenk?« Sie sprang auf, um das Päckchen, das eine goldene Schleife zierte, entgegenzunehmen.

»Mr Hannigan ist gerade aus Nizza zurückgekehrt und wies mich außerdem an, Ihnen diesen Brief zu geben.«

Er reichte ihr einen blauen Umschlag.

»Danke, Albert. Sehr freundlich von Ihnen.« Es war immer noch komisch, dass er sie beim Sex gesehen hatte. Doch er blieb professionell, machte keine unangenehmen Bemerkungen und war auch sonst ganz Gentleman.

Es gab jedenfalls keinen Grund, Albert irgendetwas nachzutragen, und sie blieb freundlich, ein bisschen konnte sie diesen schrulligen Kerl, der trotz seines jugendlichen Alters die Ausstrahlung eines alten Mannes besaß, leiden.

Der Diener verneigte sich, trat rückwärts hinaus. »Wenn Sie mich dann nicht mehr brauchen, Miss?«

Sie schüttelte den Kopf, und Albert schloss die Tür.

Eilig öffnete sie den Brief. Darin stand nur: »Ich möchte, dass Du es heute Abend trägst.«

Was denn tragen? Ihr Blick fiel auf den Karton. Rasch war die Schleife geöffnet und der Deckel abgenommen. Ein Traum in Rot lag darin. Staunend nahm sie das Kleid aus dem Päckchen, eilte damit vor die Spiegeltür am Schrank und hielt es sich an.

»Wow«, flüsterte sie. Das Kleid musste ein Vermögen gekostet haben. An der Taille war es eng geschnitten, danach fiel es gerade herunter, bis es am Saum nochmals etwas enger wurde, aber, und das war der Clou an dem Schnitt, es hatte auch einen Schlitz, der auf Oberschenkelhöhe ansetzte und bis zum Saum reichte. Optimale Beinfreiheit und ein sexy Look.

Die Schultern waren trägerfrei. Zwei Körbchen würden nicht nur ihre Brüste stützen, sondern auch das Kleid halten.

Melissa konnte es gar nicht erwarten, in diesen Traum aus Satin zu schlüpfen. Es schien die richtige Größe zu haben, Espen hatte nicht nur Geschmack, sondern auch ein gutes Augenmaß bewiesen. Aber bevor sie den feinen Stoff auf der nackten Haut spürte, sollte sie unter die Dusche gehen.

Sie schnappte sich ihren Kulturbeutel, hängte das Kleid an den Kleiderschrank und machte sich auf den Weg ins edel ausgestattete Bad im Ostflügel. Hatte sie zu Hause nur eine mickrige Kabine, so erwartete sie hier eine Dusche, unter der vier Leute gemütlich Platz fanden. Vielleicht hätten sie sich ja auch alle hier einmal eingefunden, wäre Andrew nicht gegangen.

Andrew. Er war ihr plötzlich so fern. Aber sicher war das gut. Er war jetzt nicht mehr Teil ihres Lebens, und es brachte nichts, dem Vergangenen hinterherzutrauern. Sie hatten eine schöne Zeit gehabt. Und als solche würde sie sie in Erinnerung behalten.

Sie schlüpfte aus ihren Sachen, legte sie ordentlich auf die Ablage und verschwand in der Kabine, zog die Seitenwand zu und stellte die Brause ein. Herrlich warmes Wasser prasselte auf sie herab. Welche Wohltat das war.

Sie genoss die feinen Tropfen, die über ihren Körper rieselten, ihn wärmten und belebten, als plötzlich ein Klacken zu hören war und sie durch die von einem milchigen Muster durchzogene Kabinentür eine Gestalt sah, die den Raum betrat.

War es Espen? Ihr Herz begann, schneller zu schlagen. Die Vorstellung, dass er sie hier verführen könnte, erregte sie ungemein.

Mit einem Ruck ging die Kabinenwand zur Seite, doch es waren nicht Espens faszinierende Augen, die ihr nun entgegenstarrten, sondern Serenas Katzenblick.

Melissa erschrak derart, dass sie einen leisen Schrei ausstieß.

Serena war nackt. Offenbar hatte sie denselben Plan verfolgt wie sie und wollte sich vor dem Abendessen noch einmal frisch machen.

»Sorry, ich wusste nicht, dass du auch duschen willst«, sagte Melissa hastig und hielt sich instinktiv die Hände vor die Brüste. »Ich … bin gleich fertig«, versprach sie.

Aber irgendetwas an Serenas Blick verunsicherte sie. Es war die Art, wie er über ihren Körper schweifte, besonders die Stelle zwischen ihren Beinen mit einer Intensität musterte, die Melissa eine Gänsehaut über den Rücken trieb.

»Kein Problem. Ich geselle mich einfach hinzu.« Und schon trat sie in die Kabine. Die Frau, die Melissa um fast einen Kopf überragte. Und plötzlich kam es ihr hier ziemlich eng vor. Melissa hatte Serenas Avancen nicht vergessen. Auch nicht die Küsse unter dem Wasserfall. Und sie wusste, dass Serena eine besonders innige Beziehung zu Laure aufgebaut hatte. Frauen reizten die kühle Amerikanerin.

»Soll ich dir helfen?«, fragte sie auch schon, und ihre Stimme klang vor Lüsternheit belegt.

»Oh … nein, nein, ich bin ja fast fertig.« Das stimmte nicht ganz. Sie hatte sich noch die Haare waschen wollen. Aber das erschien ihr nun sehr unpassend. Zumal sie sich schon jetzt Serena ausgeliefert fühlte. Wie würde sich das erst steigern, wenn sie Schaum in Augen und Gesicht hatte?

Serena legte plötzlich eine Hand auf Melissas Hüfte. Es war nicht wirklich unangenehm, nein, es fühlte sich durchaus gut an, aber zugleich war es falsch.

Serenas zweite Hand strich über Melissas Hals und packte dann etwas fester zu, hielt sie in dem Griff.

»Weichst du mir etwa aus, meine Süße?«

Melissa blieb der Mund offen stehen. Sie bekam kaum Luft. Dennoch törnte sie Serenas fester Griff an.

»Keine Angst«, hauchte Serena und ließ sie wieder los, beugte sich zu ihr herunter, küsste ihren Hals, saugte an ihrer Schlagader wie ein Vampir. An der Stelle wurde ihr heiß und kalt im Wechsel, fast so, als fieberte sie.

»Ich werde dir nicht weh tun.« Ihre Hände glitten über Melissas Körper. Sie wusste nicht, was sie tun sollte. Hierbleiben oder fliehen?

Ein Zittern erfasste ihre Knie. »Es gibt immer zwei Seiten einer Medaille. Und man sollte beide Seiten kennen.« Serenas Hände wanderten wieder hinauf, legten sich auf Melissas Schultern und drückten sie auf die Knie.

Es war unwirklich. Alles, was hier geschah. Als träumte sie. Noch nie hatte sie vor einer anderen Frau gekniet. Sie roch Serenas Lust, und zum ersten Mal verstand sie, was Espen am weiblichen Duft antörnte. Er hatte eine besondere, liebliche Note, und ihr Körper reagierte darauf mit eindeutigen Symptomen. Ihre Scham pulsierte, schwoll an, und sie spürte, dass sie feuchter wurde.

Heiß prasselte das Wasser auf sie beide hernieder, und als sie einen Blick hinauf zu Serenas lüsternem Lächeln warf, floss ihr das Wasser in die Augen, rann über ihre Wangen, als würde sie vor Lust weinen.

»Eins solltest du noch wissen. Wir sind hier nicht allein.« Serena deutete zu einer Linse in der linken Ecke oberhalb der Kabine. War das eine Kamera?

Sie beugte sich zu Melissas Ohr herunter. »Er sieht uns zu.« Ehe Melissa diese Worte überhaupt verarbeitet hatte, packte Serena ihre Haare am Hinterkopf und drückte sie nach vorn, so dass ihre Nase und ihr Mund zwischen Serenas Schamlippen versanken und sie deren eigentümlichen Duft noch viel intensiver wahrnahm.

Betörend. Melissa fing an zu zittern, sie zu lecken, ihre Perle mit ihrer Zungenspitze zu massieren. Dabei stellte sie sich vor, wie Espen in seinem Büro saß und ihr Treiben auf seinem Monitor verfolgte. Wie geil das war! Es erregte sie über alle Maßen.

Ob er sich selbst streichelte, während er ihnen zusah? Ob er sich wünschte, an Serenas Stelle zu sein und dass Melissa ihn mit ihren Lippen verwöhnte?

Melissa versetzte sich in dieses Szenario hinein, und vor ihrem geistigen Auge veränderte sich die Kulisse.

Espen war es nun, der mit ihr duschte, der vor ihr stand und an dessen muskulösen Oberschenkeln sie sich festhielt, während sie seinen erigierten Schwanz in den Mund nahm, tief, bis sie seine Eichel in ihrer Kehle spürte.

Leidenschaftlich schob sie ihre Lippen wieder und wieder über seinen zuckenden Schaft, auf dem die Adern hervortraten, und unter dem Lecken ihrer Zunge und der Spannkraft ihrer Lippen schien sein Penis nochmals zu wachsen, fast um das Doppelte anzuschwellen.

In Wahrheit aber waren es Serenas auffällig große innere Schamlippen, die sie auf ihrer Zunge schmeckte, an denen sie verspielt zog oder mit den Zähnen in sie zwickte.

Serena stöhnte leise auf und steuerte Melissas Kopf immer schneller, bis ihr vor lauter Erregung und aufsteigender Hitze schwindelte.

Die Luft war extrem stickig, das Wasser unerträglich heiß. Sie konnte kaum atmen, während sie mit ihrem Mund in Serenas Lust versank.

Tiefer und immer tiefer. Hinab in diese Schwüle.

Und dann spürte sie es entfernt, das erlösende Zucken, das sich rasend schnell in Serenas Innerem ausbreitete. Ihr Nektar kam in einem Schwall, sprudelte wie aus einer Bergquelle hervor in ihren geöffneten Mund. Befriedigt, weil sie den Orgasmus förmlich schmeckte, leckte sie sich über die Lippen.

Da kniete sich Serena plötzlich vor sie und nahm ihr Gesicht in beide Hände, ihre Augen leuchteten. »Das war wundervoll, Melissa. Wirklich wundervoll«, hauchte sie gegen das Prasseln an, und dann verschmolzen ihre Lippen ineinander, doch Melissa dachte nur an Espen, während sie Serenas Kuss empfing.

Eine halbe Stunde später stand Serena vor ihrem Ganzkörperspiegel und legte ihre Abendgarderobe an. Ein schwarzes Kleid mit dünnen Trägern, es war knapp, wie sie es liebte. Betonte ihre Figur, die noch immer Modelmaße aufwies. Der Saum endete unmittelbar unterhalb ihres Schambereichs. Wenn sie sich setzte, würde sie die Beine übereinanderschlagen müssen, und für einen kurzen Moment würde man alles sehen können. *Basic Instinct.* Sie schmunzelte. Natürlich würde sie kein Höschen tragen, denn sie wollte provozieren, sie wollte die Blicke auf diese Stelle locken, denn dieser Abend sollte etwas Besonderes werden.

Sie freute sich sehr auf das Dinner, die Gäste und auf das, was Espen und sie für danach geplant hatten. Sie war gespannt darauf, wie Melissa reagierte. Es wäre ihre Bestandsprobe, ein Test, ob sie wirklich zu Espen und ihr passte.

Sie wusste, wie vernarrt Espen in die Kleine war, aber das konnte Serena ihm kaum verdenken. Sie war hinreißend. Anmutig. Zierlich. Weiblich. Und ihre Ähnlichkeit mit Laure war mehr als nur verblüffend. Ein Ebenbild, eine Wiedergeburt. Genau ihr Typ.

Ihr Kuss hatte alte Erinnerungen an ihre einstige Gespielin geweckt, und Serena hatte für einen kurzen Moment geglaubt, es wäre ihre Geliebte, die sie unter der heißen Dusche küsste. Dieselben bebenden Lippen, derselbe sinnliche Geschmack, der Duft nach Lust und Weiblichkeit.

Ihr Blick wanderte über die Fotografien von Laure, deren Gesicht plötzlich kalt und abweisend wirkte.

Nein, sie brauchte sie jetzt nicht mehr. Der Zauber war verflogen. Melissa würde den Test bestehen und sich als würdig erweisen. Davon war sie überzeugt.

Serena stellte sich auf ihr Bett, betrachtete das Bild in der Mitte. Es zeigte Laure in ihrem Lieblingsbikini mit dem Leopardenmuster. Sie war auf ihren Knien, die Beine gespreizt. Wie hatte es Serena geliebt, sie mit ihrer Zunge zu verwöhnen. Sie mit ihrem Finger zu vögeln.

Sie griff nach dem Rahmen und nahm das Bild herunter. Es fiel auf das Bett. Sie brauchte es nicht mehr. Keins von ihnen.

Eins nach dem anderen nahm sie ab, sammelte sie ein und schob sie unter ihr Bett, wo sie niemanden störten. Diese Nacht würde nicht nur ein Neuanfang für Melissa sein, sondern auch für sie. Für alle in diesem Haus.

Serena warf einen Blick auf die Uhr. Noch eine halbe Stunde, ehe sie sich im Speisesaal einfinden wollten. Sie konnte schon vorgehen, aber es prickelte so schön zwischen ihren Beinen, dass sie noch gar keine Lust hatte, sich in den Dinnerbereich zu begeben.

Stattdessen schob sie ihr Kleidchen hoch, legte ihren Unterleib frei und betrachtete die rot glühenden Lippen ihrer Vagina, die nach einer Berührung lechzte. Die Vorfreude auf den Abend.

Sie legte sich auf ihr Bett, schloss die Augen und liebkoste ihre Perle, die noch immer empfindlich war, nachdem Melissa sie auf solch einfühlsame Weise geleckt hatte.

Eine halbe Stunde. Nervös lief Melissa durch ihr Zimmer. Nur noch eine halbe Stunde. Doch jede Minute schien eine Ewigkeit. Sie musste daran denken, dass Espen Serena und sie über eine an der Decke installierte Kamera beim Sex beobachtet hatte. Das war so verrucht, so geil. Jetzt konnte sie es nicht erwarten, ihm in die Augen zu sehen, in diesem sexy Dress vor ihn zu treten, ihn für dieses schlechte Benehmen zu bestrafen. Sie grinste und warf einen Blick in den Spiegel. Hoffentlich würde es sich ergeben, dass sie nach dem Dinner Zeit für sich allein hatten.

Das Kleid saß wirklich fantastisch, als wäre es für sie gemacht worden. Sie würde darin strahlen.

Jetzt waren es noch neunundzwanzig Minuten.

Melissa setzte sich ans Fenster, blickte hinaus aufs Meer, was sie sonst beruhigte. Aber jetzt war sie so aufgewühlt, dass selbst dieses Geheimrezept nicht gegen das heftig pochende Herz half.

Ihr Blick glitt durch das Zimmer und blieb auf dem Buch haften, das auf ihrem Nachtschränkchen lag.

Hatte sie jetzt die Nerven zum Lesen? Es würde sie wohl in die rechte Stimmung für heute Abend versetzen.

Melissa ging zum Bett, setzte sich und nahm das Buch. Der Einband war schon eingerissen. Eine alte Auflage, wie sie sich erinnerte. Melissa schlug es auf, blätterte darin, um die schärfsten Stellen noch einmal zu lesen, als plötzlich die hinteren Seiten auseinanderklappten und ein Foto zum Vorschein kam, das Melissa zuvor nicht bemerkt hatte. Wahrscheinlich lag es daran, dass die Seiten fast schon zusammengeklebt waren, durch ihr Blättern hatten sie sich jedoch voneinander gelöst. Interessiert musterte sie das Bild, es zeigte eine junge Frau in einem Bikini. Melissa schüttelte den Kopf, rieb sich die Augen. Das war ja sie!

Aber woher stammte … dieses Bild? Sie konnte sich nicht erinnern, jemals einen solchen Bikini besessen zu haben, geschweige denn darin geknipst worden zu sein. Aber dann fiel es ihr ein, und Andrews Worte hallten in ihrem Kopf wider. Laure. Ihre optische Zwillingsschwester, die verschwunden war. Spurlos.

Der Bikini!

Ihre Hand wanderte zitternd unter ihr Kopfkissen, zog den Bikini hervor, den sie draußen im Gestrüpp gefunden hatte. Sie faltete den Stofffetzen auseinander. Ja, es war dasselbe Muster! Dieser Bikini hatte nicht irgendeiner Vorgängerin von ihr gehört, sondern Laure!

Erneut hörte sie Andrews Stimme in ihrem Kopf, seine Warnungen, sie sei der Ersatz für Laure, deren Verbleib nie geklärt wurde. War Laure wirklich einfach nur abgehauen?

Sie drehte das Foto um. Eine Nachricht stand dort in krakeliger Schrift, adressiert an eine Sandrine. Aber das war das einzige Wort, das Melissa verstand. Der Rest war in Französisch, was sie nicht beherrschte, nicht einmal ansatzweise.

Hitze stieg ihr ins Gesicht. Sie konnte Espen bitten, es ihr zu übersetzen. Gewiss hatte auch er ein Interesse daran, herauszufinden, was mit Laure passiert war. Aber was, wenn Andrew recht hatte? Wenn hier wirklich etwas nicht stimmte. Wenn Laure die Insel gar nicht verlassen hatte, sondern … sie schluckte. Was für absurde Gedanken! Nur weil sie einen Bikini gefunden hatte, hieß das doch noch lange nicht, dass der Besitzerin irgendetwas zugestoßen war. Sie konnte ihn auch einfach während eines erotischen Abenteuers im Freien dort vergessen haben. Auf Venus Clams war Garderobe ohnehin nur Nebensache.

Melissa atmete tief durch, versuchte, sich zu beruhigen. Sie würde der Sache nachgehen. Aber nicht heute Abend. Und sie würde sich von dieser Spur, die sie entdeckt hatte, nicht verrückt machen lassen. Es gab keinen konkreten Hinweis auf irgendeine Art von Verbrechen. Allerhöchstens ein ungutes Bauchgefühl, das vielmehr durch Andrews Paranoia verursacht war als durch irgendetwas anderes.

Plötzlich klopfte es an der Tür. Melissa zuckte vor Schreck zusammen, und das Buch fiel ihr aus den Händen.

»Ja?«, fragte sie heiser und versteckte den Bikini rasch wieder unter ihrem Kopfkissen.

»Ich bin es, Miss Voight. Albert.«

»Albert … was … was gibt es denn?« Sie versuchte, ihre Gedanken zu ordnen, hob das Buch, in dem noch immer Laures Foto steckte, auf und legte es auf den Nachtschrank zurück.

»Ich soll Ihnen ausrichten, dass die Herrschaften unten auf Sie warten.«

Sie blickte zur Uhr. Tatsächlich. Die halbe Stunde war schon rum.

»Danke. Ich … bin gleich bei ihnen.«

»Sehr wohl.«

Seine Schritte entfernten sich. Melissas Körper fühlte sich steif und starr an, als wäre er zu einer Salzsäule mutiert. Das war doch wirklich albern. Es brachte nichts, sich jetzt unnötig aufzuregen. Wahrscheinlich gab es für alles eine ganz einfache Erklärung. Besser war es, sich auf den bevorstehenden

Abend zu konzentrieren, und auf diesen freute sie sich. Sehr sogar.

Sie zupfte das traumhafte Kleid noch einmal zurecht, straffte die Schultern und verließ ihr Zimmer, um Espen und Serena Gesellschaft zu leisten.

Die Wendeltreppe war ihr nie länger erschienen und ihre Beine nie schwerer. Es fühlte sich an, als hätte ihr jemand mehrere Kilo Blei um die Waden geschnallt. Doch als sie den Speiseraum endlich erreichte, das helle Kerzenlicht sah und ihr der Geruch von Meer und Fisch in die Nase stieg, waren Laure und die Geschichte ihres abstrusen Verschwindens schnell vergessen.

Espen und Serena saßen bereits an der Tafel. Als sie Melissa erblickten, erhoben sie sich. Sie sahen edel aus, wie Menschen, die Luxus gewöhnt waren. Und dies war ja auch der Fall. Nur sie war das Aschenputtel.

Espen kam in seinem schimmernden Armani-Anzug auf sie zu und griff nach ihrer Hand. »Du siehst zauberhaft aus.« Ein Lächeln umspielte seine Lippen. »Findest du nicht, Serena?«

»O ja, wirklich hinreißend.«

Serena wirkte wie immer wie ein Model. Schlank. Groß. Die kurzen Haare hatte sie nach hinten gegelt. Bei jeder anderen Frau hätte es merkwürdig, vielleicht sogar maskulin ausgesehen, doch es passte perfekt zu Serenas herb-sinnlichem Typ.

»Setz dich bitte.«

Espen schob ihren Stuhl zurück, und Melissa ließ sich darauf sinken. Albert brachte eine Karaffe Wein an den Tisch und goss allen ein.

»Auf einen aufregenden Abend«, sagte Serena, hob ihr Glas und zwinkerte Melissa zu, die den beiden zuprostete. Aber das wunderbare Essen war nicht die einzige Überraschung. Albert führte einen jungen Mann zum Tisch, der Violine für sie spielte. Sanfte Klänge, die den Abend noch perfekter machten.

»Ich habe noch ein Geschenk für dich«, eröffnete ihr Espen und schob ihr einen eingepackten Karton zu. Er war kleiner als der, in dem sich ihr Kleid befunden hatte.

»Was ist denn darin?«, fragte sie aufgeregt.

»Mach es auf, dann wirst du es sehen.«

Sie riss das Papier ab, öffnete die Schlaufe und hob den Deckel ab. Eine Maske blitzte ihr entgegen. Sie war wunderschön. Mit Federn und Glitzersteinen dekoriert. Sie erinnerte sie an die Masken aus dem Video, das Andrew ihr gezeigt hatte.

Sie blickte zu Espen, der wissend lächelte. Und sie verstand.

»Wofür ist die denn?« Verunsicherung schwang in ihrer Stimme mit. Er hatte doch nicht vor, jetzt auch noch einen Amateurfilm mit ihr zu drehen?

Durch das offene Fenster hörte sie das Geräusch eines nahenden Motorbootes. Erwarteten Espen und Serena etwa Besuch?

»Auch das ist eine Überraschung«, verkündete er verheißungsvoll, aber dann widmete er sich wieder dem köstlichen Mahl, und Serena tat es ihm gleich, schlürfte eine Auster nach der anderen.

Melissa aber bekam nun keinen Bissen mehr herunter. Nicht einmal von dem Brot mit Butter, das als Beilage auf ihrem Teller lag.

Das Boot legte an, sie hörte Stimmen. Viele Stimmen. Von Männern und Frauen. Sie lachten, waren ausgelassen.

»Sie sind angekommen«, sagte Albert, der nur kurz den Kopf zur Tür hereinstreckte.

»Wunderbar. Führen Sie sie in den Festsaal. Wir werden uns alsbald zu ihnen gesellen.«

Zu wem gesellen?

»Wovon redet er?«, fragte sie Serena.

»Von der Party natürlich.« Serena lachte.

Welche Party denn? Ihr schien es, als ließe man sie bewusst im Unklaren. Von einer Feier war nie die Rede gewesen, nur von einem Abend, den sie nie vergessen würde. Aber wahrscheinlich war dies bereits eine Andeutung gewesen.

Espen tupfte sich den Mund mit einer Serviette ab und schenkte sich noch etwas Wein nach, dabei warf er Melissa immer wieder verstohlene Blicke zu, die ihre Wirkung nicht verfehlten. Ja, er vermochte es noch immer, selbst jetzt, in dieser angespannten Situation, das Prickeln in ihrem Innern mit seinen Augen zu wecken. Er zog sogar den Kragen seines Hemdes leicht herunter, um das Halsband darunter zu zeigen, das sie ihm angelegt hatte und das er noch immer trug. Ihr Höschen wurde feucht. Und sie hoffte, dass nicht jeder am Tisch gleich roch, dass sie geil war.

Espen und Serena plauderten, ohne viel zu sagen, Melissa fiel es schwer, sich auf das Gespräch der beiden oder gar die wunderbaren Melodien des Violinenspielers zu konzentrieren. Sie war hin- und hergerissen. Einerseits erregt, andererseits nervös, weil sie nicht wusste, was sie dort draußen erwartete.

»Es ist Zeit«, sagte Espen endlich und schob seinen Stuhl zurück. Von dem Sitz neben sich hob er eine Maske auf und legte sie auf den Tisch. Auch diese Maske war herrlich verziert. Sie sah aus, als stammte sie aus Venedig. Serena machte es ihm nach. Ihre Maske war die prunkvollste von allen.

Sollten heute Abend alle Masken tragen? Die Vorstellung war durchaus aufregend, sogar ein wenig romantisch. Die Idee gefiel ihr zusehends mehr. Ein Maskenball.

Geschickt legten sich die beiden ihre Masken an. Natürlich waren sie das Paar aus dem Video, das sie so angemacht hatte. Sie schluckte. Peinlich berührt und noch stärker erregt. Espen trat hinter sie, nahm ihre Maske, und sie half ihm dabei, sie sich anzulegen. Ein Knoten an ihrem Hinterkopf, und der obere Teil ihres Gesichts war versteckt.

»Folge mir bitte«, sagte Espen und reichte ihr seinen Arm. Ihre Hand zitterte, als sie diese auf seine legte.

»Keine Angst«, flüsterte er ihr ins Ohr. »Ich lasse dich keine Sekunde aus den Augen.« Ob sie das weniger nervös machte? Keineswegs.

Serena lief auf der anderen Seite neben Espen her, so dass er von beiden Frauen eingerahmt wurde. Gemeinsam durchschritten sie die geöffnete Flügeltür, die in den Spiegelsaal führte. Und obwohl Melissa diesen Raum bereits kannte, kam er ihr nun, da er voller Menschen war, eigenartig fremd vor. Kleiner. Enger.

Die Männer und Frauen in ihrer vornehmen Abendgarderobe blickten zu ihnen. Sie alle trugen Masken, die denen von Melissa, Serena und Espen glichen. Offensichtlich wollte niemand erkannt werden, aber sie hatte das Gefühl, es handele sich um Menschen, die wie Espen aus der High Society stammten.

Sie alle neigten dem Gastgeber ihre Häupter zu, aus Lautsprecherboxen tönten hypnotisch-melodische Klänge. Melissa hatte eine Art Ansprache erwartet, ausgeführt von jemanden, der sich als Oberhaupt dieser Veranstaltung sah, doch nach der kurzen Begrüßung kümmerten sich alle wieder um ihre eigenen Angelegenheiten. Es wurde Wein getrunken, geflüstert und getuschelt. Und je tiefer sie in den Raum vordrangen, desto freizügiger wurden die Gäste. Melissa erblickte ein paar Frauen, die ihre Kleider bereits ausgezogen hatten und nur in Unterwäsche auf der Couch saßen. Sie schienen ganz entspannt. Eine von ihnen trug ein Halsband, das dem von Espen ähnlich war. Ein Mann, Melissa wusste nicht, ob sie sich kannten, hakte plötzlich eine Art Leine in die Schlaufe des Halsbands der nackten Frau und zog sie daran hoch. Sie folgte ihm bereitwillig. Wohin sie gingen, wusste Melissa nicht. Aber der Anblick hatte sie ziemlich angetörnt.

»Was ist das hier?«, fragte sie leise an Espen gewandt, der immer noch neben ihr stand, sie festhielt.

»Eine Party«, antwortete er, und sie sah das Schmunzeln unter seiner Halbmaske.

»Jeder mit jedem, oder wie?« Sie wusste nicht, ob sie das konnte. Ihre Hand krallte sich fester in seine. Espen wandte sich ihr zu und streichelte ihr Kinn. »Du gehörst nur mir«, versprach er.

In dem Moment bildete sich eine Traube in der Mitte des Raums, wo sich ein Paar die Kleider vom Leib gerissen hatte und eng umschlungen zu den eindringlichen Klängen der

Musik tanzte. Dann warf der Mann die Frau zu Boden, kniete sich hinter sie und zog an ihren langen Haaren wie an einem Seil, das er um ihren Kopf geschlungen hatte. Sie stöhnte. Schmerzerfüllt. Aber auch aufgegeilt. Beide waren maskiert. Natürlich.

Die Menge um die Akteure wurde dichter, und Melissa konnte nur noch durch die Lücken zwischen den eng aneinandergedrängten Körpern erkennen, was vor ihr geschah. Sie sah die Stoßbewegungen seines Beckens, das immer schneller vorschoss. Sah die glänzende, von Schweiß beperlte Haut, hörte den Atem des Mannes.

Die Männer und Frauen um das Paar herum sagten jedoch nichts, taten nichts, sie schauten einfach nur zu, bis etwas anderes ihre Aufmerksamkeit erregte.

Ein zweites Paar, das seine Kleidung abgelegt hatte. Die Frau war auffällig athletisch, hatte kurze Haare und ein Tattoo an ihrem Nacken, das Melissa sofort wiedererkannte. Serena!

Ihr war gar nicht aufgefallen, dass sie von Espens Seite gewichen war. Der Mann, den sie nun nackt umkreiste, war um einen ganzen Kopf kleiner als sie. Er wirkte unterwürfig, blickte auf den Boden.

Espen drängte sie sanft, aber bestimmt in Serenas Richtung, damit sie besser sehen konnte. Jemand steckte Serena eine Münze zu, die diese dann in die Luft warf und mit der flachen Hand auffing. Den Zuschauern präsentierte sie das Symbol, das oben lag. Die helle Seite von Yin und Yang.

Melissa wusste nicht, was das bedeutete, aber Serena ging plötzlich vor dem jungen Mann auf die Knie, als hätten sie just in diesem Moment die Rollen getauscht. Ihr Partner hob den Blick und schlich nun seinerseits um sie herum, blieb vor ihr stehen und packte ihren Nacken, drückte ihren Kopf nach vorn, bis ihre Lippen seinen erigierten Schwanz schluckten. Ein erregtes Raunen ging durch die Menge, während Serena ihre Hände auf dem Rücken zusammenhielt, sich dadurch fesselte und ihn mit ihrem Mund verwöhnte.

»Ich … ich verstehe nicht, was ist da eben passiert?«, fragte sie an Espen gewandt. Überall um sie herum verloren die Paare ihre Hemmungen. Immer mehr nackte Körper schmiegten sich aneinander.

»Das sind die Spielregeln. Liegt die helle Seite oben, bist du der Button. Liegt die dunkle Seite oben, bist du Top.«

»Was?« Sie begriff noch immer nicht.

»Ich werde es dir erklären. Komm mit mir.«

Er zog sie durch die Menge hinter sich her. Und auf ihrem Weg nach draußen sah Melissa die erregendsten Bilder, Konstellationen, wie sie sie sich nicht im Traum hätte ausmalen können. Zwei Männer, die eine Frau befriedigten und dabei von einer weiteren mit einer Gerte bearbeitet wurden. Striemen auf nackten Hintern. Bebende Schwänze. Ein Knäuel aus sechs Personen, die sich gegenseitig streichelten, sich verwöhnten. Unzählige Hände, die über Brüste und Hintern strichen. Es war nicht mehr zu erkennen, wem welche Hand gehörte, wer wen streichelte. Aber sie alle stöhnten. Und die Laute der Lust waren selbst draußen im Flur noch zu hören.

Espen zog sie weiter, immer weiter, die Treppe hinunter in den Keller.

Melissas Höschen triefte. Die erotischen Szenen waren nicht ohne Folgen geblieben. Sie war erregt, erinnerte sich, dass sich im Keller der Villa ein Spielparadies befand, das er ihr bisher vorenthalten hatte.

Die Luft wurde kühler, ein wenig muffig, und ihre Schritte hallten von den Wänden wider. Espen stieß die Tür auf, schaltete das Licht ein, aber das »Spielparadies« sah nicht wirklich einladend aus, erinnerte viel mehr an einen Kerker aus früheren Zeiten. Ketten hingen an den Wänden. Kein Teppich. Nur kalter Steinboden.

»Nimm deine Maske ab, wir werden hier keine Verkleidung brauchen.« Er nahm seine herunter, und Melissa tat es ihm gleich.

Dann verschwand seine Hand in seiner Hosentasche, aus der er eine Münze holte. Ein ähnliches Exemplar wie das von Serena. »Es ist ein Spiel«, wiederholte er seine Worte.

»Du lässt die Münze entscheiden, ob du aktiv oder passiv bist?«

Er nickte. Ganz selbstverständlich. Es erstaunte sie. Sie hatte geglaubt, er sei devot, vielleicht sogar ein Masochist, immerhin hatte er ihre Schläge mit dem Gürtel genossen. Offenbar konnte er aber auch umschalten. War das der vielgerühmte Kick für ihn?

»Ich bin ein Switcher. Wie Serena auch. Wie jeder, den du heute Abend gesehen hast.« Er legte die Münze in ihre Hand. Seine Augen glühten vor Verlangen. Vor Lust. Nach ihr. Melissa schluckte, drehte die Münze in ihrer Hand. Sie hatte zwei Farben. Weiß und Schwarz. Es musste eine Sonderanfertigung sein, denn die ineinanderfließenden Hälften waren auf der einen Seite der Münze hell und auf der anderen dunkel, was dem eigentlichen Symbol des Yin und Yang widersprach.

»Hat jeder der Gäste solch eine Münze?«

»Jeder, der auf meine Party kommt«, bestätigte er.

Melissa atmete tief durch. Es war merkwürdig, ihre Rolle in diesem Spiel von einer Münze abhängig zu machen. Sie wusste aber auch, dass Espen nicht nur exzentrisch war, sondern dass er auch ein Gespür dafür hatte, was sie erregte. Sie vertraute ihm und schloss die Hand um die Münze, bereit dazu, ihr Schicksal herauszufordern, warf sie diese hoch und fing sie mit ihrer Handfläche wieder auf. Doch sie wagte nicht hinzusehen, welche Farbe oben lag. Sie hörte nur, wie Espen die Luft durch die Zähne einsog. Und dann vernahm sie Schritte. Jemand kam herunter in den Keller.

Mit einem Knarren ging die Tür auf. Melissa wandte den Kopf und erkannte Serena, die in einer Hand ihre Maske hielt. Achtlos ließ sie das edle Stück zu Boden gleiten. »Hier steckt ihr also«, säuselte sie und warf einen Blick über Melissas Schulter auf deren Hand.

»Hinreißend«, flüsterte sie ihr ins Ohr, nachdem sie das Ergebnis gesehen hatte, und Melissa schaute nun selbst auf das Symbol, weil sie die Ungewissheit nicht länger aushielt. Weil sie wissen wollte, welche Rolle sie heute Nacht spielte.

Die helle Seite lag oben.

Ihr Herz begann, schneller zu schlagen. Viel zu schnell. Ungläubig starrte sie die Münze an, und plötzlich legte sich ein dunkles Band vor ihre Augen, raubte ihr die Sicht. Dann spürte sie Hände an ihrem Körper. Hände, die nach ihrem Kleid griffen, es ihr herunterzogen und sie streichelten, liebkosten. Sie gehörten Espen. Doch auch Serenas Hände gesellten sich hinzu.

Melissa spürte Serenas heißen Atem an ihrem Nacken und Espens auf ihrer Stirn. Das Paar hatte sie eingekeilt. Ein Paar. Ja, das waren sie doch, oder nicht? Der Gedanke schmerzte.

Serenas Fingerspitzen glitten beidseitig an ihren Seiten herab und legten sich besitzergreifend auf ihre Schenkel, während sich ihre Lippen seitlich an ihrem Hals festsaugten, wie sie es schon einmal getan hatten.

Melissa öffnete automatisch den Mund, um nach Luft zu schnappen, da drang Espens Zunge in sie. Stürmisch, leidenschaftlich. Fast verschluckte sie sich, weil er so ungestüm war, aber dann massierte er ihre Zunge mit der seinen, und der Kuss schmeckte wundervoll. In dem Moment drückten sie Serenas Hände nach unten.

Melissa sank auf die Knie. Noch immer konnte sie nichts sehen, niemand schien daran zu denken, sie von ihrer Augenbinde zu befreien, und sie würde den Teufel tun, es selbst zu tun. Im Gegenteil. Die beunruhigende Dunkelheit um sie herum törnte sie an. Es war eine Überraschung. Auch für sie selbst.

Serena fuhr mit ihren Fingern durch Melissas Haare, zog an ihnen und bog ihren Hals leicht nach hinten, während Espen seine Eichel für einen kurzen Moment auf ihre Lippen legte, so dass sie seinen Geschmack wahrnahm. Melissa hauchte einen gierigen Kuss auf seine Spitze, zu gern hätte sie ihn in den Mund genommen, um ihm nah zu sein, ihn zu verwöhnen, zu spüren, aber schon hatte er sich wieder von ihr entfernt.

Stattdessen beförderte Serena sie langsam zur Seite, bis sie am Boden lag. Von dort aus brachte Serena sie ohne große Probleme in eine bequeme Rückenlage. Melissa spürte den kalten Steinboden in ihrem nackten Rücken, und sie hörte, wie die beiden um sie herumschlichen, gleich zwei Wölfen, die ein Lämmchen zu reißen gedachten. Schließlich blieben sie aber stehen, einer nahe bei ihrem Kopf, der andere zwischen ihren Beinen.

Melissa hatte keine Ahnung, wer sich für welches ihrer Enden entschieden hatte. Aber das machte auch nichts, es war ihr egal, auf welche Art sie sich mit ihrer Hilfe zu befriedigen gedachten. Die Situation an sich war bereits so erregend, dass ihr alles recht war. Dass sie bereit war, jedes Spiel mitzuspielen, und sei es noch so grenzwertig.

Tatsächlich lösten sich ihre Grenzen immer mehr auf. Aber selbst das war ihr in diesem Moment egal. Im Gegenteil. Sie wollte es so.

Mit einem Mal spürte sie zwei starke Hände an ihren Beinen, und sie erzitterte innerlich. Das war Espen. Diese Hände hätte sie überall wiedererkannt. Fast zeitgleich drang ihr ein sinnlicher, blumiger Duft in die Nase. Serena stand über ihr. Sehr dicht.

Melissa genoss ihre eigene Hilflosigkeit, genoss es, den Gelüsten der beiden ausgeliefert zu sein. Und als Espens Hand sich besitzergreifend auf ihre pulsierende Scham legte, kam es ihr fast.

Aber dann verspürte sie einen leichten Druck auf ihrem Gesicht. Serena hockte über ihr, ihre Scham lag auf Melissas Mund, rieb sich an ihren Lippen und animierte Melissa dazu, Serena zu lecken.

Sie schmeckte toll, und es erinnerte sie an den fantastischen Geschmack dieser Frau, den sie bereits unter der Dusche erfahren hatte. Sie ließ ihn sich auf der Zunge zergehen und explodierte fast am anderen Ende ihres Körpers, wo Espen sie auf grausam zärtliche Weise streichelte. Sie hörte ihr eigenes Schmatzen zwischen ihren Beinen, und es erregte sie nur noch mehr. Sie wünschte, er würde sie nehmen, damit sie ihn spüren konnte, in seiner ganzen Größe. Aber Espen ließ sich Zeit. Er schien ihre Scham Millimeter für Millimeter zu erforschen, ohne sich dabei ihrer Spalte wesentlich zu nähern.

Serena bewegte sich über ihr, rieb ihre aufgehende Blüte an ihren Lippen, und Melissa nahm ihren Nektar begierig auf, spürte ihn auf ihren Wangen, an ihrem Kinn und auf ihrer Zunge.

Es war ein eigenartiger Augenblick. Melissa fühlte sich diesen beiden Menschen plötzlich näher als irgendwem zuvor. Ja, das galt sogar für Serena, vor allem aber für Espen. Er war der Motor. Warum sie das alles überhaupt machte, warum es sie erregte, anstatt zur Flucht anzutreiben. Er hatte ihr ein neues Ich gegeben, hatte ihre Lust am Ungewöhnlichen geweckt, ihre Gier nach dem nächsten Kick. Ja, der Kick. Endlich begriff sie wirklich, was er damit gemeint hatte.

Und der nächste Kick kam auch prompt, denn Serenas Scham senkte sich tiefer, bis sie Melissas Gesicht gänzlich verdeckte. Facesitting. Noch immer rieb sie in ihrem steten Rhythmus über sie, nur jetzt spürte sie auch einen größeren Teil von Serenas Gewicht, und ihr Duft raubte ihr den Atem, vernebelte ihr die Sinne.

Als hätten sie sich abgesprochen, drang nun auch Espen in

sie. Beide bedienten sie sich an ihrem Körper. Beide verschafften sich Lust, während sie selbst gebraucht wurde, benutzt, was wiederum ihr Lust verschaffte. Zwei Körper, die sie unten hielten, aus deren Griff sie sich nicht befreien konnte, selbst wenn sie es gewollt hätte.

Sie spürte das Vibrieren in ihrem Unterbauch, das sich rasch bis zu den Innenseiten ihrer Oberschenkel ausbreitete. Sie spürte seine kräftigen Hände, die sich auf ihre Brüste legten, sich an ihnen festhielten und sie zugleich massierten.

Espens Stöße wurden schneller und heftiger, sie schüttelten ihren Unterleib durch, der wild zuckte, während ihr Oberkörper durch Serenas Gewicht an den Boden gedrückt wurde.

Espen hob ihr Becken an, legte sich ihre Beine auf die Schultern und vögelte sie, aber zugleich streichelte er zärtlich ihren Venushügel, als wollte er ihr zu verstehen geben, dass dies mehr als nur geiler Sex für ihn war.

Serenas Schamlippen bebten, zogen sich zusammen, und dann regte sie sich nicht mehr, für eine ganze Weile. Ihr Geruch wurde noch intensiver, ihre Lust floss über Melissas Gesicht. Espen stieß zu. Und noch einmal. Er brachte ihr Inneres zum Beben. Sie fühlte, wie seine Lust immer weiter anschwoll und ihre eigene mitriss. Ein gewaltiges Beben, das nicht nur in ihm, sondern auch in ihr losbrach. Es kam ihr. Und ihm. Sie spürte das Zucken in seinem Schwanz und in ihrer Scheide. Es fühlte sich an, als wären ihre Körper in diesem Moment zu einem verschmolzen. Sie spürte, was er spürte. Jede noch so kleine Erschütterung. Jedes Zittern. Es war intim. Viel intimer als alles um sie herum.

Serena hob ihr Becken leicht an und erlaubte der Sklavin einen Atemzug, ehe sie sich wieder auf ihrem Gesicht niederließ. Nicht mit ihrem vollen Gewicht, doch immer noch nutzte sie ihren Unterleib wie eine Fessel, die Melissa am Boden hielt. Auch Espen gedachte nicht, sie wieder freizugeben. Beide saßen auf ihr, schränkten sie in ihrer Bewegungsfähigkeit ein. Melissa aber wurde es langsam zu heiß, sie wollte aufstehen, wand sich unter ihnen, um ihnen Zeichen zu geben. Aber sie sahen sie nicht oder wollten sie nicht sehen.

Sie spürte, wie sich beide leicht auf ihr bewegten, wie sie einander zustrebten. Und dann geschah es. Sie küssten sich. Auf ihr. Sie konnte es nicht sehen, doch sie hörte und spürte es.

Ein dicker Kloß bildete sich in ihrem Hals. Vielleicht sollte dies ein Teil der sexuellen Bestrafung sein, doch sie fand es nicht erregend.

Es tat ihr weh. Zerriss ihr das Herz, denn sie fühlte sich unter den beiden plötzlich wie Luft. Als hätten sie sie vergessen. Sie hörte das Schmatzen ihrer Lippen, die gierig ineinanderglitten, und dabei dachte sie an Espens Worte. Er hatte gefragt, ob sie bei ihm blieb.

Wie hatte er ihr das sagen können, wenn er nun Serena küsste. Bedeutete ihm die Blonde immer noch so viel? Er hatte ihr, Melissa, den Eindruck vermittelt, dies wäre nicht der Fall. Deswegen hatte sie sich zu ihren Gefühlen zu ihm bekannt. Doch offenbar hatte sie sich in ihm getäuscht. Ihre Bemühungen, sich unter ihnen zu befreien, wurden stärker. Sie ertrug das nicht, wollte raus aus diesem Irrenhaus. Aber niemand reagierte, bis sie ihre Nägel in Serenas Hintern grub.

»Au!«, zischte die und hob zumindest ihr Becken an.

Melissa schnappte gierig nach Luft, riss sich dabei die Augenbinde ab. »Runter«, fuhr sie die Blonde an. Doch erst als diese widerwillig abstieg, merkte Melissa, dass ihre Wangen nicht nur von Serenas Nektar feucht waren, sondern auch von ihren Tränen.

Espens und ihr Blick trafen sich. Er musste wohl erkennen, dass dies für sie kein Spiel mehr war. Er erhob sich, gab ihr ein Zeichen, sich zu beruhigen, aber Melissa hatte dazu keine Lust. Sie war außer sich. Unendlich tief verletzt über diesen Kuss.

»Wie konntest du nur«, brachte sie endlich hervor. Aber Espen sagte nichts, er packte Serena grob am Arm und führte sie aus dem Keller.

Was sollte das? Melissa eilte ihnen nach, wollte die Tür aufreißen, aber sie war verschlossen! Dieser elende Mistkerl hatte sie eingesperrt. Wozu? Damit er sich jetzt allein mit Serena vergnügen konnte? Damit Melissa weiter litt?

Ihr Herz brannte. Dieser Kuss hatte ihr vor Augen geführt, dass alles, selbst die Liebe, für Espen nur ein Spiel war. Er war lieblos aufgewachsen, jetzt war er selbst ein liebloser Mensch geworden. Dabei war sie bereit gewesen, alles für ihn zu tun. Jedes noch so bizarre Spiel mitzuspielen.

Sie klopfte, trommelte gegen die Tür, aber niemand reagierte. Espen und Serena waren fort. Hatten sie einfach hiergelassen. Wie einen alten Gegenstand, den man jetzt nicht mehr brauchte.

O Gott! Vielleicht war das Laures Schicksal gewesen? Vielleicht war es mit ihr auch so zu Ende gegangen? Melissa fing an zu zittern, redete sich gut zu, aber die Panik hatte längst von ihr Besitz ergriffen. Sie suchte in dem Keller nach irgendetwas, das sie benutzen konnte, um die Tür irgendwie aufzubrechen. Aber die war blockiert. Melissa konnte keinen klaren Gedanken mehr fassen. Und wieder rannen ihr Tränen über die Wangen. Was machten die beiden jetzt? Vögelten sie miteinander? Lachten sie über sie?

Melissa war so in Rage, dass sie nicht merkte, wie sich die Tür leise hinter ihr wieder aufschob. Erst als sie die große Gestalt im Augenwinkel wahrnahm, fuhr sie herum. Es war Espen. Und er war allein.

»Melissa«, flüsterte er und kam auf sie zu, streckte eine Hand nach ihr aus, doch noch ehe er sie an der Schulter berührte, hielt er inne. »Warum weinst du denn?«

Konnte er sich das nicht mal denken? Verstand er überhaupt irgendetwas?

»Ich will gehen«, sagte sie heiser.

»Auf dein Zimmer?«

»Nein. Ich verlasse die Insel.« Sie hätte gleich mit Andrew gehen sollen. Er hatte ja recht gehabt. Von Anfang an. Sie war dumm und naiv gewesen. Sie wollte an Espen vorbei zur offen stehenden Tür, aber er packte ihre Handgelenke und hielt sie fest. »Das erlaube ich nicht, Melissa.«

»Du kannst es mir nicht verbieten«, entgegnete sie trotzig und reckte ihm ihr Kinn entgegen. Sie wäre ja gern geblieben, aber diese verworrene Dreierbeziehung, die sie nicht verstand, war nichts für sie. Sie wollte ihn für sich allein. Aber er hatte ihr eindrücklich zu verstehen gegeben, dass dies nicht möglich war. Er empfand immer noch viel für Serena.

»Warte noch! Hör mich erst an. Ich habe sie nicht ohne Grund weggeschickt.«

Espen hatte eine Entscheidung getroffen. Er war nie ein Mann schneller Entscheidungen gewesen. Zumindest dann nicht, wenn es eine wichtige Entscheidung war. Das galt vor allem für Geschäftliches, aber auch im Privaten durchdachte er eine Sache lieber einige Male, bevor er einen Entschluss fasste. Manche Dinge jedoch wurden eben von einem Moment auf den anderen klar, als hätte man zuvor im Dunkeln getappt und jemand hätte plötzlich das Licht eingeschaltet.

Er wollte das alles nicht mehr. Nicht so. Nicht mit Serena.

Die Zeit mit ihr war toll gewesen, aufregend und abwechslungsreich. Aber jetzt wollte er in die Normalität zurück, eine Beziehung zu nur einer Frau haben. Und diese Frau sollte Melissa sein.

Ja. Er hatte sich in sie verliebt. Er lachte leise, schüttelte den Kopf über diese Absurdität, denn er hatte nie geglaubt, je so tiefgreifende Gefühle empfinden zu können. Aber wenn er sie im Arm hielt, sie spürte, ihre Brust an der seinen, oder in ihre Augen blickte, dann war er glücklich. Viel glücklicher, als er es je in seinem hektischen Leben gewesen war. Und wenn er sie weinen sah, dann zerriss es auch ihm das Herz.

»Ich kann nicht hierbleiben«, sagte Melissa traurig. »Ich bin nicht geschaffen für solch eine Beziehung. Wir sind eine zu viel.«

»Ich weiß. Genau das habe ich Serena gerade gesagt. Sie hat es verstanden. Ich habe sie weggeschickt, nicht dich.«

»Du hast … mit ihr Schluss gemacht?«

Er nickte langsam. »Wir haben schon öfter darüber gesprochen. Es kam für sie nicht so plötzlich, wie es für dich gerade aussieht. Unsere Beziehung war nur noch eine rein sexuelle. Und selbst da fehlte das Feuer. Wir spürten es beide.«

Melissa schüttelte ungläubig den Kopf. »Aber warum … hast du sie dann eben geküsst?«

»Das habe ich gar nicht.«

»Was?«

»Sie versuchte, mich zu küssen. Aber ich spürte nichts dabei. Nichts. Also brachte ich sie auf Abstand, denn ich wollte es nicht. Nicht wirklich. Nicht von ihr.«

»Aber …«

»Ich will deinen Kuss.«

Melissa senkte den Blick. Vielleicht glaubte sie ihm nicht, doch es war die Wahrheit. Er liebte Serena nicht mehr. Vielleicht hatte er es nie getan. Er liebte Melissa.

»Ich habe dich schon einmal gefragt, aber ich möchte es noch mal tun. Würdest du … bei mir bleiben?«, flüsterte er ihr ins Ohr, und zum ersten Mal seit langer Zeit hatte er tatsächlich Herzklopfen. Wenn sie nein sagte, das würde er nicht aushalten.

Sie sah wieder zu ihm hoch. Ihre Augen leuchteten so wunderschön, und er wollte Melissa sogleich wieder an sich ziehen. Der Abstand zwischen ihnen war viel zu groß.

»Weißt du, was du da sagst? Du kennst doch dieses ›normale‹ Leben gar nicht. Wird es dir genügen, nur eine Frau an deiner Seite zu haben?«

Er lachte. »Ja, Melissa. Ja! Nur dich will ich. Alle anderen Frauen sind mir egal. Ich weiß, das passt gar nicht zu mir. Aber es ist das, was ich fühle, was ich mir wünsche. Mehr als alles andere.« Er hoffte so, dass sie ihm glaubte. »Meine Frauengeschichten sind ein für alle Mal vorbei. Ich verspreche es.« Er hob die Hand, als wollte er auf etwas schwören.

»Das will ich dir auch raten, sonst wird es sehr unangenehm für dich.« Sie lächelte verstohlen, hakte ihren Finger plötzlich in die Schlaufe seines Halsbandes ein, zog sein Gesicht nahe an das ihre und hauchte ihm einen zarten Kuss auf die Lippen.

»Ich weiß, was ich will«, flüsterte er erregt. Und ihr weh zu tun wäre das Letzte, was er wollte.

Dann streichelte er ihre Wangen, umfasste ihr Gesicht mit beiden Händen. »Ich will nur mit dir zusammen sein. Ein neues Leben. Für uns beide.«

Sie nickte, schloss die Augen und küsste die Innenfläche seiner Hand. Ihre Tränen waren getrocknet.

Sie hatte verloren, und das tat weh. Sehr weh sogar. Espen hatte sich von ihr getrennt. Immer schon hatte sie sich vor diesem Tag gefürchtet, obwohl ihr klar gewesen war, dass er eines Tages kommen würde.

Serena saß mit einem Glas Wein in der Hand im Sessel des Wohnbereichs, als die beiden an ihr vorbeigingen, ohne sie zu beachten. Es war dunkel, und sie regte sich nicht. Wahrscheinlich hatten sie sie nicht einmal gesehen.

Sie schloss die Augen, unterdrückte eine Träne. Aus dem Festsaal hörte sie das Murmeln und Stöhnen ihrer Gäste. Keiner von ihnen ahnte, was in dieser Nacht geschehen war. Dass sie alles verloren hatte. Und niemanden interessierte es.

»Haben Sie einen Wunsch, Miss Serena?«

Sie drehte sich erschrocken um. Wie aus dem Nichts war er hinter ihr aufgetaucht. Albert. Der wahrscheinlich älteste junge Mann, den sie je gesehen hatte. Er wirkte steif wie ein Herr in seinen Siebzigern, und genau so verhielt er sich auch. Immer korrekt. Immer zurückhaltend. Sie hatte mitbekommen, dass er aus einer Butlerfamilie stammte. Wahrscheinlich war er zum Diener geboren worden. Zumindest aber nahm er seinen Job äußerst ernst, was auch der Grund gewesen war, warum Espen ihn eingestellt hatte.

»Nein. Nein danke.«

Sie wollte jetzt lieber allein sein. Ihre Niederlage schmerzte. Aber das war gar nicht das Schlimmste. Es war viel mehr das Gefühl von Verlust, denn ihr wurde klar, dass sie nicht nur ein Spiel verloren hatte, sondern weit mehr als das. Ihr bisheriges Leben.

»Sie wirken angespannt«, sagte Albert.

Serena erschrak erneut, denn sie hatte geglaubt, der Diener hätte sich dezent zurückgezogen, wie er es sonst auch tat. Stattdessen setzte er sich plötzlich auf den Hocker, auf den sie ihre nackten Füße gelegt hatte.

Erst jetzt fiel ihr ein, dass sie gänzlich nackt war, aber an den Anblick nackter Körper in diesem Haus musste der gute Albert längst gewöhnt sein.

Vorsichtig nahm er ihre Füße hoch und legte sie sich auf den Schoß, wo er sie sanft massierte. Serena wollte Einspruch erheben, das war dreist … aber es fühlte sich auch verdammt gut an.

»Versuchen Sie, sich zu entspannen, Miss Serena«, sagte er sanft, und zum ersten Mal, seit sie ihn kannte, lächelte er. Es war ein schönes Lächeln, das vom Licht des Mondes, der durch das Fenster schien, beleuchtet wurde.

»Sie dürfen nicht traurig sein, Miss Serena. Das werde ich nie erlauben.«

Die letzten Meter hatte er sie getragen. Mit dem Fuß stieß er seine Zimmertür auf und legte sie dann sacht auf sein Bett. Und sich auf sie. Ihr Körper fühlte sich weich und warm an. Er spürte die Rundungen ihrer Brüste an seinem Oberkörper und ihren Atem an seiner Wange.

Er hätte nicht geglaubt, dass er zu solch zärtlichen Empfindungen fähig wäre, aber ihre Gegenwart belehrte ihn eines Besseren. Dies war der Grund, warum Melissa so kostbar für ihn war. Letztlich hatte nicht nur er ihr eine neue Seite an sich selbst gezeigt, sondern sie hatte genau das Gleiche für ihn getan.

Er war in einem reichen Vorort von New York aufgewachsen, der Sohn eines wohlhabenden Vaters. Ein Junge, der mit goldenem Löffel im Mund geboren worden war, dem es nie an etwas mangelte, außer an einem: Zuneigung.

Seine Eltern waren nie zu Hause gewesen, und wenn doch, hatten sie nur selten Zeit für ihn und seine Belange gehabt, Nannys hatten sich um ihn gekümmert. Seine innigsten Bezugspersonen waren seine Freunde gewesen, mit denen er oft über die Stränge geschlagen hatte. Ja, er war ein typischer Halbstarker gewesen, und aufgrund seines Elternhauses hatte er kaum Respekt für andere gehabt. Schließlich war alles mit Geld zu bezahlen gewesen. Eine Schlägerei in der Disko, ein Angriff auf einen Paparazzo. Was spielte das schon für eine Rolle?

Er hatte das Abenteuer gesucht, den nächsten Kick, mit Geld um sich geworfen, Freunde gekauft, Frauen gekauft. Eine Zeitlang hatte es ihn glücklich gemacht. Oberflächlich betrachtet zumindest.

Dabei hatte er verlernt, auf seine innere Stimme zu hören, seine eigenen Bedürfnisse zu erkennen. Er hatte genug von alldem, er wollte so nicht weitermachen. Zum ersten Mal kamen ihm Gedanken an Familie, vielleicht auch Kinder. Er schüttelte den Kopf.

Schalt mal einen Gang herunter, ermahnte er sich selbst. Aber wenn er sie so ansah, in ihre leuchtenden Augen blickte, dann wusste Espen, dass dies die Frau war, die er, ohne es zu wissen, immer gesucht hatte.

Er beugte sich zu ihr herunter, küsste ihren verführerischen Mund. »Ich will dir dienen«, flüsterte er erregt, wie er es schon oft getan und jedes Mal ernst gemeint hatte. Alles würde er für sie tun, um ihr die schönsten Gefühle zu bereiten.

Melissa hob überrascht eine Braue. »Hast du wieder die Münze geworfen?«, fragte sie.

Nein, das hatte er nicht. Das brauchte er auch gar nicht, um das zu wissen.

Seine Lippen glitten über ihre Haut, erkundeten ihren Körper. Warme, weiche Brüste, ein fester Bauch, eine schlanke Taille und ein süßer Schatz unterhalb ihres Venushügels.

Er versank zwischen ihren Beinen, rieb seinen Mund an ihren Schamlippen, genoss die herrliche Wärme ihrer zunehmenden Erregung und küsste sie an dieser Stelle, die nun pulsierte, als erwachte sie zum Leben.

Er war einsam gewesen. Trotz all der Menschen um ihn herum, denen es weniger um ihn als Person, denn um sein Geld und seine Großzügigkeit gegangen war. Nie war er sich sicher gewesen, wem er tatsächlich hatte vertrauen können, was dafür gesorgt hatte, dass er Menschen gegenüber grundsätzlich misstrauisch war. Später war es ihm einfach gleich gewesen. Wer es ernst meinte und wer nicht, hatte irgendwann keine Rolle mehr gespielt. Sein eigener Spaß hatte im Vordergrund gestanden. Alles andere war zur Nebensächlichkeit verkommen.

Ob unter den Frauen, die er abgeschleppt hatte, je eine dabei gewesen war, die echte Gefühle für ihn gehegt hatte?

Espen wusste es nicht. Und wenn dem so war, tat es ihm plötzlich leid, denn er spürte nun am eigenen Leib, dass Gefühle verletzlich machten. Ja, er hatte viele Menschen verletzt. Er bereute es.

Der Gedanke, Melissa könne sich von ihm abwenden oder mit jemand anderem gehen, zum Beispiel zu Andrew zurück, quälte ihn, und er leckte sie nur noch intensiver, damit sie verstand, wie wichtig sie für ihn war.

Melissa schob sich ihm entgegen, schmiegte ihre bebende Scham an seine liebkosenden Lippen. Und obwohl sie nur dalag, regte sich alles in ihr, jeder Muskel, jede Faser ihres Körpers. Er spürte das wilde Vibrieren, das aus ihrem Inneren kam, und es gelang ihm, es zu verstärken, es intensiver werden zu lassen.

Seine Zungenspitze schleckte über ihre Perle, und die kleinen elektrisierenden Blitze, die wild durch ihren Körper zuckten, übertrugen sich nun auch auf ihn. Überall spürte er das Prickeln, am stärksten jedoch in seinen Lenden.

Vielleicht stimmte es, was die Leute sagten. Gefühle machten Sex geiler. Er hatte das immer für die Binsenweisheit von Moralaposteln und sexuell Verklemmten gehalten, die zu feige waren, um zu ihren eigenen Gelüsten zu stehen. Doch tatsächlich war der Sex mit Melissa besser als jeder andere Sex, den er in seinem Leben gehabt hatte. Und das war nicht wenig gewesen.

Es war nicht nur ihr wunderschöner Körper oder ihr strahlendes Lächeln, die ihn antörnten, es waren vor allem ihre Reaktionen auf seine Aktionen. Sein Lecken ließ sie schwingen. Seine Küsse erhitzten ihren Leib.

Und diese Schwingungen übertrugen sich auf ihn. Aktion und Reaktion.

Ihre Schenkel schlossen sich um seinen Kopf, hielten ihn in der Position gefangen, und durch leichten Druck forderte sie, dass er noch etwas schneller leckte. Ihre Perle war nun so groß, dass er sie mit Daumen und Zeigefinger wie einen Nippel hätte greifen können, doch ihre Schenkel verhinderten, dass er seine Lippen und seine Zunge allzu weit von ihr entfernte.

Er schloss die Augen, sog ihren Duft ein und leckte weiter. Schneller. Wie sie es verlangte.

Erregt lauschte er ihrem Stöhnen, legte bei sich selbst Hand an und rieb im selben Rhythmus, in dem er sie liebkoste, an seinem vor Lust zuckenden Schaft.

Ihr Körper verriet ihm, wann er mehr Druck ausüben

musste. Fast war es so, als wären sie miteinander verbunden, als spürte er, was sie fühlte.

Seine Küsse waren wundervoll. Sie hätten genügt, um sie zum Höhepunkt zu bringen, doch seine Zunge verstärkte den Reiz, und Melissa gab sich ganz ihren Gelüsten hin. Sie schloss die Augen, blieb im Jetzt und spürte jedes Zucken, jedes Vibrieren in seiner ganzen Intensität.

Es war, als wäre sie im Meer und eine Welle nach der anderen würde über sie hereinbrechen. Immer größere Wellen überholten die vorderen, und schließlich wurden sie zu einem Tsunami.

Ihre Hände griffen in seinen Schopf, zogen ihn sacht zu sich hinauf. Sie krallte ihre Finger in seinen Rücken, schmiegte sich im Moment höchster Erregung, die in eine Explosion mündete, an seinen Körper, um ihn ganz nah zu fühlen, das Geschenk mit ihm zu teilen.

Dann sank sie in ihr Kissen zurück, atmete aus und blickte ihm in seine mystischen Augen. Ein Lächeln lag in ihnen, und sie spürte im selben Moment seine heiße Lust auf ihrem Bauch.

Espen küsste sie zärtlich, dann rutschte er zurück und leckte seinen Erguss auf. Auch das fühlte sich schön an, dieses sanfte Schlecken, die Geschmeidigkeit seiner Lippen, als wären sie von einem Mantel aus Samt umhüllt.

Ein Kuss landete auf ihrem Bauchnabel, dann legte er sich neben sie, streichelte ihre Wange.

Der Abend war anders verlaufen, als sie erwartet, doch besser, als sie es sich erhofft hatte. So sollte es immer sein. Nur sie beide. Keine Serena. Ein wenig tat ihr die große

Blonde aber leid. Melissa fühlte sich, als hätte sie deren Beziehung zerstört. Dabei hatte Espen doch gesagt, dass ihre Beziehung schon lange nicht mehr funktioniert hatte. Allerhöchstens war sie der Tropfen, der das Fass zum Überlaufen gebracht hatte. Doch wenn sie an Serena dachte, dachte sie automatisch auch an Laure. Und plötzlich fiel ihr wieder das Foto ein, das sie in dem Buch gefunden hatte. Ein Gefühl von Unbehagen erfasste sie, und die innige Vertrautheit, die sie bis eben noch empfunden hatte, schwand hinter einer dunklen Wand.

Sie musste es wissen. Jetzt. Was war mit Laure geschehen? Und vor allem, was hatte Espen mit ihrem Verschwinden zu tun?

Sie dachte an Andrews Worte, seine Warnungen. Hier ging etwas vor, was nicht normal war. Das hatte sie von Anfang an gespürt. Aber Espens wunderbare Küsse und zärtlichen Hände hatten sie immer wieder abgelenkt.

»Was macht dich so nachdenklich?«, fragte er, und seine Hand glitt zu ihrem Hals. Melissa verkrampfte sich.

»Du kannst mir alles sagen.«

Sie wollte ja. Aber ihre Kehle war wie zugeschnürt, und seine Hand in der Nähe ihres Halses machte das nicht eben besser.

Nachdenklich starrte sie zur Decke, schob seine Finger zur Seite. »Ich habe über … Laure nachgedacht.«

»Über Laure?« Das schien ihn zu überraschen. Dabei war dies doch das größte aller Mysterien in diesem Haus.

»Ich will es wissen«, sagte sie nachdrücklich. »Wissen, was damals passiert ist.«

»Was meinst du?«

»Niemand verschwindet einfach so. Es muss doch Anzeichen gegeben haben. Ein merkwürdiges Verhalten. Irgendetwas.«

Er nickte nachdenklich. »Solche Anzeichen gab es.«

Jetzt war sie ganz Ohr.

»Laure war einige Zeit vor ihrem Verschwinden, wie soll ich sagen, ruhelos. Viel unterwegs. In Nizza. Und ihre Lust, die war … zum Ende hin … weniger geworden. Manchmal hatte ich sogar das Gefühl, sie hätte Angst.«

»Angst?« Das klang aber gar nicht gut. »Wovor?«

»Vielleicht davor, etwas zu verpassen. Wir lebten für eine lange Zeit in diesem Paradies. Vielleicht zu lange. Wir waren … abhängig voneinander, irgendwie. Eine verrückte Zeit.«

Er schwieg ein paar Sekunden, dann fuhr er fort: »Besonders Laure schlug gern über die Stränge. Sie wollte uns vierundzwanzig Stunden am Tag dienen. Ihre Grenzen lösten sich auf, aber dann gab es plötzlich diesen Bruch. Sie veränderte sich. Und ich glaubte, es läge daran, dass Serena und ich ihr einfach nicht mehr geben konnten, was sie brauchte.«

Sein Blick ging in die Ferne. »Und dann sah ich sie am Neptune Strand. Arm in Arm. Mit einem anderen Mann.«

»Was?«

»Ich habe es Serena nie gesagt. Ich fürchtete, es würde sie zu sehr verletzen. Aber ich denke, dass dieser Mann der Grund war, warum sie uns verließ.«

Melissa war sprachlos.

»Du bist ganz anders. Auch wenn du ihr noch so ähnlich siehst. Laure war in allem extrem, was sie tat. Bisweilen sogar irrational. Impulsiv.«

Melissa hörte Espen aufmerksam zu. Das alles klang, glücklicherweise, nicht nach einem Kriminalfall. Eher nach einer rastlosen Frau, die sie sich selbst nicht kannte, die auf der Suche war, auch nach Liebe. Zu gern wollte sie diese Geschichte glauben, weil sie ihr so viel besser gefiel als jede Alternative. Nur dass Laure sich niemals wieder gemeldet hatte ... das war schon seltsam. Besonders wenn man die innige Beziehung zwischen Serena und ihr bedachte.

»Vielleicht taucht sie eines Tages wieder auf. Zuzutrauen wäre es ihr«, sagte Espen nachdenklich, dann hauchte er Melissa einen Kuss auf die Schläfe und wischte all ihre Zweifel fort.

»Ich werde noch mal nach unten müssen, mich um unsere Gäste kümmern.«

»Muss das denn sein?« Sie wäre lieber hier mit ihm geblieben.

Er lächelte zärtlich. »Du könntest mich begleiten.«

Sie schüttelte den Kopf, denn sie fühlte sich nicht wirklich wohl auf der Party.

Espen schien das zu verstehen. »Na schön, dann triff mich doch um Mitternacht am Pool.«

»Warum dort?«, fragte sie neugierig.

»Weil ich mir etwas Besonderes für dich einfallen lasse.«

Er saß allein an dem kleinen runden Tisch, um ihn herum waren Pärchen und Familien, die sich angeregt miteinander unterhielten. Ein Murmeln und Flüstern von allen Seiten. Andrew fühlte sich einsam, und das Gefühl des Verlusts verstärkte sich nur noch mehr. Vielleicht sollte er besser auf sein Zimmer zurückgehen und sich etwas nach oben bringen lassen. Die Atmosphäre hier war nicht nach seinem Geschmack.

Ins Fornage hatte er nicht zurückgekonnt. Zu viele Erinnerungen. Aber er hatte es auch nicht über sich gebracht, den nächsten Flug nach London zu nehmen. Etwas hatte ihn in Nizza gehalten. Und so hatte er sich in ein Drei-Sterne-Hotel nahe des Neptune Strands eingemietet, in dessen Speisesaal er gerade saß, um sein Abendessen einzunehmen. Aber der Appetit blieb aus.

»Entschuldigung?«

Er blickte auf, doch es war nicht die Kellnerin, die seine Getränkebestellung aufnehmen wollte, sondern eine unbekannte Frau mit einem auffällig warmen Lächeln. Schlank. Hübsches Gesicht. Erdbeerhaar. Gott, ihn erinnerte wirklich alles an Melissa. Nur der Kurzhaarschnitt hatte nichts mit seiner Freundin gemein. Seiner Exfreundin, korrigierte er sich.

»Ja, bitte?«

»Hätten Sie etwas dagegen, wenn ich mich zu Ihnen setze?«

Zu ihm? Er war doch im Moment mit Sicherheit der am wenigsten anziehende Mann in diesem Raum, denn seine Niedergeschlagenheit strahlte nach außen. Melissa hatte immer sofort gewusst, wenn etwas nicht mit ihm stimmte. Er neigte dazu, ruppig zu werden, und sein Gesicht verzog sich zu einer unfreundlichen Grimasse. Menschen hielten dann Abstand zu ihm. Die Fremde aber lächelte ihn an.

»Meinetwegen.« Oh, er hatte auch schon mal freundlicher geklungen. Wollte er die Unbekannte denn verjagen? Eigentlich war er doch froh, nicht mehr allein essen zu müssen.

»Setzen Sie sich bitte«, verbesserte er sich und stand sogar auf, um ihr den Stuhl zurückzuziehen.

»Sehr charmant, danke.«

»Sind Sie auch allein hier?«, fragte er, nachdem er sich wieder gesetzt hatte.

»Ja. Mein erster Single-Urlaub.«

»Verstehe.« Sie war also Single. Genau wie er. Aber er hatte kein Interesse an einer neuen Beziehung. Die Wunden waren noch viel zu frisch. Alles in ihm sehnte sich nach Melissa.

»Was können Sie mir empfehlen?«

»Wie bitte?«

Sie deutete auf seinen Teller und dann zum Büfett. »Ich bin unsicher, was ich nehmen soll.«

»Ich habe noch gar nicht gegessen«, gab er zu. »Nehmen Sie doch einfach kleine Portionen, dann können Sie von allem probieren.« Das war Melissas Taktik gewesen. Sie hatte sich von allem immer nur ein wenig genommen, um dafür in den Genuss aller angebotenen Köstlichkeiten zu kommen. Verdammt, sie hatte sich wirklich in seinem Kopf festgesetzt.

»Das ist eine großartige Idee«, erwiderte die Fremde begeistert und nahm ihren Teller, stand auf und eilte zum Büfett.

Die Kleine war wirklich süß. Unter anderen Umständen hätte sie ihm sicher gefallen. Als sie kurz darauf zurückkam, präsentierte sie ihm ihre Ausbeute. »Schauen Sie mal, die sehen doch wirklich gut aus, oder?«

Sie nahm eine Garnele von ihrem Teller und steckte sich deren Schwanzende genüsslich in den Mund, lutschte an ihm wie an einer Zuckerstange. Es erinnerte Andrew an etwas völlig anderes. Beschämt schaute er zur Seite. Wollte der Rotschopf ihn etwa anmachen?

»Wie kommt es, dass ein attraktiver Mann wie Sie ganz allein hier ist?«

»Die Frage kann ich zurückgeben. Sie sind eine attraktive Frau. Warum sind Sie solo?«

»Lange Geschichte, ich will Sie nicht langweilen. Sagen wir nur so viel, mein Freund war der Ansicht, er müsse seinen Marktwert hin und wieder testen.«

»Verstehe.« Diesen Fehler hatte er im Grunde auch gemacht und Melissa verloren. »Idioten, die sich auf solche Art Bestätigung holen müssen.« Er nahm sich da selbst nicht aus.

Die Kellnerin kam, um ihre Bestellung aufzunehmen. Andrew tendierte zu einem Orangensaft, aber die Fremde winkte ab und lud ihn kurzerhand zu Champagner ein.

»Sie sind sehr großzügig.«

»Ich investiere nur.«

»Sie tun, was?«

Sie zwinkerte ihm zu. Schon wurden ihnen die Gläser und eine ganze Flasche Champagner an den Tisch gebracht. Die Kellnerin goss ihnen ein. »Auf einen aufregenden Abend«, sagte die Fremde und hob ihr Glas.

Die Anzeichen vermehrten sich. Die Frau wollte was von ihm. Die Frage war nur, ob er sich auf das Abenteuer einließ.

Eigentlich stand ihm der Sinn nicht danach. Dennoch stieß er mit ihr an.

»Was haben Sie für heute Abend für Pläne?«

Er zog den Rand seines Glases mit dem Finger nach und lachte leise. Worauf zielte diese Frage denn ab?

»Ich hoffe, ich bin nicht zu neugierig.«

»Doch, das sind Sie.« Er schmunzelte. »Aber es stört mich nicht.«

Sie lachte befreit. »Und Sie sind ein sehr ehrlicher Kerl.«

»Die ehrlichen Kerle sind am Schluss immer die Verlierer.«

»Oh, höre ich da Herzschmerz aus Ihren Worten?«

Er zuckte mit den Schultern. Im Grunde war das doch auch egal. Alles war egal. Er nahm noch einen Schluck und noch einen, goss sich nach.

»Warum seid ihr so grausam?«, fragte er sie, als seine Sprache schon ein bisschen schleppend geworden war. Er musste langsam aufhören zu trinken.

»Wir?«

»Ihr Frauen.«

Sie schmunzelte. »Das sollten Sie nicht verallgemeinern. Ich, zum Beispiel, bin alles andere als grausam.« Ihre Hand legte sich plötzlich auf seine, streichelte sie sacht. Andrew beobachtete das Spiel ihrer Finger, sah ihr dann in die Augen, in denen er Flammen hochzüngeln sah.

»Sie wissen doch sicher von Ihrer Wirkung auf Frauen, stimmt's?«

Er schluckte. Dass sein Körper durchaus seine Reize hatte, hatten ihm schon einige Damen bestätigt. Aber das hier, das ging doch verflucht schnell.

Sie kippte den letzten Rest des Champagners in sein Glas. »Es ist nur ein Angebot. Ob Sie es nun annehmen oder nicht, bleibt ganz Ihnen überlassen.« Ihre Lippen kräuselten sich verführerisch. Diese Frau war sexy und feurig. Der Typ, auf den er stand. Seine Lenden brannten. Warum sich also etwas verwehren? Wem gegenüber hatte er denn noch Verpflichtungen?

Und dann ging alles plötzlich sehr schnell. Eins ergab das andere. Und ehe Andrew es sich versah, fand er sich mit der hinreißenden Französin, deren süßer Akzent ihn unwahrscheinlich anmachte, auf seinem Hotelzimmer in seinem Bett wieder.

Von draußen drangen die Klänge französischer Musik durch das gekippte Fenster. Aber er hörte vor allem eins. Ihren angestrengten Atem, während sie sich nackt über ihn beugte, ihn küsste.

Ein feuriger Kuss voller Leidenschaft. Wie hatte er das vermisst! Er wusste nicht mehr, wann Melissa ihn das letzte Mal auf solche Weise geküsst und wann er einen Kuss als so intensiv wahrgenommen hatte. Es schien ihm Jahre her.

Seine Zunge öffnete ihre Lippen, drang in ihren Mund und kämpfte mit der ihren, rieb sich an ihr, massierte sie.

Er konnte sie schmecken. Ein sanfter, aber weiblicher und daher äußerst sinnlicher Geschmack.

Ihre Lippen befreiten sich von seinen und wanderten über seinen Hals, saugten sich an seiner Schlagader fest, wodurch das Pulsieren noch stärker wurde. Er spürte, wie sein Blut sich heiß an dieser Stelle sammelte und sein Herz schneller klopfte, förmlich flatterte. Diese Fremde gab ihm das Gefühl, begehrenswert zu sein. Und erst jetzt, da er es nach so langer

Zeit wieder empfand, merkte er, dass weder Serena noch Melissa ihm dieses Gefühl gegeben hatten. Der Sex war gut gewesen, aber es hatte das letzte Quäntchen Gefühl gefehlt. Merkwürdig nur, dass es die Unbekannte so spielend leicht vermochte, ihm zu geben, wonach er sich all die Zeit gesehnt hatte.

Ihre Hände auf seinem nackten Körper, die ihn streichelten, so zärtlich und liebevoll, wie er lange nicht mehr gestreichelt worden war, waren wie Balsam auf seiner Seele. Insgeheim hatte er gespürt, dass Serena und Melissa sich mehr für Espen interessiert hatten als für ihn, dass er im Grunde nur der zusätzliche Mann gewesen war, nicht aber für eine der beiden Frauen im Mittelpunkt gestanden hatte. Das hatte an seinem Selbstbewusstsein gekratzt.

Ihre Lippen hatten unterdessen seinen Bauchnabel erreicht, und ihre Zunge glitt über seinen muskulösen Bauch.

»Wow«, flüsterte sie leise. Er war im ersten Moment nicht sicher, ob er sich verhört hatte, doch das Leuchten in ihren Augen, als sie kurz zu ihm hochblickte, bestätigte es ihm, und er lächelte in sich hinein.

Danke, schöne Fremde, dachte er, während sich ihre Lippen allmählich seiner Erektion näherten. Er kannte ja noch nicht einmal ihren Namen. So etwas war ihm noch nie passiert. Es war aufregend.

»Sag mir deinen Namen«, bat er atemlos. Aber just in dem Moment hauchte sie einen Kuss auf seine Spitze, und Andrew schloss die Augen, genoss das Prickeln in seinen Lenden. Ihre Lippen glitten über seinen Schaft. Sie fühlten sich herrlich weich an. Doch sie blieben viel zu kurz an seinem Schwanz.

»Sandrine Ardeur«, flüsterte sie und lächelte ihn sexy an.

»Andrew Murphy«, gab er zurück.

»Andrew«, wiederholte sie zärtlich. Just in dem Moment erwachte in ihm der Drang, ihr auch etwas Gutes zu tun, sich auf diese Weise für ihr heilendes Verlangen zu bedanken.

»Warte einen Augenblick.«

»Mh?«

»Komm hier rüber.« Er deutete ihr an, ihre Beine zum Kopfende des Bettes zu schieben, und sie verstand, denn ein schmutziges Lächeln umspielte ihre Lippen.

Sacht zerrte er ihren Slip, das einzige Kleidungsstück, das sie noch anhatte, herunter, und versank mit seinem Mund zwischen ihren Schamlippen. Oh, sie roch so gut. Blumig. Aber auch verrucht. Sexy. Erregt.

Er fand rasch ihre Klit. Unter seinem Lecken schien sie zum Leben zu erwachen. Er spürte ein Beben, das nun durch ihren ganzen Körper flutete, gleich dem Meerwasser, das mit jedem Wellenstoß ein Stück weit mehr den Strand für sich vereinnahmte.

Und wie Wellen war auch das Beben, das durch ihren Unterleib fuhr, sich auf seinen Körper übertrug.

Sandrines Lippen umschlossen sein Glied, strichen an ihm hinab, schienen jede noch so kleine Ader zu ertasten, um dann wieder hinaufzugleiten. Erst langsam, dann immer schneller. Dieser Andrew war in der Tat ein attraktiver Mann, und er weckte eine Leidenschaft in ihr, wie sie es nicht erwartet hatte. Es verwirrte sie selbst, doch sie ließ sich nichts anmerken. Er war die einzige Spur, die sie im Augenblick hatte.

Heute Nachmittag hatte sie gesehen, wie er von Bord gegangen war. Und als sie den Fahrer des Motorboots gefragt hatte, woher er kam, hatte sich ihr Verdacht bestätigt. Venus Clams.

Der Ort, an dem das Grauen begonnen hatte. Sandrine wusste, dass Andrew nicht in diese Sache verwickelt, dass er allerhöchstens selbst ein Opfer der Umstände war, hereingefallen auf die schönen Worte, wie einst ihre Schwester. Für ihn war es glimpflich ausgegangen. Laure-Sophie Ardeur hingegen galt als verschollen.

»Alles in Ordnung?«, drang plötzlich seine Stimme zu ihr vor. Sie war sehr tief. Ein Bass womöglich.

Für einen kurzen Moment hatte sie ihre Schutzblockade selbst durchbrochen, war in ihre Gedankenwelt abgetaucht. Nun hatte sie seinen Schwanz im Mund, ohne ihn zu liebkosen. Sie hatte es vergessen.

Sandrine gab ihn kurz frei, lachte auf. »Natürlich, alles bestens.«

Er legte den Kopf zur Seite. Das nahm er ihr offenbar nicht ab. Sandrine ärgerte sich über sich selbst. Sie war gerade drauf und dran, alles kaputtzumachen. Sie brauchte Andrew. Als Informanten. Natürlich wollte sie ihn nicht in die Sache reinziehen. Die Gefahr war zu groß. Sie wusste, wozu Espen Hannigan und seine hübsche Gespielin fähig waren. Sie gingen über Leichen.

Wenn Andrew jetzt merkte, dass sie ihn mit Sex gesprächig machen wollte, würde er dichtmachen. So schätzte sie ihn ein, nach den paar Stunden, die sie ihn nun kannte. Sie spürte, dass er im Grunde eine ehrliche Haut war und ihm solche Spiele nicht behagten.

Sie konnte aber auch ein Risiko eingehen und ihn einweihen.

Aus dem Augenwinkel bekam sie mit, dass er längst gekommen war. Irritiert schüttelte sie den Kopf. Sie musste wirklich sehr tief in Gedanken versunken gewesen sein, wenn sie selbst das nicht gemerkt hatte.

»Also, was ist los?«, fragte er und lächelte zärtlich.

Sandrine spürte, dass er es ernst meinte, sich ehrlich Sorgen um sie machte, obwohl er sie doch kaum kannte. Vielleicht gab es doch noch Männer, die ein Herz hatten? Sie mochte ihn. Sehr sogar. Was ungewöhnlich war, denn normalerweise war sie niemand, der sein Herz allzu leicht verschenkte.

Vielleicht suchte sie aber auch einfach nur Halt, jemanden, der ihr in dieser schlimmen Zeit half, zur Seite stand.

Sie lehnte sich an ihn, und er legte den Arm um sie. Es war lange her, dass sie die Nähe eines Mannes derart genossen hatte.

Das letzte Mal war es Espen Hannigan gewesen, der sie in den Arm genommen hatte, und sie war in dem Glauben gewesen, dass er es ernst mit ihr meinte. Aber dann hatte er sie und ihre jüngere Schwester auf eine Party in New York mitgenommen, und sich so blendend mit Laure verstanden, dass Sandrine schnell für ihn abgeschrieben war. Das alles war nun fast ein Jahr her. Laure hatte sich geschmeichelt gefühlt, war dem reichen Unternehmer überallhin gefolgt. Um die ganze Welt. Auch nach Venus Clams, das Sandrine nur vom Hörensagen kannte. Und dann war Laure urplötzlich von der Bildfläche verschwunden. Ohne einen Anruf. Ohne einen Abschiedsbrief.

Sandrine aber spürte, dass das nicht stimmte. Sie spürte, dass Laure etwas Schreckliches zugestoßen war.

Sie hätte sich bei ihrer Familie gemeldet, niemals wäre sie einfach so abgehauen, wie es Espen und Serena behaupteten.

Sandrine erinnerte sich an ihr letztes Telefonat, das wenige Tage vor ihrem Verschwinden stattgefunden hatte. Laure hatte gehetzt geklungen. Und ängstlich. Auf seltsame Weise aber auch verschwiegen. So, als fühlte sie sich verfolgt und beobachtet.

»Was ist los? Sag mir, wenn es dir schlechtgeht«, hatte Sandrine gefordert.

»Ich weiß nicht, was du meinst.«

Laure war ihren Fragen ausgewichen. Auch das war gänzlich untypisch für sie.

»Soll ich nach Venus Clams kommen und dich abholen?«

»Nein! Auf keinen Fall. Ich komme klar. Mach dir keine Sorgen.«

Das waren ihre Worte gewesen, doch das Zittern in ihrer Stimme hatte etwas anderes suggeriert.

»Du weinst ja«, stellte Andrew überrascht fest. Und noch ehe sie die Träne fortwischen konnte, fing er sie mit seinem Zeigefinger auf. Wie eine kleine leuchtende Perle saß sie auf seiner Fingerkuppe.

»Hör zu, es ist kein Zufall, dass ich dich angesprochen habe.« Ihr versagte fast die Stimme.

Andrew lehnte sich zurück. Sein Blick wurde hart. Sehr hart sogar.

Doch jetzt gab es kein Zurück mehr. Sie musste ihm reinen

Wein einschenken, und das tat sie auch. Sie erzählte ihm alles.

Von ihrer Begegnung mit Espen, seinem Charme, mit dem er sie um den Finger gewickelt hatte, seine Sprunghaftigkeit, die zu seinem Wechsel zu Laure geführt hatte, und was darauf gefolgt war, bis hin zum spurlosen Verschwinden ihrer Schwester.

Sandrine hatte die Polizei eingeschaltet. Man hatte sogar die Villa von Venus Clams durchsucht, nachdem Sandrine und ihre Mutter darauf bestanden hatten. Aber es waren nie Spuren gefunden worden, die auf ein Verbrechen hindeuteten. Und irgendwann war Laure nur noch eine Akte, die im Archiv verschwunden war.

Andrew hörte ihr aufmerksam zu, unterbrach sie nicht. Und Sandrine war nicht sicher, was sie eigentlich von ihm erwartet hatte, am wenigsten wohl, dass er ihr derart schnell glaubte, wie er es tat.

»Meine Freundin … Exfreundin«, korrigierte er sich, »ist noch auf Venus Clams.«

»Tatsächlich?« Also hatten sich Espen und Serena diesmal ein Pärchen für ihre obskuren Spiele eingefangen. Für kurze Zeit hatte die Idee im Raum gestanden, dass sowohl Laure als auch Sandrine nach Venus Clams kamen, aber Sandrine hatte im letzten Moment die Notbremse gezogen. Ihre Koffer waren sogar schon gepackt gewesen. Wie immer hatte sie viel zu viel mitnehmen wollen, so dass die Koffer kaum zugegangen waren. Aber dann war ihr klar geworden, dass sie das alles nicht wollte. Zumindest nicht so. Die zweite Geige nach ihrer Schwester.

Im Nachhinein betrachtet, war es ihr Glück gewesen, sich

möglichst schnell aus dieser ungesunden Konstellation zu befreien. Vielleicht wäre sie sonst diejenige gewesen, die spurlos verschwunden wäre?

»Gibt es Beweise, ich meine, woher weißt du, dass Laure … etwas zugestoßen ist?«

»Nein. Nur das, was ich dir gesagt habe. Ich spüre es. Es klingt verrückt. Doch ich kenne meine Schwester. Das ist nicht ihre Art. Selbst wenn sie Venus Clams verlassen hätte, sie hätte es mir doch gesagt. Vor allem aber wäre sie nach Hause gekommen. Zu ihrer Familie.«

»Und wenn sie sich in der Zeit auf Venus Clams verändert hatte?«

Sandrine schüttelte den Kopf. Es war schrecklich, nichts belegen zu können, nur dieses Bauchgefühl zu haben, Laures ängstliche Stimme im Hinterkopf, die zwar nicht mit Worten, wohl aber durch ihr Zittern sagte, dass etwas nicht stimmte, sie in Gefahr war.

»In Serenas Zimmer hängen Bilder von Laure. Es sieht fast aus wie ein Schrein.«

»Was?« Das hörte Sandrine zum ersten Mal. Serena musste diese Bilder vor der Polizei versteckt haben, sonst wären die Beamten gewiss misstrauisch geworden. Ein Schauer lief ihr über den Rücken, bei der Vorstellung wie ihre verschollene Schwester selbst jetzt noch für die Sexspiele dieses eiskalten Paares missbraucht wurde. Als Wichsvorlage. Oder wozu auch immer.

Das durfte sie nicht erlauben. Es war wie eine Schändung. Sie musste diese Bilder abnehmen, sie vernichten. »Wenn ich nur auf die Insel könnte«, sprach sie laut aus, was sie gerade gedacht hatte.

»Vielleicht ist das ja möglich.«

Sie kaute auf ihrer Unterlippe. »Wie denn?« Wenn sie eine Möglichkeit gekannt hätte, sie wäre längst dort gewesen, um auf eigene Faust zu recherchieren.

»Ich werde dir helfen. Zum einen, weil ich auch wissen will, was aus Laure wurde. Zum anderen, weil meine Exfreundin dort ist. Und wenn es stimmt, was du vermutest, dann sind Espen und Serena gefährlich.«

Sie nickte. »Also, was willst du tun?«

»Wir fahren hin. Heute Nacht. Ich hätte es mir gleich denken sollen«, sagte er. »Solch ein Ort … zu schön, um wahr zu sein. Es musste einen Haken geben.«

»Alles nur eine schöne Fassade, hinter der ein hässliches Gesicht steckt.« Sie sprach aus Erfahrung. Espen konnte so charmant und so grausam sein. »Sie haben heute eine Veranstaltung. Vielleicht ist das unser Glück.«

»Wovon sprichst du, Sandrine?«

»Ich habe den ganzen Tag bis zum Abend am Port Lympia verbracht und die Schiffe gesehen, die ein- und ausliefen. Viele von ihnen nach Venus Clams.« Das hatte sie von den Hafenarbeitern in Erfahrung gebracht.

»Espen lädt zum Ball«, mutmaßte Andrew, doch wahrscheinlich hatte er recht. Unter all den Gästen würden sie vielleicht gar nicht auffallen.

Der nachtschwarze Himmel erstreckte sich über ihr. Eine riesige dunkle Kuppel, mit Sternen übersät, die funkelten wie Diamanten. Trotz der kühlen Luft fror sie nicht in ihrem Mikrobikini. Erst tauchte sie ihren großen Zeh ins Wasser. Die Temperatur war noch immer angenehm. Aufgeheizt von der Hitze des Tages. Melissa machte einen Kopfsprung in den Pool und tauchte eine Bahn, als sie wieder hochkam und zum Eingang der Villa blickte, sah sie die Schatten der Maskierten an den Fenstern. Sie war nicht sicher, ob diese sie sehen konnten, vielleicht sogar beobachteten. Sie schwamm eine weitere Bahn, und als sie sich nochmals zu den Gästen umdrehte, waren sie verschwunden. Melissa atmete erleichtert auf. Espens »Freunde«, oder wie immer man sie nennen sollte, verursachten ihr einen nicht gerade angenehmen Schauer.

Sie wollte sich wieder hochziehen, vielleicht noch mal auf die Liege legen, da bemerkte sie eine große Gestalt, nahe der Pforte, die reglos dastand und sie beobachtete.

Espen.

Er war früh dran. Sie hatten sich um Mitternacht am Pool verabredet. Doch Melissa hatte es vor lauter Vorfreude nicht ausgehalten, so dass sie viel zu früh zum Außenpool gekommen war. Offenbar war es ihm genauso ergangen.

Sie winkte ihm zu, aber er winkte nicht zurück, hob nicht einmal den Arm. War er wegen irgendetwas besorgt oder verstimmt?

Melissa tauchte die Bahn zurück und stützte sich am Beckenrand ab. »Komm doch zu mir«, rief sie, aber da war er plötzlich verschwunden. Verschmolzen mit den Schatten um ihn herum.

»Espen?«

Hatte sie sich die imposante Gestalt etwa nur eingebildet? Sie schüttelte den Kopf. Sicher war das wieder eins seiner Spiele, um das Knistern zwischen ihnen zu verstärken.

Da machte sie plötzlich eine Bewegung auf der anderen Seite des Pools aus. Wie war er so schnell dorthin gekommen?

Melissa lachte gelöst und wollte zu ihm, wieder tauchte sie, doch als sie am Rand des Beckens hochkommen wollte, schoss plötzlich etwas zu ihr ins Wasser, drückte sie mit aller Kraft nach unten.

Melissa wusste nicht, wie ihr geschah, geriet in Panik. Dieses Spiel fand sie ganz und gar nicht witzig. Verzweifelt versuchte sie, seine Hand wegzudrücken, aber er war viel zu stark, und ihr ging die Luft aus, denn sie hatte nicht die Chance gehabt, noch einen Atemzug zu nehmen.

Was war nur in ihn gefahren? Hatte er den Verstand verloren? Er musste doch wissen, dass ihre Lungen nun fast leer waren. Warum ließ er sie nicht hoch?

Sie wand sich unter seinem Griff, und irgendwie verrenkte sie sich auf so absonderliche Weise, dass seine Hand nicht mehr auf ihrem Kopf lag, sondern sich in ihr Gesicht grub. In ihrer Panik wusste sie sich nicht anders zu helfen, als ihn zu beißen. Endlich ließ er sie los, und Melissa kam hoch. Japste nach Luft.

Bist du verrückt geworden?, wollte sie ihn anherrschen, aber sie erstarrte, als sie nur in eine Maske blickte. Ein starres Gesicht. Ohne jede Emotion. Ihr Herz gefror vor Angst. Espen …

Die Insel rückte in Sichtweite. Das Meer war ruhig, friedlich zogen die Wolken über den Horizont. Sein Instinkt aber sagte ihm, dass sie sich beeilen mussten. Er spürte, dass Melissa in Gefahr war. Es war jener alte Instinkt, den er längst abgelegt zu haben glaubte. Der Instinkt eines Cops.

Andrew merkte in diesem Moment, dass er ihn nie gänzlich aufgegeben hatte. Er war in ihm, ein Teil von ihm, ließ ihn handeln, wie es jeder Cop in seiner Situation täte.

Zum Glück hatten sie um diese Uhrzeit noch einen Hafenarbeiter gefunden, der ihnen nicht nur ein Boot auslieh, sondern es auch noch für sie steuerte. Das hatte Extrakosten verursacht. Aber weder ihn noch Sandrine hatte das von ihrem Plan abbringen können. Nun standen sie an der Reling, beobachteten das Spiel der Wellen.

Schon aus der Ferne sah er die zahlreichen leuchtenden Lichter, die Fackeln, die den Weg zur Villa säumten. Sandrine hatte recht behalten. Am Steg lagen mehrere Boote. Espen hatte tatsächlich zum Ball geladen. Und Andrew graute davor, was sich Espen und Serena wohl unter einem Ball vorstellten.

Ihr Steuermann brachte das Boot zum Halten, doch noch ehe er den kleinen Steg für sie ausgelegt hatte, war Andrew schon an Land gesprungen und hielt Sandrine die Hand hin, um ihr beim Aussteigen zu helfen.

»Soll ich hier auf Sie warten?«, fragte der junge Mann in gebrochenem Englisch. Aber Andrew hatte schon Sandrines Hand gepackt und zog sie hinter sich her durch das Dickicht. Es war besser, nicht den offiziellen Weg zu nehmen, weil die Gefahr bestand, dass man sie entdeckte. Sein Herz raste ohne Unterlass. Das Gefühl wurde hier noch stärker. Ja, Melissa war in Gefahr. Er musste sie finden, und das schnell. Bevor es zu spät war …

»Miststück. Jetzt wirst du für alles bezahlen«, fauchte er, und schon drückte er ihren Kopf wieder nach unten.

Erneut brach ein Kampf aus. Seine Finger hatten sich in ihren Haaren verhakt, sosehr sie auch strampelte, es gelang ihr nicht, den Kopf noch einmal aus dem Wasser zu strecken. Ihre Beine gelangten nach oben, sie spürte die rettende Luft an ihrer Haut, doch sie drang nicht zu ihren Lungen vor, konnte es nicht. Ihr schwindelte. Das Brennen in ihren Lungen wurde immer stärker. Sie musste atmen! Aber er erlaubte es nicht.

Melissa würde sterben. Das wurde ihr plötzlich klar. Der Maskierte würde sie nicht mehr nach oben lassen. Aber warum? Was hatte sie ihm getan?

Panisch schlug sie um sich, doch es hatte keinen Sinn. Melissas Drang zu atmen wurde immer stärker. Verzweifelt öffnete sie den Mund, doch statt rettender Luft schmeckte sie nur das ekelhafte Chlorwasser, das ihr in die Kehle drang. Irgendjemand musste ihr helfen!

Aber die anderen waren alle im Haus und die kleine Insel zu weit weg vom Festland. Wer sollte ihre Not sehen?

Mit letzter Kraft bäumte sie sich auf, und es gelang ihr tatsächlich, ein Stück weit nach oben zu kommen. Kühle Luft strich über ihren Haaransatz, der nun aus dem Wasser ragte.

Nur noch ein winziges Stück, und ihre Nase und ihr Mund wären frei. Frei zum Atmen. Doch der Druck auf ihren Schultern nahm erneut zu, und ehe sie den erlösenden Atemzug überhaupt tun konnte, fand sie sich am gekachelten Grund des Pools wieder.

Ihre Beine zuckten unkontrolliert, strampelten hilflos gegen die Wassermassen an, die über ihr zusammenschlugen.

Sein Herz blieb vor Schreck fast stehen, als er den Mann am Pool sah. Sah, wie er jemanden unter Wasser drückte. Eine Frau. Lange rote Haare. Mein Gott, das war Melissa! Er stürmte zum Becken und stürzte sich auf den Maskierten, riss ihn zu Boden und verpasste ihm einen Kinnhaken, der ihn außer Gefecht setzte.

Dann sah er sich nach Melissa um. Doch sie war nicht hochgekommen. Ihr Körper trieb reglos im Wasser. O mein Gott!

Er sprang in den Pool und zog Melissa heraus, legte sie am Beckenrand ab und führte eine Mund-zu-Mund-Beatmung durch. Doch Melissa wollte einfach nicht atmen.

»Tu mir das nicht an!«, rief er verzweifelt und wiederholte das Procedere.

Er hielt ihr die Nase zu und atmete in ihren Mund, hoffte, dass er ihre Lungen und ihre Atmung auf diese Weise anregte. Sie durfte ihn nicht verlassen. Sie war das Kostbarste, was er besaß!

Tränen liefen ihm über die Wangen. Ein nicht enden wollender Strom. Bitte, Melissa!

Und wie durch ein Wunder hörte er ein Glucksen, ein Gurgeln, und plötzlich spuckte sie Wasser aus. Unmengen an Wasser, die sie zuvor geschluckt hatte. Ihm tat es in der Seele weh, das zu sehen. Aber sie lebte! Sie atmete wieder.

»Gott sei Dank«, hauchte er und streichelte ihre Wangen, küsste ihre Stirn und beatmete sie gleich noch einmal.

Doch in dem Moment riss ihn etwas zur Seite, und er stürzte in den Pool – mitsamt seinem Angreifer.

Beide Männer kamen prustend an die Oberfläche zurück. Mit einer schnellen Bewegung riss er dem Mistkerl die Maske vom Gesicht und – erstarrte. Nein, das war doch nicht möglich!

»Albert«, flüsterte er fassungslos. Sein Diener. Sein Getreuer! »Was zum …«

Albert stürzte sich auf ihn. Und Espen war noch immer zu perplex, um sich zu wehren. Er spürte, wie das Wasser über ihn hinwegschwappte. Die dünnen Arme des Dieners zitterten, während er ihn mit aller Kraft nach unten drückte. Aber Espen war um einiges stärker als dieser feige Hund. Er bäumte sich auf, schoss an die Oberfläche zurück und warf Albert dabei nach hinten, der klatschend ins Wasser sank. »Sie hätten Melissa beinahe umgebracht!«, schrie er den offensichtlich Geistesgestörten an.

»Zu dumm, dass es mir nicht gelungen ist.« Der irre Blick, die kranke Aussage, mein Gott, er hatte es tatsächlich mit einem Psychopathen zu tun. Einem Psychopathen, der ihn all die Jahre getäuscht hatte.

»Was ist in Sie gefahren?«

Albert antwortete nicht, ging erneut auf ihn los, doch der klägliche Versuch, ihn noch einmal unter Wasser zu drücken, scheiterte an einem weiteren Kinnhaken, der Albert zur Seite fallen ließ. Das Wasser schluckte den Diener für einen Moment gänzlich, dann kam er wieder hoch.

»Warum?«, verlangte Espen zu erfahren und packte den Diener am Kragen.

»Warum?«, kreischte Albert zurück. »Weil dieses Miststück alles kaputtmacht!« Er deutete vage in Melissas Richtung, die noch immer benommen am Boden lag.

»Wovon reden Sie?«

»Es wiederholt sich alles. Miss Serena muss schon wieder leiden.«

»Serena steckt dahinter?« Er wusste, dass Serena eine gefährliche Frau war, dass sie wirklich über Leichen gehen würde, hätte er jedoch nicht gedacht. Das wäre selbst für sie eine Nummer zu groß.

»Nein!«, schrie Albert und wagte einen nächsten Versuch, ihn anzugreifen. Wieder hatte er keine Chance gegen Espens trainierte Fäuste. Dieses Mal packte er den Diener bei den Schultern und drückte ihn unter Wasser. Er sollte spüren, was Melissa gespürt hatte. Dieselbe Qual erleiden.

Luftblasen sprudelten nach oben, doch erst als Albert den Mund aufriss, ließ ihn Espen wieder hoch.

»Was hat Serena verlangt?«, brüllte er und schüttelte ihn. Gegen einen anderen Mann hatte dieser Kerl nicht die geringste Chance, deshalb musste er sich wohl an Schwächeren vergreifen.

»Nichts! Ich habe es für sie getan! Für die wunderbare Miss Serena.«

Espen schüttelte fassungslos den Kopf.

»Sie sollten sie nicht verlassen, ihr nicht alles wegnehmen, wegen dieser Schlampe.«

Was für ein krankes Hirn! Albert hatte offenbar nicht mal erkannt, dass der Weg zu Serena frei wäre, wenn Espen sich von ihr trennte.

»Ich … wollte doch nur … dass sie glücklich ist.« Tränen liefen ihm über die Wangen. »Diese Hexe hat alles zerstört.«

Espen hatte genug gehört. Albert widerte ihn an. Er schlug den Diener mit einem einzigen Faustschlag k. o. und schaffte ihn an den Beckenrand zurück. In dem Moment kamen zwei Gestalten den Weg heraufgestürmt. Eine Frau und ein Mann. Sie trugen keine Masken, waren von außerhalb. Der Kerl streckte beide Arme aus, zog erst Albert, dann ihn aus dem Wasser, um ihn sogleich am Kragen zu packen. Espen erkannte die markanten Züge. Andrew Murphy. Ein bisschen zu spät.

»Was ist hier los?«, brüllte Andrew ihn an.

»Das interessiert mich allerdings auch«, sagte Espen gelassen und befreite sich problemlos aus dem Griff. Da entdeckte Andrew die reglose Gestalt am Beckenrand.

»Was ist mit ihr? Was hast du getan?«

Die Frau hockte sich neben Melissa, suchte nach ihrem Puls und gab Entwarnung. »Sie lebt«, erklärte sie, und als sie den Kopf hob, erkannte Espen ihr Gesicht. Sandrine Ardeur. Laures Schwester.

Das wurde alles immer verworrener. Woher kannten sich Andrew und Sandrine? Warum waren sie ausgerechnet heute Nacht nach Venus Clams gekommen?

»Was macht ihr auf meinem Grundstück?«

»Was schon? Melissa retten! Was hast du Mistkerl ihr angetan?« Andrew baute sich gefährlich vor ihm auf. Wenn es zu einem Kampf käme, sähe er alt aus, denn gegen einen Bodybuilder hätte selbst Espen kaum eine Chance.

»Hier liegt ein Missverständnis vor.« Espen deutete zu dem ohnmächtigen Albert, um Andrew zu verstehen zu geben, dass dieser der Angreifer war und nicht er.

»Ach ja?« Andrew fletschte die Zähne, und Espen hatte das Gefühl, er könne nun sagen, was er wolle, Andrew war so oder so drauf aus, ihm die Fresse zu polieren. Und sei es nur aus gekränkter Eitelkeit. Er wollte, dass er der Schuldige war. »Ich bin ganz Ohr, Kumpel.«

Espen spürte schon den Druck von Andrews Händen auf seinen Schultern, als er eine Bewegung aus dem Augenwinkel wahrnahm.

»Er hat … er hat … mich gerettet«, erklang eine schwache Stimme, und alle blickten sich um, zu Melissa, die den Kopf hob und von Sandrine gestützt wurde.

»Es war … der Mann … mit der Maske.« Ihre Stimme brach weg, aber Andrew und Sandrine schienen dennoch zu verstehen. Neben dem reglosen Diener lag eine venezianische Maske.

»Wir sollten die Polizei rufen.« Alle wandten sich zu Serena. Niemand wusste, wie lange sie schon dagestanden, was sie gesehen und gehört hatte, aber in ihrem Blick lag Verachtung, die Albert galt.

Melissa konnte es noch immer nicht glauben, was heute Nacht geschehen war. Und das, obwohl Albert gerade vor ihren Augen in Handschellen abgeführt worden war. Nie im Leben hätte sie vermutet, dass er unter der Maske gesteckt hatte. Es war beängstigend, wozu dieser Mann fähig war, dass er selbst vor Mord nicht zurückschreckte. Ein Zittern durchfuhr ihren Körper. Wenn Espen nicht gewesen wäre, sie wäre nun … Melissa schluckte, wollte den Gedanken lieber nicht zu Ende führen.

Ein Arzt kümmerte sich um sie, empfahl ihr, sicherheitshalber eine Nacht im Krankenhaus zu verbringen, aber den Stress, den die Überfahrt bedeutete, wollte sie sich nicht zumuten. Außerdem wollte sie in Espens Nähe bleiben. Er hatte sein Leben riskiert, um sie zu retten. Sie würde ihm ewig dankbar sein.

In der Ferne hörte sie das Geräusch der Polizeiboote, die den Diener ans Festland zurückbrachten, um ihn dann hoffentlich für lange Zeit wegzusperren. Auch der Arzt und die zahlreichen Gäste verließen die Insel. Die meisten hatten nur am Rande mitbekommen, was geschehen war. Und aus Angst, ihre Identitäten könnten gelüftet werden, hatten sie einen weiten Bogen um die Polizei und jede Art von Befragung gemacht.

»Ich verstehe noch immer nicht, warum er das getan hat«, sagte Andrew, der nun auch die ganze Geschichte kannte.

Sie saßen im Wohnzimmer beisammen. Espen und sie in dicke Decken gehüllt. Dampfende Teetassen auf dem Tisch. Andrew saß im Sessel, Serena stand am Fenster, und die fremde Frau, die sich als Sandrine vorstellte, hatte auf der Lehne von Andrews Sitz Platz genommen. Melissa wusste nicht, woher ihr Exfreund und Sandrine sich kannten, aber es herrschte eine spürbare Vertraulichkeit zwischen ihnen. Andrew lächelte sie zärtlich an.

»Er war verliebt. In Serena. Er wollte, dass sie glücklich ist«, erklärte Espen vage. Er schien selbst nicht ganz sicher, ob er Alberts wirre Gedanken verstand. »Dieses Glück sah er offenbar bedroht.«

»Ich habe von alldem nichts gemerkt«, warf Serena ein und fuhr sich über die Stirn. »Wenn ich gewusst hätte, was in ihm vorgeht, ich hätte doch etwas gesagt.«

»Niemand konnte das ahnen. Liebe kann manchmal wahnsinnig machen.« Sandrines Blick glitt bei diesen Worten zu Espen. »Hat Albert auch … Laure …« Was immer sie sagen wollte, sie konnte es nicht aussprechen, und ihre Augen schimmerten verdächtig.

Espen aber schüttelte den Kopf. »Du kennst die Geschichte. Ich habe sie dir erzählt. Deine Schwester brach alle Brücken hinter sich ab. Sie ging fort. Aus freien Stücken. Niemand von uns weiß, warum sie das tat, noch, wohin es sie zog.«

»Das ist eure Version!«

Melissa sah den Schmerz in Sandrines Blick. Warum sagte ihr Espen nicht, was er beobachtet hatte? Dass Laure möglicherweise einen anderen Mann gefunden hatte. Wollte er aus Rücksicht auf Serena weiterschweigen? Da fiel ihr plötzlich das Buch ein. Das Foto, das sie darin gefunden hatte. Und die Nachricht, die sie nicht verstand.

»Entschuldigt mich einen Augenblick.«

Melissa befreite sich aus der Decke. Aber ihre Beine waren schneller als ihr Kreislauf, und während sie zur Treppe eilte, wurde ihr schwindelig. Sie musste sich am Geländer abstützen, um nicht zu fallen. Sofort erhoben sich alle, um ihr zu helfen, aber sie schüttelte rasch den Kopf.

»Geht schon. Ich muss es einfach langsam angehen.«

Sie holte das Foto aus ihrem Zimmer und brachte es Sandrine. »Das habe ich gefunden. Leider ist mein Französisch nicht so gut.« Respektive nicht mal vorhanden.

Sandrine zog skeptisch die Stirn kraus, dann nahm sie das Foto an sich und las die Zeilen. Plötzlich hellte sich ihr Gesicht auf, und ihre Hand fing an zu zittern. Sie lachte leise, Tränen liefen ihr über die Wangen.

»Sie lebt«, flüsterte sie aufgelöst. »Sie lebt.«

»Was schreibt sie denn?«, wollte Andrew wissen. Er legte den Arm um Sandrines bebenden Körper.

Sandrine aber war gar nicht in der Lage zu antworten. Sie lachte und weinte, schüttelte den Kopf, und dann erhob sie sich, ging zu Serena, die noch immer am Fenster stand, weit ab von den anderen, als wäre sie eine Aussätzige.

»Es ist auch eine Nachricht für dich«, sagte Sandrine.

Serena hob eine Braue. »Sie war die ganze Zeit in diesem Haus, und ich habe sie nie gesehen?«

»Das Foto war in dem Buch versteckt, das ich gerade lese. ›Venus im Pelz‹. Vielleicht wollte jemand nicht, dass du die Nachricht bekommst?«, mutmaßte Melissa.

Sandrine reichte Serena das Foto, und in dem Moment, in dem Serena die Zeilen las, veränderte sich auch ihr Gesicht. Zum ersten Mal, seit Melissa Serena kannte, strahlte sie. Und sie wirkte schön.

Epilog

Zweieinhalb Wochen später …

Sie zog ihren Strohhut tief ins Gesicht und schlenderte am Strand entlang. Der Sand knirschte unter ihren nackten Füßen, grub sich zwischen ihre Zehen. Die Wellen rauschten leise, fast schüchtern, als fürchteten sie sich vor der Konfrontation, die unmittelbar bevorstand.

Zielstrebig steuerte sie auf die kleine Strandbar zu, die Gäste an der Theke weitestgehend ignorierend.

»Was darf's sein?«, fragte die junge Frau hinter der Theke und goss gerade einem älteren Herrn einen Cocktail ein.

Diese Stimme wieder zu hören trieb ihr eine Gänsehaut auf die Arme. Sie war es. Sie war es ohne jeden Zweifel.

Serena hob den Hut leicht an, so dass sie in das Gesicht der Barkeeperin blicken konnte. Volle sinnliche Lippen, ein feines Kinn, zwei rote Zöpfe, die ihr über die Schultern hingen.

»Wie wär's mit einem Kuss?«

Die Bardame hielt erschrocken inne, blickte ihr dann in die Augen, und Serena wusste, dass Laure sie erkannt hatte.

»Du … hast meine Nachricht gelesen …«

»Ja. Verspätet, wie du dir ja denken kannst. Sie war gut versteckt.«

»Versteckt? Ich hatte sie Albert gegeben.« Ihre Hand zitterte, als sie einen weiteren Gast bediente. Dann winkte sie eine Kollegin heran, die bereit war, ihren Job kurzzeitig zu übernehmen.

»Albert? Das erklärt in der Tat einiges.«

»Lass uns reden. Aber nicht hier.« Sie deutete in Richtung Strand hinunter, und Serena folgte ihr.

»Du hast dich gemacht. Bahamas also. Das ist natürlich etwas anderes als Nizza.«

»Spar dir deinen Spott.«

»Ich spotte nicht. Ich verlange Antworten.« Serena hielt die deutlich kleinere Frau am Arm fest, diese wich ihrem Blick aus.

»Warum bist du gegangen? Und weshalb diese seltsame Nachricht? Du hättest mit mir sprechen können, mich anrufen. Oder deine Schwester.«

»Sandrine? Geht's ihr gut?«

»Sie ist vor Sorge um dich fast umgekommen. Hat uns die Bullen auf den Hals gehetzt.«

»Das wollte ich nicht … es … tut mir leid … doch es ging nicht anders.«

Serena konnte ihr nicht böse sein. Nicht wirklich. Ihre Zeilen, die sie ihr hinterlassen hatte, stimmten sie versöhnlich. Es war eine Einladung gewesen. Eine Einladung, ihr zu folgen. Nur hatte sie sie viel zu spät erreicht.

»Warum hast du Venus Clams … warum hast du … mich verlassen?« Laure wusste doch von ihren Gefühlen. Serena hatte sie ihr gestanden. Es war Liebe.

»Ich hatte keine andere Wahl, ich … es gab noch jemand anderen.«

»Jemand anderen?«

Laure nickte, senkte beschämt den Blick. »Mein Meister.«

Meister? Sie war zweigleisig gefahren. Hatte sowohl Espen und ihr als auch einem weiteren Mann gedient. Das war eine Überraschung. Wer war dieser andere Kerl? Woher kannte Laure ihn?

»Er ließ mir keine andere Wahl. Ich musste ihm hierherfolgen. Nur er hat mich … verstanden.«

Serena fühlte sich gekränkt. Hatte sie sich das, was zwischen ihnen war, all die Zeit nur eingebildet? Die Gefühle? Das Vertrauen? Das Beben?

»Du hast dich für ihn entschieden.« Und gegen mich, dachte sie.

Laure nickte. »Mein Herz … gehört dir. Aber er hat mich zum Schwingen gebracht. Ich … hoffte, du würdest mir folgen. Espen verlassen, damit wir … von vorne anfangen.«

»Wie hast du dir das nur vorgestellt?«

Laure zuckte hilflos mit den Schultern. »So wie es immer war. Mit Espen und dir. Nur dass es diesmal keinen Espen, sondern einen Pierre gibt.«

Serena schüttelte ungläubig den Kopf. Ihr schwebte eine Neuauflage der alten Beziehung vor, in der lediglich einer der drei Hauptdarsteller ausgetauscht wurde?

Laure seufzte. »Ich wusste, niemand würde mich verstehen. Weder du noch meine Schwester. Deswegen ließ ich alles hinter mir.«

Sie wollte gehen, und Serena wusste, sie musste sich jetzt entscheiden. Auch sie hatte alles hinter sich gelassen, um hier, bei Laure, sein zu können. Impulsiv zog Serena ihre Gefährtin an sich. »Du irrst dich. Ich verstehe sehr wohl. Und du weißt doch, mein Motto war seit jeher: Zu dritt hat man mehr Spaß als zu zweit. Also dann, stell mir diesen Pierre vor.«

Ein Lächeln umspielte Laures Lippen. »Ist das dein Ernst? Du gibst uns noch eine Chance?«

»Sieht wohl so aus.« Sie strich Laure eine rote Strähne ihres Ponys aus dem Gesicht, spürte ihren üppigen Busen an ihrem und ihre weichen Lippen auf ihrem Mund, die ihn sacht verschlossen.

Andrew setzte sich an einen Tisch am Fenster und blickte auf die Straße. Geschäftige Leute in Anzügen eilten an ihm vorbei. Das war London, wie er es kannte. Und doch war es anders. Grauer. Einsamer.

Er klappte seinen Laptop auf, während die Bedienung seine Bestellung aufnahm, und ging die Liste möglicher Interessenten durch, die er heute noch kontaktieren wollte. Er hatte wieder seinen alten Job angenommen und verkaufte Versicherungen. Das war immer noch besser als die Abgründe, die er als Cop kennengelernt hatte. Doch wer einmal vom süßen Leben auf Venus Clams gekostet hatte, dem erschien die Realität äußerst bitter. Jetzt lebte er wieder in einem Zwei-Zimmer-Apartment. Auch das war grau. Und einsam.

Melissa hatte ihn verlassen. Mittlerweile spürte Andrew keinen Schmerz mehr, nur Resignation.

»Entschuldigen Sie? Ist der Platz hier noch frei?«, fragte plötzlich jemand. Er wollte verneinen, denn auf Gesellschaft konnte er in seiner augenblicklichen Verfassung verzichten.

Doch als er aufsah, blickte er in die strahlenden Augen von Sandrine Ardeur.

Andrew verschlug es die Sprache. Sie zog den Stuhl zurück und setzte sich zu ihm. Mit einem zärtlichen Lächeln im Gesicht.

»Woher wusstest du, dass ich hier bin?«

Sie zückte ihr Handy. »Ich habe deine Versicherung angerufen, und ein netter Kollege sagte mir, dass du deine Mittagspausen gern hier verbringst.«

Andrew war beeindruckt. Aber eigentlich interessierte ihn etwas anderes viel mehr. »Wieso bist du in London? Ich dachte, du wärst mit Serena geflogen?«

»Das bin ich auch. Die Bahamas sind toll! Laure geht es gut. Es war wunderbar, sie wiederzusehen.«

Andrew schüttelte verständnislos den Kopf. Wer tauschte schon freiwillig den Sonnenschein der Bahamas gegen das Regenwetter von London?

Die Kellnerin brachte Andrew seinen Kaffee, und Sandrine bestellte Tee und Kuchen.

»Mir hat etwas gefehlt«, erklärte sie schließlich.

»Aha?«

»Jemand.« Sie legte ihre Hand auf die seine. Sie fühlte sich herrlich warm an. Es war ein schönes Gefühl.

»Du.« Ihr Lächeln wurde breiter, und Andrews Herz schlug schneller. Er mochte Sandrine sehr. Aber nach dem Chaos der letzten Wochen und Tage war er sich nicht sicher gewesen, ob er nicht nur nach einem Ersatz für Melissa suchte. Und er wollte Sandrine gegenüber nicht unfair sein.

Doch nun, da sie vor ihm saß, nur seinetwegen nach London gekommen war, durchdrang eine wohltuende Wärme seinen Körper.

»Wir haben beide schlechte Erfahrungen gemacht«, sagte sie. »Ich wollte keine neue Beziehung. Aber vielleicht können wir es einfach langsam angehen. Was meinst du?«

Andrew nickte. Das klang gut. Sehr gut sogar.

»Langsam ist immer gut«, sagte er und lächelte.

Zur selben Zeit befanden sich Melissa Voight und Espen Hannigan in einem bequemen Himmelbett über den Dächern von New York City. Es war ein Schnellentschluss gewesen, alles hinter sich zu lassen, den Job zu kündigen und Espen zum Big Apple zu folgen. Aber Melissa bereute ihren Entschluss keine Sekunde. Das Loft war ein Traum. Hell. Freundlich. Modern ausgestattet. Und dieses Bett – die reinste Spielwiese.

Entzückt zog sie an den beiden Stricken, die sie ihm an je ein Handgelenk gebunden hatte, um ihn an das Bettgestell zu fesseln. Jetzt lag er nackt vor ihr. Wehrlos. Melissa streichelte zufrieden seine Brust, spürte jeden Muskel unter der angenehm warmen Haut. Das alles gehörte jetzt ihr. Dessen war sie sich voll bewusst.

Hinter ihrem Rücken zog sie eine kleine Klammer hervor, die noch eingeschweißt war. »Love Toys« prangte in bunten Lettern auf der Verpackung.

»Hast du eigentlich all die Produkte, die ihr herstellt, persönlich getestet?«, fragte sie neugierig, während sie die Pappe abriss und die kleine Klammer aus der Plastikschale holte.

»Nicht alle, aber ein paar schon.« Er lächelte verheißungsvoll. Gierig. Weil er dem lustvollen Schmerz entgegenfieberte. Und sie tat es auch.

»Wie sieht es mit dieser schnittigen Nippelklammer aus?« Sie hielt ihm das Spielzeug vor die Nase.

Espen schüttelte den Kopf. »Tolles Design«, gab er zu und tat auf fachmännisch. »Muss aber dennoch passen.«

»Und das nennst du dann Qualitätssicherung?«

Er lachte leise. »Wir haben genügend eifrige Tester.«

»Man sollte sich aber auch immer eine eigene Meinung bilden, findest du nicht? Gerade als Geschäftsführer.«

Geschickt fing sie seinen rechten Nippel mit Daumen und Zeigefinger ein. Er zischte leise, als sie die Brustwarze zusammendrückte. Dann legte sie die Klammer an, und deren Greifer schlossen sich um seinen Nippel. Ein Ruck ging durch seinen Körper, dann stöhnte er, erst leise, dann lustvoll, und Melissa beobachtete, wie seine Brustwarze anschwoll und immer röter wurde.

»Das ist grausam«, entfuhr es ihm, da beugte sie sich über ihn und küsste ihn, erstickte seine Worte mit ihrem Zungenspiel.

»Dann warte mal ab, was ich noch auf Lager habe.« Sie tastete nach der Klammer, bekam sie zu fassen und zog an ihr und somit auch seinen Nippel in die Länge. Doch dabei vergewisserte sie sich, dass ihm das Spiel wirklich gefiel, dass er es genoss. Seine Augen leuchteten vor Verlangen, vor Lust. Ja, der Schmerz törnte ihn an. Und sein Schmerz machte sie nur noch heißer.

Sie rutschte auf seinem Körper zurück, bis sie seinen erigierten Schwanz zwischen ihren Schenkeln spürte.

Ja, es war eine gute Entscheidung gewesen, nach New York zu kommen. Melissa hatte alles hinter sich gelassen. Die Schule. Ihre EDV-Klasse. Andrew. Ihr altes Sexleben.

Hier wollte sie neu anfangen, mit Espen.

Aber auch er ließ einiges hinter sich. Venus Clams hatte er verkauft. Nicht, weil er fürchtete, noch einmal in Versuchung zu geraten, dort Orgien zu feiern und sich mit mehr als nur einer Frau zufriedenzugeben, sondern weil es auch für ihn einen Neuanfang symbolisierte.

Sein Penis glitt in sie. Ein geiles und doch so vertrautes Gefühl.

»Weißt du, was noch in der Verpackung drin war?«, fragte sie, erneut schüttelte er den Kopf. Sie zeigte es ihm. Eine kleine, silberglänzende Kette, an deren Ende eine zweite Klammer baumelte.

»Du kennst dein Sortiment wirklich nicht besonders gut, oder?«

»Wir haben so viele Produkte weltweit, da ist es schwer, den Überblick zu behalten.«

»Dieses Spielzeug wirst du aber nicht so schnell wieder vergessen«, versprach sie und brachte den Haken an der bereits an seinem Nippel hängenden Klammer an. Das andere Ende führte sie zu seiner zweiten Brustwarze, an die sie die zweite Klammer geschickt befestigte. Espen stöhnte auf, aber sein Körper glühte vor Wollust, und sein Blick verriet, dass er es wollte.

»Nippelfesseln«, sagte sie entzückt und betrachtete die Kette, die nun zwischen beiden Brustwarzen hing und über seinem Bauchnabel baumelte. Mit der Hand griff sie nach der Schlaufe, nahm sie wie die Zügel eines Pferdes und zog sacht daran. Sofort wurden die Klammern fester, rissen an seinen Brustwarzen, und Espens Schwanz in ihr drohte fast zu explodieren. Espen stöhnte so wunderbar herzzerreißend. Es machte sie geil.

Melissa fing an, sich auf ihm zu bewegen, ihre eigene Lust mit jedem Stoß zu steigern. Ein wilder Ritt begann, der erst endete, als es nicht nur ihm, sondern auch ihr kam. Sein Körper bäumte sich unter ihr auf, zuckte, vibrierte. Und Melissa genoss ihr Nachglühen, schwebte für einen Augenblick dahin, als würde die Zeit stillstehen.

Und erst als der sinnliche Rausch verflogen war, legte sie sich neben ihn, ohne jedoch seine Nippel zu befreien, denn ein wenig wollte sie ihn noch weiterquälen, damit er nicht vergaß, dass er ihr Sklave war. Und vielleicht würde ihn das Gefühl zu einer zweiten Runde anheizen, denn Espen hatte das, was man wohl ein gutes Stehvermögen nannte.

Hera Lind

Fürstenroman

ISBN 978-3-548-26785-2
www.ullstein-buchverlage.de

Die von Hohensinns sind eine Adelsfamilie, wie es sie so echt wohl nur noch im Salzkammergut gibt. In einer übermütigen Mischung aus Heftroman-Satire, Klatschspalten-Drama und wahrer Liebe schildert Hera Lind das bewegte Schicksal einer modernen Fürstendynastie. Sie lässt reichlich blaues Blut kochen oder fließen und deckt schonungslos die hochwohlgeborenen Charakterschwächen auf. Am Ende ist jeder Leserin klar: Unter dem roten Teppich des Adels sieht es nicht besser aus als bei Hempels unterm Sofa.

»Eine köstlich-kitschige Fürstengeschichte mit hohem Unterhaltungswert.« *Stuttgarter Stadtanzeiger*

»Das ist Lind pur!« *TV Today*

»Sehr unterhaltsam!« *Freundin*

UB433

ullstein